新装版

殺しの双曲線

西村京太郎

講談社

目次

殺しの双曲線

この本を読まれる方へ

この推理小説のメイントリックは、双生児であることを利用したものです。

何故、前もってトリックを明らかにしておくかというと、昔から、推理小説にはタブーに似たものがあり、例えば、ノックス（イギリスの作家）の「探偵小説十戒」の十番目に、「双生児を使った替玉トリックは、予め読者に知らせておかなければ、アンフェアである」と書いてあるからです。

こうしたタブーは、形骸化したと考える人もいますが、作家としては、あくまで、読者にフェアに挑戦したいので、ここにトリックを明らかにしたわけです。

これで、スタートは対等になりました。

では、推理の旅に出発して下さい。

事件の発端

今から、二十五年前、正確にいえば、昭和十九年八月に、日本のある場所で、二人の男の子が生れた。

一卵性双生児だったから、両親さえ間違えるほど、二人はよく似ていた。

性格は、兄が冷静で計画的であり、弟が激情的で実行型という違いがあったが、このことは、別に、特別の意味は持っていない。

二十五年間の二人の生活は、その性格によって歪められたことはなかったからである。

昭和十九年に、何組の双生児が日本で生れたかわからないが、その多くの兄弟と同じような生き方を、この二人もしてきたと見ていいだろう。つまり、平凡な生き方を。

昭和十九年八月は、日本の敗勢が急角度になったときで、その翌年、敗戦を迎えたのだが、兄弟に、生活の苛酷さが、どれほど影響を与えたかは、定かではない。

強いてあげれば、敗戦直後に、父が戦地から持ち返ったマラリアで病死し、幼いときから母の手一つで育てられたことであろう。そのため、兄弟は、性格の違いにも拘らず、母親に対する強い愛情という点で共通していた。

二十代に入ると、兄弟は、各〻の生き方をするために別れて生活するようになった。が、男の兄弟によくあることで、勿論、意見の対立や憎しみのためではなかった。

そのままでいけば、二人の人生は平凡なものであったかも知れない。

だが、ある日、一つの事件が起きた。

世間一般にとっては、それは、ごくありふれた小さな出来事にしかすぎなかったが、兄弟にとっては激しいショックであった。

兄弟は、その事件のために何年かぶりに再会し、一つの計画を立てた。

その計画が、世間の常識から見て、「悪」と呼ばれることは、兄弟にもよくわかっていた。

「だが、おれはやる」

と、激情家の弟がいい、思索型の兄も、

「いいとも」

と、重く肯いた。

「世間の奴等がいけないんだ。だから復讐してやるんだ」

弟は、叫ぶようにいった。

兄は、弟の言葉を、肯定もしなかったし否定もしなかった。世間という漠然とした言葉で、自分の胸の中の怒りが、拡散し、弱められてしまうのが怖かったからである。

計画は綿密に何度も練り直された。

この計画にとって、二人が一卵性双生児で、見分けのつかぬほどよく似ていることが重大なポイントになっていた。

二人は鏡の中に自分の顔を映し合った。

「これだけ似ていれば、この計画は必ず成功する」

と、二人は確信した。

外見を、より似せるために、二人は、新しく、同じ服や靴下や手袋などを買い求めた。

お互の癖も確め合った。

離れて暮している間に、それぞれの環境が、お互の知らない小さな癖や、物のいいようを身につけさせてしまっていたからである。

二人は、冷静な眼で、お互の癖を探し出し、それを自分のものとした。二人の違いを他人に悟らせてはならず、それが、計画を成功させる鍵だったからである。

仕事の分担も決められた。

激情家の弟の方が、主として、実行の方を受け持つことになったが、どちらがより危険かは、二人にもわからなかった。

考え方によっては、兄の方が、より危険な仕事かも知れなかった。

兄がいった。

「もし一人が死ぬようなことがあったら、死んだ方が全ての罪をかぶることにしよう。もう一人は、平気な顔で生きて行くんだ」

「オー・ケイ」

と、弟も肯いた。

そして、あの事件から、ほぼ一年後に、二人は、計画を実行に移した。

兄も弟も、自分たちの立てた計画が成功すると確信していた。これだけよく二人は似ているのだから。

第一段階《ステップ》

矢野酒店の主人の矢野晋吉は、柱時計に眼をやり、そろそろ店を閉める時間だなと考えた。

店には、まだ客が一人残っていたが、顔見知りの近所のおかみさんで、細君の文子と、さっきからとりとめのない世間話をしている。どうせ、店を閉めたあとも奥へ上り込んで、カラーテレビを見て行く気なのだとわかっていた。

晋吉は、ガラス戸を閉めはじめた。今日は、大晦日が近いこともあって、まあまあの売り上げだった。この分でいけば、何とか年が越せるだろう。

晋吉が、そんなことを考えて、最後の一枚を閉めかけたとき、眼の前に、ぬッと人影が立った。

二十五、六の若い男で、茶色の半オーバーの襟を立て白い手袋をしていた。

「悪いけど、ウイスキーをもらいたいんだが」

と、男は、微笑した。健康そうな白い歯が見えた。

見なれない顔だったが、晋吉は、ガラス戸をあけて、男を店に入れた。

最近、このあたりにアパートが増えてきて、そこに住むサラリーマンが、閉店間際になって、翌朝のおかずや酒を買って行くことが多かったからである。

「ウイスキーは、角ビンですか？」

晋吉がきいた。細君と、近所のおかみさんは、ちらッと客の顔を見たが、すぐ世間話に戻ってしまった。

「いや、ポケット瓶でいい」

と、男はいい、白い手袋をはめた手で受け取ると、オーバーのポケットに投げ込んだ。

「それから、もう一つもらいたいものがあるんだが」

「酒のサカナですね。ウイスキーにならら、チーズなんかがいいんじゃないんですかねえ」

「いや、金がいいね」

「カネ？」

晋吉は、きょとんとした顔で、相手の顔を眺めた。

「そうだよ。金さ。マネーだ」

男は、ニヤッと笑った。

「金が欲しいといってるんだよ。オヤジさん」

男は、右手をポケットに突っ込むと、鈍く光るピストルを取り出した。白い手袋と、黒いピストルが、不気味なコントラストを作っている。

「断っておくが、これはオモチャじゃないぜ」

男は、ひどく冷静な口調でいった。

晋吉も、細君の文子も、近所のおかみさんも、とたんに、まっ青になってしまった。

男が、落着き払っているだけに、余計に怖いのだ。

晋吉は、大柄で力自慢の方だったが、それでも、足がすくんでしまった。

「早く金を出してもらいたいね」

男は、相変らず、冷静な声でいった。

晋吉は、足をガクガクさせながら、いわれるままに、その日の売り上げを、男の前に置いた。

「だいぶあるじゃないか。景気がいいんだな」

男は、満足そうにいい、左手で、札や小銭をポケットに放り込んだ。

「こんなことはしたくないんだが、世間が悪いんでね。悪く思わないでもらいたいな」

男は、捨てゼリフをいい、悠々と出て行った。

作りつけの人形みたいに、晋吉たちは、しばらくの間ポカンとしていたが、

「あんたッ、警察ッ」

と、最初に、細君が、金切り声をあげた。

晋吉は、はじかれたように電話に飛びついて、一一〇番を回した。

「強盗です。すぐ来て下さい。売り上げを、全部持って行かれちまいました」


戸部京子は、来年の秋に、森口克郎と結婚することになっていた。

森口と知り合ったのは、朝の通勤電車の中である。

京子は、中野に住んでいて、東京駅まで中央線を利用する。森口も、中野駅近くのアパート住いで、神田の商事会社まで、同じ電車の利用者だった。

中野駅や、電車の中で、毎日のように顔を合せている中に、お互を意識するようになり、そのあと、映画や食事というお定まりのコースを辿ってから婚約した。

あとで聞くと、森口は、あと三十分おそく出勤してもいいのに、京子に会うために、毎朝、三十分ずつ早く電車に乗っていたのだという。この言葉は、彼女の自尊心を少からず満足させた。

そんなこともあって、京子は、自分と森口との関係をかなりロマンチックに考えていたが、第三者から見ればラッシュの電車で芽生えた恋などというのは、ごくありふれた出逢いだったかも知れない。

京子は、東京駅八重洲口にある鉄鋼会社のタイピストである。年齢は二十三歳。とりわけ美人というわけでもないが、不美人ということもない。十人並みの平凡なO・Lといえるだろう。

平凡といえば、森口克郎の方も似たようなものだった。大学は出ていたが、有名校ではなく、サラリーマンとしては成長株とはいえなかった。趣味は、麻雀。これも、平均的サラリーマンといえるだろう。

京子は、その平凡さに、安心してついて行ける感じがしている。新聞に派手に取り上げられるような素晴らしいことはしそうにないが、その反対に、悪いこともしそうにない。そんな安心感が、森口にはあった。

森口との間に、婚約前に一度、婚約後に二度、肉体の交渉があったが、この程度のことは、現代では当然のことかも知れない。少くとも、京子が、だらしのない女だという証拠にはならないだろう。

今年の冬は、独身時代最後の正月になるのだが、京子も森口も、まだ、何処で、どう過ごすか、考えていなかった。

二人とも、スキーに行きたいと思っていたが、問題は費用だった。

結婚すれば、いろいろと金がかかるのはわかっている。まず、二人の住む場所が必要だ。少くとも二部屋にダイニングキッチンのあるアパートが欲しい。中古車でもいいから車も欲しい。考えていくと、いくらあっても足りない気がしてくる。

だから、正月休みのために、二人の貯金をおろす気にはなれなかった。年末のボーナスも、使わずに、貯金したい。

(誰かスポンサーが出て来て、タダでスキーに招待してくれないものだろうか)

と、二人で、そんな虫のいいことを考えたりした。

クイズを当てて、北海道でスキーを楽しもう、などというC・Mを見ると、二人でハガキを買って来て、何枚も出してみたが、一度として当選しなかった。

その日も、京子は、退社後、喫茶店で森口と会い金のかからない正月の過ごし方について、あれこれ話し合って別れたのだが、いつもの通り、スキーには行きたいしお金を使うのはもったいない、というジレンマのままに終ってしまった。

喫茶店を出てから、二人で映画を見て、京子が家に帰ったのは十一時をすぎていた。

両親は、もう寝てしまっていて、彼女のために用意された食卓の上に、白い封筒がチョコンとのっかっていた。

京子は、お茶をのみながら、片手で、その封筒をひっくり返してみた。差出人の名前は、「宮城県K町・観雪荘」となっていた。

知らない名前だった。どうやら、旅館かホテルらしいが、京子は、まだ東北に旅行したことがない。

とにかく、京子は、封を切ってみた。

最初に、カラー写真入りのパンフレットが出てきた。

一面の雪景色の中に、二階建のホテルが写っている写真である。

〈このあたりは、標高一〇〇〇メートルに近く、雪の量は豊かで、スキーツアーには最適のところです〉

と、写真の下に説明してある。

それに続いて、観雪荘自身の案内が続いていたが、京子は、そこは飛ばしてしまった。どれほど素晴らしい設備のホテルでも、単なる宣伝パンフレットなら、仕方がないと思ったからである。

もう一度、封筒を調べてみると、便箋が出て来た。

便箋には、ガリ版刷りの文字が並び、最後の「戸部京子様」というところだけが、ペン書きになっていた。

〈突然の手紙で、驚かれたことと思います。

当ホテルは、開店三周年を迎えますが、これを機会に、東京にお住みの方数人を、無料ご招待いたすことになりました。旅費、滞在費共、当方で持たせて頂きます。

正直に申し上げますと、皆さまに、東北の雪山の楽しさを味わって頂き、当ホテルの宣伝を、口コミでやって頂きたいと考えているわけです。

従って、ご遠慮なくお気軽にお出で願いたいと存じます。

冬期は、積雪のためバスが運行しておりませんが、東北線K駅まで、当ホテルの雪上車でお迎えにあがりますので、K駅に着き次第、お電話頂きたいと思います。

なお、ご招待させて頂く期間は、十二月三十日より来年の正月三日までの五日間でございます。当ホテルでは皆さまの歓迎の準備を致しておりますので、是非、お出で願いたいと思います。

K駅までの往復切符を同封させて頂きましたので、ご利用下さい。

観雪荘主人

戸部京子様〉

確かに、封筒の奥には、東北線K駅までの往復切符が入っていた。

京子は、その切符を、電灯にスカすようにして眺めた。

もちろん、その切符がニセモノだと思ったわけではないが、何となく話が上手《うま》すぎて、頬をつねってみたくなったからである。

しかし、考えてみれば、わざわざニセの切符まで作って、彼女をからかう人間がいるとは思えなかった。きっと手紙の中にあったように、宣伝方法の一つなのだろう。

京子は、改めて、パンフレットに眼を通した。旅費、滞在費とも向う持ちとなれば、ホテルの設備に対する関心のあり方も、当然、変ってくる。

二階建のコンクリート造りだが、部屋数はあまり多くないらしい。

温泉つき、スキーも備えつけてあると書いてある。付近にリフトの設備はないと断ってあるが、かえって、その方が、思いっきり雪とたわむれることができるかも知れない。

とにかくタダなのだ。

(世の中は、宣伝時代なんだな)

と、京子は、したり顔でつぶやいた。宣伝の時代も悪くない。こんな幸運の手紙が舞い込むこともあるのだから。

ただ、森口のことが問題だった。行くのなら、彼と二人で行きたかった。

翌朝、京子は、ラッシュの電車の中で、森口に手紙のことを話した。

地下鉄が、中央線にほぼ平行して走るようになってからも、ラッシュ時の混雑ぶりは、相変らずひどいものだった。

二人は、ドアのところに押しつけられるかっこうになっていた。

「その招待状なら、僕のところへも来たよ」

と、森口は、微笑した。

「それで、君の分だけ払えば、二人で行けるなと思っていたんだけど、君のところへも招待状が来てるんなら、オンの字じゃないか」

「じゃあ、二人で行く？」

「もちろん行こうよ。タダでスキーできるチャンスなんて、そうザラにはないからね」

「でも、どうして、あたしたちに招待状が来たのかしら？」

京子は、くびをかしげた。

「手紙の中には、東京に住んでいる人の中から選んだと書いてあったな」

森口がいう。京子は、「でも――」と、手紙の文句を思い出しながら、

「でも、数人と書いてあったでしょう。その中に、あたしたちの一人が入ったというのならわかるけど、二人とも入るなんて、どんな選び方をしたのかしら？」

「それはわからないけど、若いアベックも一組入れておいた方が、色どりの上で面白い、と思ったんじゃないかな。或は――」

「或は、なに？」

「僕の友だちの誰かの細工かも知れない」

「細工って？」

「友だちの何人かに、君と婚約したことを話したんだ。そうしたら、何かお祝をくれるといったんだがね。それがこれなのかも知れないな。名前をかくして、こんな形で、僕たちを雪山へ招待してくれたんじゃないかと思うんだ」

「ふーん」

「とにかく、行ってみようじゃないか」

「ええ。もちろん行くわ」

京子は、うなずいた。

駅につき、ドアが開くと、京子と森口の二人は、いつものように、どッと押し出された。

第二段階《ステップ》

スーパーマーケット「ブルーリボン」では、そのとき店を閉め、売り上げの計算をしていた。

店員も帰っていて、事務室には、経営者の鮫島と、会計係の事務員が残っているだけだった。

計算が終って、輪ゴムで止めた札束を、鮫島が手提げ金庫に入れているとき、見知らぬ男が、ふいに、部屋に入ってきた。

どうやって入って来たのかわからないが、その男は、入ってくるなり、鈍く光るピストルを、二人に突きつけ、

「その金を頂きたいね」

と、落着き払った声でいった。

二十五、六の男で、茶色の半オーバーの襟を立てていた。ピストルを持った手に、

白い手袋がはめてあった。

事務員が、少しずつ身体をずらしながら、非常ベルに近づこうとすると、男は、目ざとく見つけて、いきなりピストルで、事務員の頭を殴りつけた。

ガツンという鈍い音がして、事務員は、床に引っくり返った。

「バカな奴だ」

と、男は、舌打ちをした。

鮫島の顔から血の気が引いてしまった。

「わたしを、殺さんでくれ」

「そんなことはしないさ。おれは、金が欲しいだけなんだからな」

と、男はいい、五十万ばかりあった売り上げを、無造作に、ポケットにねじ込んだ。

そのあとで、ニヤッと笑った。

「まあ、怒るんなら、世間を怒るんだな。おれがこんなことをするのも、元はといえば、世間が悪いんでね」

男は、それだけいうと、入って来たときと同じように、さッと消えてしまった。

男の姿が消えると、鮫島は、受話器に飛びついた。

一一〇番に電話して、五、六分後に、パトカーと救急車が、相前後して駈けつけてきた。

事務員は、すぐ、救急車で病院に運ばれた。命に別条はないが、何針か縫わなければならないらしい。

パトカーの警官は、鮫島から犯人の様子を聞くと、

「その男は、一七二、三センチの身長で、角張った顔の眉毛の濃いやつじゃなかったですか？」

と、きいた。

鮫島は、一寸、驚いた顔になって、

「その通りですが、そうすると、何処の誰か、もうわかっているんですか？」

と、きき返した。もしそうなら、奪われた五十万円は、取り戻してくれるかも知れないと思ったのだが、中年の警官は、くびを横にふった。

「いや。そこまではわかっていません。ただ、同じ犯人と思われる強盗事件が、昨日、一昨日と続けて起きているのです。最初は、酒店、次は、家具店。そして、今日はお宅というわけです」

「本当に、同じ犯人なんですか？」

「間違いないでしょうな。人相も服装も、手口まで同じですからね。金を奪ったあとで、世の中が悪いんだと捨てゼリフを残して行くところも一致しています」

「同じ犯人なら、捕る可能性も強いわけですね？」

「と思います。今、モンタージュ写真を作成しているので、貴方にも協力して頂きます」

と、警官はいった。

その日の内に、鮫島は、捜査本部に呼ばれた。前の二件の被害者も来ていて、一緒に、犯人のモンタージュ写真作成を手伝うことになった。

普通、モンタージュ写真の作成というのは、目撃者の意見がいろいろとわかれて、なかなかまとまりにくいものだが、今度の事件に限って、意外にスムーズにいった。

その理由は、いくつかあった。

第一は、犯人の顔に、かなり特徴があったためである。角ばった顔と、濃い眉毛は、被害者の誰もが、ハッキリと覚えていた。

第二は、犯人が連続して三軒の店に押入り、そのため、被害者の受けた印象が鮮明だったことである。

以上の二つの理由は、この事件に限ったことではなく、単なる幸運と呼べるものだが、第三と第四の理由は、かなり特徴的なことで、モンタージュ写真が出来上ってから、捜査本部の刑事たちの間で、いろいろと議論の的になった。

その第三の理由は、犯人が、全く同じ服装をしていたことだった。そして、同じ捨てゼリフを残したことである。

第四の理由は、犯人が、明るい電灯の下に、平気で顔をさらし、マスクも何もつけていなかったことである。

「どうもわからんなあ」

と、刑事の一人が、くびをひねった。

「茶色の半オーバー。白い手袋。ピストル。同じ捨てゼリフ。役者もどきだよ。まるで、この犯人は、自分のことをよく覚えていてくれといってるみたいじゃないか」

「それに、三回とも平気で明りの下に顔をさらしているのも、犯人としては何か異常だな。サングラスをかけるか、マスクをするだけで、人相は、ずいぶんわからなくなるものだからね。それに、今の季節なら、大きなマスクをしていても、別に怪しまれないんだからな」

と、別の刑事も、不審顔でいった。

「そのくせだね」

と、もう一人の刑事も、自分の疑問を口に出した。

「他の点では、ひどく用心深くふるまっているんだな。例えば手袋さ。三件とも、必ず白い手袋をしているし、手袋を一度も取らない。つまり、指紋を残していないんだ」

「顔はいくら見られてもいいが、指紋は絶対に残さん、というわけか。何故、そんなことをするのかな？　指紋同様、顔の方もサングラスかマスクでかくすのが自然だろうに」

「顔を覚えさせておいて、整形手術で顔を変える積りなんじゃないかね」

「しかし、今の整形手術では、顔を完全に変えてしまうというのは、不可能なんじゃないか。それに、整形病院に、このモンタージュ写真を見せて歩けば、簡単にバレてしまう。どうも、整形手術という線はうなずけないねえ」

その後も、議論百出したが、結論は出なかった。

しかし、だからといって、刑事たちが、今度の連続強盗事件を、難しい事件と考えたわけではなかった。

むしろ、逆といっていいだろう。

犯人の行動に奇妙なところがあるが、ともかく、モンタージュ写真が出来たし、三つの事件の被害者が、その写真を犯人にそっくりだといっているのである。

そして、犯罪者の心理として、近いうちに第四の犯行に走ることが十分に考えられる。そのときこそ、この犯人にとって、年貢の納めどきということになるだろう。

「今日は十二月三十日か」

と、刑事の一人が、カレンダーに眼をやっていった。

「今年は、あと一日しかないが、出来たら今年中に、この犯人をあげたいものだね」


十二月三十日の夜行で、京子と森口は、東北のK駅に向った。

東北線の列車は、スキー客や帰省客で、ラッシュ並みの混雑ぶりだった。

それでも、二人は、早くから並んだおかげで、どうにか、窓際の席に向い合って腰を下すことができた。

リュックサックを座席の下に押し込んでから、二人は、例の招待状を取り出して、もう一度、読み返してみた。

昨日までは、まだどこかに、ひょっとすると、誰かのイタズラではないかという不安があったが、こうして東北線の列車に乗ってしまうと、北国の雪景色が、完全に現実のものになった感じがしてくる。

「このホテルの待遇がよかったら、新婚旅行も、ここにしない？」

と、京子が、いくらか甘えた声で森口にいったとき、森口の隣りに腰かけていた女が、

「あの──」

と、急に、二人に話しかけてきた。

京子と同じくらいの年齢で、ライトブルーのスラックスに、同じ色のジャンパーを着ている。化粧が濃く、何となく派手な感じの女だった。

「それ、『観雪荘』というホテルの招待状じゃありません？」

と、その女は、二人の手元をのぞき込むように見た。

「そうですが」

と、森口がいうと、女は、ニッと笑った。

「よかったア」

「何がよかったんです？」

「あたしも、同じものをもらって、これから行くところなの」

女は、気易い性格らしく、くだけた調子でしゃべりながら、二つに折った封筒を、二人に見せた。

確かに、京子たちが受け取ったのと同じものだった。

京子は、すばやく、宛名の「太地亜矢子」という女の名前を読んだ。

「フトジさんとおっしゃるの？」

「タジです。変な名前でしょう」

太地亜矢子は、クスクス笑った。

「お二人は、もう結婚していらっしゃるの？」

のぞき込むようにしてきく態度に、京子は、軽い反感を持ったが、森口は、ニヤニヤ笑って、

「僕は、まだ独身ですよ」

「でも、来年の秋には、あたしたち結婚するんです」

京子は、自分でも考えていなかったほど、強い声でいってしまった。森口が、「僕はまだ独身ですよ」と、変にカッコいいところを、女に見せようとしたのが、原因かも知れない。それとも、何処か崩れたところのある女の様子に、無意識に警戒心が働いたのか。

「そうなの」

と、太地亜矢子は、微笑して、

「うらやましいな。お名前を教えて下さらない？」

「あたしは、戸部京子」

「僕は、森口」

「京子さんに、森口チャンか」

森口チャンという女のいい方に、京子は、嫌な女だと思ったが、当の森口は、怒るどころか、むしろ、嬉しそうに、ニヤニヤ笑っている。京子は、また腹が立った。

(初対面の男を、チャンづけで呼ぶなんて、きっと、バーかキャバレーの女に違いない)

と、思った。

京子は、別に、水商売の女に偏見を持っているわけではないが、こうして気易く話しかけられたり、無意識なのだろうが、森口に媚態を示されたりすると、反感を覚えずにはいられなかった。

「森口チャンは、どんな仕事をなさっているの？」

と、亜矢子は、まだ、いっている。森口が怒ればいいと思うのに、相変らず、ニヤニヤ笑って、

「しがないサラリーマンですよ」

「サラリーマンの人も、うちによく来るわ」

「よく来るって、太地さんは、何をやってるんです？」

「当ててごらんなさい」

「わからないな。バーのホステスさん？」

「残念でした」

亜矢子は、大げさに肩をすくめてから、小判型の小さな名刺を取り出して、森口に渡した。

京子は、わざと興味のない顔をしていたが、森口は、「へえ」と、馬鹿みたいな声を出してから、その名刺を京子に渡してよこした。

〈池袋・トルコ紫・あやこ〉

と、その名刺には、刷ってあった。

（トルコ風呂――）

京子が、その言葉から最初に感じたのは、セックスの匂いだった。そんな記事を読みすぎたせいかも知れない。

列車の中は、混雑とスチームのききすぎで、むし暑い。

「暑いわねえ」

と、亜矢子は、眉をしかめていい、ジャンパーを脱いで、セーター姿になった。京子も、上衣を脱ごうかと考えていたのだが、何となく止めてしまった。

セーター姿になると、亜矢子の胸は、目立つほど、大きくふくらんでいる。京子は、軽い嫉妬を感じた。

(きっと、パッドを入れてるんだわ)

と、京子は、自分にいいきかせた。

亜矢子は、銀色にマニキュアした指で、煙草に火をつけてから、

「何故、あたしたちが選ばれたのかしら？」

と、京子と森口の顔を見た。

「あたしたちみたいに、若い人ばかり来るといいんだけど。楽しくてね」

「でも、若い人ばかり呼んだんじゃ、ホテルの宣伝にならないと思うわ」

と、京子はいった。何となく、亜矢子のいう言葉に反対したくなってくる。

亜矢子は、逆らわずに、

「それもそうね」

と、うなずいてから、急に、窓の外を向いて、

「雪だわッ」

と、大きな声を出した。

列車の明りが、白い雪景色を、淡く浮き上らせている。

いつの間にか、関東平野の中心部にさしかかっていた。

京子も、窓ガラスに、顔を押しつけるようにして、外の夜を見つめた。広々と広がる田畠が、一面に雪をかぶっている。今年は、まだ、東京で雪を見ることがなかっただけに、京子は、一瞬、太地亜矢子に対する不愉快さを忘れて、夜の雪景色に見とれた。

白河をすぎた頃、京子たちの乗った車の中で、一寸したトラブルがあった。

座席を占領していた四人連れの若者が、酒をのんで騒ぎ出し、それを注意した中年の男を、逆に殴りつけたのである。

混雑した列車の中では、起りがちのことだった。他の乗客は、知らん顔をしている。

京子と森口は、座席から伸び上って、そちらを見たが、すぐ、腰を下してしまった。

亜矢子も、一寸ふり返ったが、バカねといっただけである。

三人とも、この小さなトラブルのことなどすぐ忘れてしまい、亜矢子は、眼を閉じて眠ってしまった。

「いやだわ」

と、京子は、森口の耳に口を寄せて小声でいった。

「何が？」

「トルコ風呂の女の人と一緒だなんて」

「まあ、いいじゃないか」

「あなたはいいでしょうけど」

「え？」

「森口チャンなんて呼ばれて、鼻の下を伸ばしてたんだもの」

「よせよ」

森口は、小さく肩をすくめた。京子は、追い打ちをかけるように、

「変な気を起こしちゃいやよ」

と、釘をさした。

それだけいって、気が晴れたのか、京子は眠った。

眼をさましたとき、列車は、Ｋ駅に近づいていた。窓の外は、もう朝だった。

Ｋ駅は、小さな駅で、ここで降りたのは、京子たちを含めて五、六人しかいなかっ

た。

　改札口を出ると、駅前に小さな商店街が続いている。

　雪は降っていなかったが、根雪が氷りついて、ところどころにアイスバーンを作っていた。

　東京の街は、年末のあわただしさだったのに、この小さな町は、雪の中で、ひっそりと眠りこけているように見えた。今日が大晦日だと感じさせるのは、店の前に飾られた門松だけである。

「田舎だなあ」

と、森口は呟いた。が、その声には、失望の色はなく、むしろ、観光客の姿が見えないことを喜んでいた。

「寒いわア」

と、亜矢子は、相変らず大きな声で、いった。

　京子は、森口の腕にぶら下るかっこうで、

「ホテルに電話して、迎えに来てもらわなくちゃあ」

と、いった。

　森口が、駅の電話で、パンフレットにあった観雪荘のダイヤルを回した。

その間、亜矢子は、好奇心を燃やして、土産物店の店先をのぞいたりしていた。

京子は、森口に身体を押しつけるようにして、受話器に聞こえてくる相手の声に耳をすました。

「こちらは、観雪荘ですが」

と、若い男の声が聞こえた。

森口と京子が、何となく顔を見合せたのは、二人とも、ホテルの主人ということで、年輩の人間を考えていたからである。

「僕たちは、招待状をもらって来たんですが」

森口がいった。

「お名前は？」

「森口に、戸部です。それに、太地亜矢子さんも一緒に来ています」

「今、駅ですね？」

「ええ」

「すぐ迎えにあがります。すぐといっても、二時間ぐらいはかかりますが」

「二時間も？」

「ええ。ご案内に書きましたように雪が深いので、雪上車でお迎えに行かなければならないのです。その間、駅前に『さのや』という食堂がありますから、そこで休んでいて下さい。私の方で、その店に話をしてあります」

「さのや」という食堂は、すぐわかった。

「駅前食堂さのや」という大きな看板が出ていた。

京子と森口は、土産物店をひやかしていた亜矢子をうながして、「さのや」に入った。

朝が早いせいか客の姿はなかったが、それでも、店の中には、ストーブがガンガン燃えていた。

出て来た五十二、三の店の主人に、森口が、観雪荘の名前をいうと、

「観雪荘さんから話は聞いていますよ」

と、人の好さそうな微笑を浮べた。

「何でも、お好きなものを注文して下さい。たいしたものは出来ませんが。ツケは、全部、観雪荘さんの方へ回すようにいわれています」

「じゃあ、この店で一番高いものを作ってよ」

と、亜矢子が、笑いながらいった。

「僕たちもそうするか？」

森口が、小声できくので、京子は、亜矢子への反撥もあって、

「お里が知れるようなことはやめましょうよ」

と、いった。

結局、亜矢子が、八〇〇円のトンカツライスを注文し、京子と森口は、高くも安くもない二〇〇円の定食を頼んだ。

主人は、奥へ注文を通してから、自分は、ストーブの前にどっかりと腰を下して、

「今の汽車で、いらっしゃったんですか？」

と、三人に話しかけた。

亜矢子が、「ええ」とうなずいてから、

「観雪荘のご主人て、どんな人？」

と、好奇心をむき出しにしてきいた。

「どんなって、まあ、普通の男だねえ。あんな山奥にホテルを作るんだから、少しは変っているかも知れませんがね」

「若い人？」

「二十五、六ですかね」

「いい男？」

「まあ、いい男でしょうね。うちの娘が、そういってるから」

「奥さんはいるの？」

「いや。まだ独り者だと思いますよ」

「ふーん」

亜矢子は、鼻を鳴らした。若い独身のホテルの主人に興味を感じ始めたらしい。

京子は、そんな亜矢子の態度に、眉をしかめながら、一方では、これで森口にチョッカイをかけないようになってくれれば、ありがたいと思ったりした。

料理が運ばれてきた。

森口は、箸を運びながら、

「ホテルからここまで、雪上車で二時間もかかるんだってね」

と、店の主人に話しかけた。食事しながらしゃべるのは森口のくせだった。京子は、あまり好きではない彼のくせだった。

「そのくらいは、かかりますよ。なにしろ山奥だから」

主人は、答えながら、ストーブに石炭を投げ入れた。

「十月末には、もう普通の車が通れなくなるんですよ、このあたりは、雪が深いですからねえ。雪上車じゃなくちゃあ、とても――」

「このあたりで、雪上車を持ってるのは、観雪荘だけ？」

「そうですよ。この町でも、雪上車の一台くらいは買ったらどうだという話はあるんだが、何しろ、貧乏町で予算がなくて」

「じゃあ、もし、ホテルの雪上車が故障したら、帰れなくなるのかな？」

「そんな心配はせんで大丈夫ですよ。電話があるし、スキーを使っても、ここまでは滑って来られるから」

店の主人は、ニコニコ笑いながらいった。

「雪に閉じこめられるのも面白いわよ」

亜矢子が、あっさりといった。

京子は、黙っていたが、確かに、雪のホテルに閉じこめられるのも、何となくロマンチックだなと思っていた。

二時間以上たって、店の外に、聞きなれないキャタピラの音が聞こえた。

「どうやら、来たようですよ」

と、店の主人がいった。

三人は、ストーブの傍を離れて、外へ出た。

雪上車は、五、六メートル離れたところに止っていた。キャタピラや、車体にまで雪がこびりついているのが、途中の積雪の深さを物語っているようだった。

車のドアがあいて、背の高い青年がおりてきた。純白のセーターが、長身によく似合っていた。

その男は、ゆっくり三人に近づいてくると、

「やあ、いらっしゃい」

と、笑顔で声をかけた。

「私が、観雪荘の早川です。よくお出で下さいました」

三人は、早川に案内されて、箱型の雪上車に乗り込んだ。

車内は、五、六人が楽に乗れるくらいの大きさで、ヒーターもきいていた。

「この車は、日本の南極探険隊が使っているものと同じものです」

と、早川は、車をスタートさせてから、いくらか自慢そうに三人に説明した。

つい最近、運転免許を取った森口は、わざわざ助手席に移って、運転している早川の手元をのぞき込んだ。

「普通の車とは、一寸違いますね」

「戦車と同じです。運転は簡単だし、メカも単純ですよ。その方が、故障も少ないですからね」

と、早川は、笑った。

亜矢子は、雪上車のメカニズムには、何の関心もないという顔で、外の雪景色を眺めていたが、ふいに、

「何故、あたしたちを選んだの？」

と、早川の背中に声をかけた。

「何か基準があって、あたしや、この人たちを選んだんでしょう？」

「その基準が知りたいというわけですか？」

早川は、前方を見つめながらきき返した。

亜矢子は、運転席に手をかけ、それにアゴをのせるようにして、

「ええ。知りたいわ」

「実は、それは秘密にしておきたいんです」

「どうして？」

「クイズにしたいからです」

「クイズ？」

「ええ。私は、東京にお住みの六人の方を、今度、ご招待したんですが、ただやみくもに選んだわけじゃありません。六人の方は、ある共通した理由で、選ばせて頂いた

のです。それを、お帰りになるまでに当てて頂こうと思っているのです」

「もし、当てたら？」

「そうですね。十万円さし上げましょう」

「十万円？」

亜矢子の眼が光った。京子は、そんな彼女を、

(やっぱり水商売の女だわ)

と、軽蔑したが、京子自身も、十万円という金額に心の動くのを感じていた。結婚を控えている彼女は、いくらでもお金は欲しかった。森口も、きっと同じ気持に違いない。

亜矢子は、大きな眼で宙をにらんでから、

「じゃあ、あたしと、このお二人の間にも、何か共通点があるわけ？」

と、早川にきいた。

「そうです」

と、早川は、うなずいた。

京子も、森口と顔を見合せた。自分たちと、トルコの女と、一体どんな共通点があるというのだろう。

京子には、太地亜矢子と自分を、同一のレベルで考えたくない気持があった。その一方では、何か共通点を見つけ出して、十万円を手に入れたい気持も動いた。

「何か共通点があるかなあ」

森口が、くびをひねった。

「一寸わからないな。安サラリーマンと、O・Lと、トルコ嬢じゃ、一寸共通点がありそうもないからなあ」

「年齢も一寸違うわね」

と、亜矢子がいった。

「あたしは、二十四で、今年は、あたしの干支《えと》なんだけど――」

「あたしは、二十三歳」

と、京子は、一歳若いことを強調するように、そこだけ大きな声でいった。

「僕は二十五だから、違うな」

と、森口も、いった。

「全然、わからないわ」

亜矢子は、残念そうに肩をすくめた。

森口は、腕を組んで、しばらく考えていたが、

「ひょっとすると——」

と、いいかけてから、自分の考えに照れたように、ニヤニヤ笑った。

「なによ？」

京子が、森口の顔を見た。

「もったいぶらないで、いってごらんなさいよ」

「いや。みんなが気を悪くするといけないから止すよ」

「面白そうなご意見のようですね」

早川はバックミラーの中の森口の顔に、笑いかけた。

「どんな考えか、聞かせてもらえませんか？」

「実は、考えているうちに、ひょいと、外国の推理小説の一つを思い出したんですよ」

「どんなストーリイですか？」

「小さい島で、そこに来ていた人々が、一人ずつ殺されていくんです。一見、何の関係もない人たちが、何故、続けて殺されていくのか？」

「何故だったんです？」

「つまり、何処かで、犯人の恨みを買うようなことをしていたというわけです」

「バカなことをいうもんじゃないわ」

と、京子は、あわてて森口の肩のあたりを突ついた。

「それじゃ、まるで、あたしたちが、殺されるために、ここへ来たみたいじゃないの」

「だから、みんなが気を悪くするからと、断ったじゃないか」

「気味が悪いわ」

京子が、まだ腹を立てていると、早川が、取りなすように、

「お話としては、なかなか面白いですよ。それに、お三人とも、人に恨まれるようなことをしたことがありますか？」

「いや、僕はないいな」

「あたしも」

「もちろん、あたしだってないわ」

と、亜矢子もいった。

早川は、ニッコリ笑って、

「それなら、その推理小説のようなことが、起こる筈がありませんよ」

「そうね」

と、京子が、うなずくと、早川は、重ねて、

「みなさんは、前に、ここへ来られたことがありますか？」

と、きいた。三人は、いい合せたように、くびを横にふった。

早川は、わが意を得たというように、

「それなら、なおさら、問題はないですよ。私も、ここから外へ出たことがないんだから、お互に、迷惑をかけようがありませんからね」

「この話は、もうやめましょう」

と、森口が、苦笑して話題を変えた。

「僕たちより先に来ている人がいますか？」

「一人だけ、お見えになっていますよ」

「どんな人？　男の人？」

と、横から引きさらうように、亜矢子がきく。

早川は、そんな亜矢子のきき方がおかしかったらしく、笑いながら、

「矢部さんという若い男性です。職業はサラリーマン。もちろん、皆さんと同じ東京の方です」

「ハンサム？」

また、亜矢子が、彼女らしいきき方をした。

「まあ、現代風な青年ですね」

早川は、笑いながらいったが、一寸、生真面目《きまじめ》な表情になって、

「ただ、何か悩みごとをお持ちのような感じがするんですよ。一寸、暗い顔をなさっているんで――」

「へえ」

「まあ、お聞きするのも失礼と思って、こちらも黙っているんですが、一寸心配です。私としては、お出で頂いた全部の方に、楽しんで頂きたいと思いますので」

「それなら、あたしが上手く聞き出してあげるわ。あたしって、男性の悩みごとを解決してあげるのが得意なの」

亜矢子は、バックミラーの中の早川に、軽くウインクして見せてから、

「その人、きっと失恋したのよ」

と、いかにも自信ありげにいった。

京子は、そんな亜矢子を、相変らず眉をしかめて眺めていた。

最初に森口に興味を示し、その次には、ホテルの経営者の早川、そして、今度は、まだ顔を見ていない矢部という男に興味を示している。

こんな女がよくいるものだと、京子は思った。

生れつき浮気な女なのだ。眼の前に現われてくる男には、一人残らず、ウインクしなければ気がすまない女なのだろう。

雪道は、次第に登りになった。

それにつれて、両側は、絶壁のような雪の壁になった。高さは、雪上車の二倍くらいはあるだろう。

陽が出ている筈なのに、まるで雪のトンネルを走っている感じで、周囲がうす暗い。

キャタピラの下で、雪がきしむ。一寸気味が悪い。この辺りでナダレが起きたら、この雪上車など、たちまち一呑みにされてしまうだろう。

京子は、ふと、雪というものが怖くなった。雪もこんなに多いと不気味な感じがする。

雑木林も、梢のあたりまで雪に埋って、寸足らずの木の感じで、まるで、小人が並んでいるように見える。恐らく、積雪量は二メートルを越えているだろう。これでは、雪上車以外、役に立つまい。

揺られ続けて、尻が痛くなりかけた頃、やっと、前方に二階建のホテルが現われた。

一階の半分以上が雪に埋っていて、よく見ないと、平家のように見える。

ホテルの周囲は、白い処女雪の世界だ。天然のゲレンデだった。

京子は、素敵だなと思い、雪の怖さも、車の中での森口の不吉な話も忘れてしまった。

「ステキ！」

と、亜矢子も、大きな声で叫んだ。ホテルが小さいだけに、かえって、幻想的な感じを持たせるのに役立っていた。

「お気に召して頂けたようで、ほっとしました」

と、早川は、安心したように顔をほころばせた。

玄関のところだけが除雪してあって、まるでトンネルをくぐる感じで、三人は、ホテルに入った。

広いロビーは、暖房がきいていたが、妙に静かだった。

京子は、ロビーの壁にかかっている白樺林の絵を見ながら、

「従業員の方は？」

と早川にきいた。

早川は、手袋を取って、暖炉の上にのせてから、

「一人もいません。冬場は、私一人でやっていますから。でも、ご安心下さい。これでも、料理の腕は確かですから、おいしいものを食べさせて差し上げますよ」

「従業員なんかいない方が、気がねがなくていいです」

森口が、多少、おもねるようないい方をした。タダだという意識が、どうしても働くからだろう。

「そういって頂くと助かります」

と、早川は、森口に軽く頭を下げた。

「ご不自由はおかけしないつもりですが、食事だけは、食堂《ダイニング・ルーム》でとって頂くことになります」

「その方が、にぎやかでいいわ」

亜矢子は、屈託のない声でいってから、

「矢部さんとかいう人は、何処にいるのかしら？」

と、早川にきいた。

「二階のご自分の部屋かも知れませんね。二階に八室あって、そこへお泊り頂くことになっています。一階は、このロビーと、隣りがバーに遊戯室、それに、浴室、スキ

ーのための乾燥室などになっています。もちろん、食堂も階下です。ひょっとすると、矢部さんはバーにいらっしゃるかも知れません。皆さんも、何か召し上りませんか」

早川が誘った。

京子たちは、彼について隣りのバーに足を運んだ。

ホームバーの感じの小さなコーナーで、そのカウンターに、若い男が一人腰を下し、テレビに眼をやりながら水割りをのんでいた。

「こちらが、矢部さんです」

と、早川は、その男を三人に紹介した。

確かに、暗い沈んだ顔をしているなと、京子は思った。

だが、亜矢子が車の中でいったように、失恋かどうかはわからないとも思った。或は、これが、この男の地なのかも知れない。いつも渋い顔をしている男もいるものだ。

早川は、カウンターの向うに入って、京子たちに飲みものを作ってくれた。

亜矢子は、ハイボールを頼み、それを、チビチビのみながら、ジロジロと、矢部の横顔を眺めていた。

矢部は、グラスをあけると、黙って、二階への階段を上って行ってしまった。

亜矢子は、その後姿を見送ってから、

「あの人、間違いなく失恋ね」

と、皆にいった。

早川は、軽く、くびをひねって、

「私は、他のことでお悩みのように、お見受けしているんですが」

「いいえ。絶対に、女のことよ。賭けてもいいわ。一万円でどう？」

亜矢子が、挑戦するように、早川を見た。

早川は、苦笑した。

「賭けは、私も好きですが、私が勝っても、お客さまから、お金を頂くわけにはいきません。もちろん、私が負けたら、一万円は差しあげますが」

「それじゃあ、賭けにならないわ」

「それなら、私が勝ったら、貴女にサインして頂きましょうか」

「あたしのサインなんか仕方がないじゃないの」

「若くて、きれいな方のサインなら、大事にしますよ」

「フフフ――」

と、亜矢子は、大きな声で笑った。

京子は、何となくバカらしくなって、バーを離れると、遊戯室に入った。

一レーンだけのボウリング台があった。職場で、ボウリングクラブに入っている京子は、興味を感じて、備付けの靴にはきかえていると、森口が、グラスを片手に持ったかっこうで入ってきた。

「一緒にやらない？」

と、京子が誘うと、森口は、「いいね」とうなずいたが、

「おや」

と、妙な声を出した。

「このレーンは、ピンが九本しかないぜ。あれは、十本あるもんだろう？」

第三段階《ステップ》

酒屋の主人の矢野晋吉は、強盗に入られて以来、人混みの中で、ジロジロと、まわりの人間の顔をのぞき込むクセがついてしまった。

どうにも腹が立って仕方がないからである。年末で、いくらでも金が欲しいときに、売り上げを奪《と》られたという腹立しさもあるし、「世間が悪いんだ」という強盗のキザなセリフも頭に来ていた。

大晦日のその日も、晋吉は、軽四輪で師走の街を走り廻りながら、自然に、歩道を歩く通行人を見つめたり、近くを走る車をのぞき込んだりしていた。

赤信号で止まり、眼の前を横断して行く人の流れを見ていたときである。

「あッ」

と、晋吉は、思わず叫んでしまった。

あの強盗を、発見したからである。

間違いなくあの男だった。服装まであのときと同じだった。茶色の半オーバー、白い手袋、全部同じだ。それに角張った顔。

晋吉は、ドアをあけて車から飛び出した。

丁度、信号が青に変って、車の列が流れはじめるときだった。後続車が、動かない晋吉の車に向って、ブウブウ警笛を鳴らしたが、晋吉は、そんなことには構っていられなかった。

晋吉は、人混みに突進し、男の片腕をつかんだ。

「ドロボーッ」

と、晋吉は、かすれた声で叫んだ。

通行人が、一斉に、晋吉と男の方を見た。

男は、別にあわてた様子も見せず、晋吉に片手をつかまれたまま、

「つまらんことはいわんでくれ」

と、いった。晋吉は、その声にも聞き覚えがあった。あの声だ。

「お前は、泥棒だ。おれのところから、売り上げをかっさらっていったじゃないか」

「人違いだ」

「お前だ」

「バカバカしい。手を離したまえ」

「離すものかッ」

と、晋吉が叫んだとき、歳末警戒の二人の警官が近づいてくるのが見えた。

晋吉は、「おまわりさーん」と、大声をあげた。

二人の警官は、人垣をかき分けるようにして、駈け寄ってきた。

「一体、どうしたんです？」

背の高い方が、晋吉と男の顔を見比べるようにしてきく。

「こいつは、うちへ強盗に入った奴なんです」

「強盗？」

「違うんですよ」

と、男は、大げさに肩をすくめて見せた。

「この人が、何かカン違いしているんです」

「こいつは、今、問題になってる連続強盗事件の犯人なんですよ」

「何だと？」

警官の語気が変り、顔を見合せてから、

「そういえば、モンタージュ写真に似ているな」

二人の警官は、小声でいい合ってから、男に向って、

「とにかく署まで来てもらいたいですね」

と、いった。

「いいですよ」

と、男は、あっさりうなずいた。

晋吉は、男の素直さが意外だったが、犯人だという確信は変らなかった。

警官は、男と晋吉を近くの交番に連れて行き、そこから、連続強盗事件の捜査本部に連絡した。

男は、そんな警官の動きを、あわてた様子もなく、というより、妙に落着き払って、ニヤニヤ笑いながら眺めている。晋吉は、男が逃げ出そうとしたら、足にしがみついてやろうと睨んでいたが、逃げる気配は全然なかった。

パトカーが、すぐ駈けつけて来て、晋吉と男を、捜査本部に連れて行った。

二人を迎えた捜査本部は、男の顔がモンタージュ写真にそっくりなことに色めき立ったが、刑事たちの男に対する態度は、あくまで慎重だった。

「まず、名前をうかがいましょうか」

と、訊問に当ったベテランの宮地刑事も、丁寧にいった。

「小柴勝男です。年齢は二十五歳。セールスマンです」

男も、素直に答えた。

宮地は、煙草を取り出して、男にもすすめてから、

「住所は？」

「池袋です。正確にいえば、豊島区東池袋です」

「何故、ここへ連れて来られたかわかっていますか？」

「強盗事件の犯人に、僕が似ているからでしょう」

小柴勝男は肩をすくめて、クスクス笑った。

「もちろん、僕は犯人じゃありませんよ」

「できれば、犯人ではないという証拠を見せて頂きたいのですがね」

「例のアリバイですか？」

「例の？」

「テレビでも小説でも、たいてい、この辺でアリバイということになりますからね」

「まあそうですね」

宮地は、苦笑してから、

「具体的にききますが、今月の二十八日の夜九時から十時までの間、何処で何をして

いたか覚えていますか？」

「三日前ですか。恐らく、家にいたと思いますよ。たいていそのくらいの時間は、家でテレビを見てますから」

「二十九日の夜九時から十時までは？」

「家でテレビを見てましたよ」

「三十日、つまり昨日の夜十時から十一時までの間は？」

「同じですよ。金がないもんだから、夜はたいてい家でテレビを見ているんです」

「あまりハッキリしないアリバイですな」

「普通の人間なら、夜はたいてい家でテレビを見ていますよ。それが自然じゃありませんか？」

小柴勝男は、平然とした顔でいった。

宮地は、同僚に代ってもらうと、一度、調室を出た。

待ち構えていた晋吉が、

「白状しましたか？」

と、きいた。

「いや。自分じゃないといっています」

「そんなことはない。あいつですよ。あの顔は見まちがえなんかするもんですか」

晋吉は、吐き出すようにいった。

ベテラン刑事は、晋吉の気負った様子に、苦笑しながら、

「他の被害者の方にも来て頂いて、あの男を見てもらおうと思っているところです」

と、いった。

まず、呼ばれたのは、二十九日に被害にあった家具店の主人だった。

モンタージュ写真作成のときに、晋吉とも会っていた。捜査本部に来て、ガラス越しに男を見せられると、

「あいつですッ」

と、甲高い声をあげた。

「うちに入った強盗は、あいつですよ」

「間違いありませんか？」

宮地が念を押すと、

「絶対に間違いありません。あいつです」

家具店の主人は、大きくうなずいて見せた。

捜査主任の工藤警部が、のっそりと入って来て、

「どうだい？」

と、宮地にきいた。

「例の男は、本ボシのようかね？」

「二人の被害者は、犯人に間違いないといっています。確かに、モンタージュ写真にそっくりですし、茶色の半オーバーに白い手袋というかっこうも同じです。しかし

――」

「しかし、何だい？」

「一寸訊問してみたんですが、いやに自信満々なんです。平気でいるんですよ」

「固いアリバイを持っているのかね？」

「それなら平然としている理由がわかるんですが、肝心のアリバイがあやふやですから、どうも合点がいかんのです。犯行時間には、三日間とも家でテレビを見ていたというのですよ」

「ずいぶん頼りないアリバイだねえ」

工藤警部は、小さく笑った。そんなアリバイなら、簡単に切り崩せるだろうと思ったからである。

「ところで、被害者はもう一人いた筈だろう？」

「スーパーマーケットの経営者で、鮫島という男です。これから電話して来てもらうつもりです。他の二人と同じように、あの男に間違いないと証言してくれると思います」

宮地は、断言するようにいってから、受話器を取り上げた。

スーパーマーケット「ブルーリボン」のダイヤルを回す。つながってから、

「こちらは、捜査本部ですが――」

と、宮地がいうと、聞き覚えのある声が、

「今、そちらに電話しようと思ってたんです」

と、いう。その声がひどく弾んでいた。

「何か急用でも？」

宮地がきくと、鮫島は、

「つかまえたんですよ」

と、相変らず声を弾ませている。

「つかまえた？　誰をです？」

「誰って、決ってるじゃありませんか。犯人ですよ。うちへ強盗に入った犯人をつかまえたんですよ」

「――――」

「聞いてるんですか？」

「聞いています」

「図々しい奴で、今日、うちの店へノコノコとやって来たんですよ。従業員の一人が、モンタージュ写真にそっくりの男が来ているといって来たんですが、最初は、信用しませんでした。そうでしょう刑事さん、強盗に入った店に、まっぴるま、ノコノコとやってくる犯人なんか一寸考えられませんからねえ。ところが、驚いたじゃありませんか。本当に犯人なんですよ」

「それで――」

と、宮地は、鮫島の長い説明に辟易しながら、先をうながした。

「それで、その男は、つかまえたんですか？」

「もちろん、つかまえましたよ。事務室に閉じこめてありますから、すぐ来て下さい」

「その男は、本当に犯人なんですか？」

「もちろんですよ。犯人に間違いありません。兇悪犯ですからね。すぐ来て下さいよ」

「すぐ行きましょう」

宮地は、狐につままれたような顔で、受話器を置いた。

「どうしたんだ? 妙な顔をして」

と、工藤警部がきく。宮地は、電話の内容を、そのまま伝えた。

「妙な話ですが、一応、行ってみようと思っています。恐らく、人違いでしょうが、それがわかったら、鮫島氏を連れて来ます」

「似た男を間違えてつかまえたんだろう」

と、工藤警部もいった。

宮地は、パトカーで、スーパーマーケット「ブルーリボン」に急行した。

宮地が、パトカーから降りると、鮫島が店の入口に待ち構えていて、

「こっちです」

と、息をはずませながら、二階の事務室へ引っ張って行った。

宮地は、奇妙な気持だった。本当の犯人は、捜査本部の方につかまえてあると、途中でいいかけて、やめてしまった。鮫島が、あまりにも張り切っているのと、どうせ、すぐ、相手が勘違いに気がつくだろうと思ったからでもある。

事務室のドアをあけると、この店のユニフォームを着た若い男の店員が二人、緊張

した表情で、椅子に腰を下した二十五、六の男を見張っていた。

「この男が、犯人ですよ」

鮫島が、太い指を、男の顔に突きつけるようにして、宮地にいった。

「――」

宮地は、一瞬、ポカンとした顔で、そこにいる男を見た。

宮地は、眼をしばたたいた。

似ている。というより、似過ぎている。ついさっき、捜査本部の調室で訊問してい
た小柴勝男という男と、そっくりだった。顔もそっくりだが、茶色の半オーバーに白
手袋というかっこうまでそっくりだ。

「どうです？　犯人に間違いないでしょうが」

と、鮫島は、得意そうに鼻をうごめかした。

宮地は、男に近づいてじッと見下した。

「君は、昨日、この店に押入った強盗かね？」

自分でも変な質問だと思った。恐らく、小柴勝男のことがあるので、こんな質問の
仕方になってしまったのだろう。

「とんでもない」

と、男は、大げさに肩をすくめて見せた。声も落着いている。そんな態度も、小柴勝男によく似ていた。

「何のことか、さっぱりわからなくて困っているんですよ」

「いい逃がれですよ。こいつが犯人に決ってますよ」

横で鮫島が、決めつけるように荒い声をあげた。が、宮地は、それを無視して、一番重要と思われる質問を、男に投げかけた。

「君の名前は、小柴というんじゃないのかね」

「ええ。小柴利男ですが、それがどうかしたんですか?」

「じゃあ、小柴勝男というのは?」

「兄貴ですよ。兄貴がどうかしましたか?」

「君たちは、双生児か?」

「よくわかりましたね」と、小柴利男はニヤッと笑った。そんな笑い方まで、兄にそっくりだった。

「戦争中に生れたもんで、勝利から一字ずつとって、オヤジが名前にしたんですよ」

「何を、ゴチャゴチャいっているんです?」

と、鮫島が、顔をまっ赤にして、刑事の肩のあたりを突ついた。

「早く警察へ連行して下さいよ」

「もちろん、連れて行きますが、あなたにも証人として一緒に来て貰いますよ」

「いいですとも。何処ででも、こいつが犯人だと証言してやりますよ」

鮫島は大きな声を出した。

だが、小柴勝男を見ても、確信を持って、弟の方だと証言してくれるだろうかと、宮地は考えた。

宮地が、何となく、この事件が難しくなりそうだと感じはじめたのは、小柴利男と、鮫島をパトカーに乗せてからだった。

鮫島は、宮地が小柴利男に手錠をかけなかったことが不満らしく、ブツブツ文句をいっていたが、宮地は、取り合わずに、捜査本部につくまでの間、自分の考えに閉じこもっていた。

恐らく、鮫島を含めて、三つの事件の被害者たちに、この二人を見分けることは出来ないだろう。そうなったらどうなるのか。

宮地が予感したように、捜査本部は、小柴利男を迎えて、当惑に包まれてしまった。

「どういうわけだね？　これは」

工藤警部は、難しい顔で、ベテラン刑事を見た。

宮地は、肩をすくめて、

「ご覧のように、双生児の兄弟です」

「それはわかっている。三人の被害者の顔を見たかい？　あの二人を並べて見せたら、狐につつまれたような顔をしてたじゃないか」

「そうですな」

「これが、どんなに面倒なことになるか君にはわかるかね？」

「それを、今、考えていたところです」

宮地は、調室に並んで腰を下している小柴兄弟を眺めた。

同じ顔で、同じ服装をした男が二人並んでいるのは、異様な眺めだった。宮地には、もうどちらが、勝男で、どちらが利男かわからなくなっていた。

「三人の被害者を呼んでくれ」

と、工藤警部は、腹を立てたみたいに荒い声を出した。

矢野晋吉や、鮫島たちは、ノロノロとした足どりで、工藤の傍に寄ってきたが、どの顔にも、当惑の色が浮んでいた。

「あの二人のどちらが、強盗に入った男かわかりますか？」

工藤が、三人の顔を見廻した。

「――――」

三人とも返事がない。晋吉が、やっと、「右の男――」と、ボソボソした声でいったが、自信なさそうに、すぐ、「左の男かも――」と、いい直した。そして、結局、肩をすくめて、

「あんなに似てたんじゃ、どうしようもありませんよ」

と、匙を投げる始末だった。

「じゃあ、皆さんには、強盗に入ったのがどっちの男か、指摘できないのですか？」

「あんなに似ていちゃあ無理ですよ」

家具店の主人が、元気のない声を出した。

「だが、どっちかが犯人だ」

鮫島が、腹立たしげに叫んだ。

「もう一度よく見て、皆さんで相談して下さい」

と、工藤は、その場を離れた。

宮地が、近寄って来て、工藤の耳もとで、

「訊問の方も上手くいきません」

と、小声でいった。

「二人とも、判で押したように同じことを繰り返しています。三日間とも、夜は家でテレビを見ていたと」

「証人の方も駄目だ。完全に混乱してしまっている」

「しかし、あの二人のどちらかが犯人ですよ」

「だろうね。だが、どっちを逮捕すればいい？」

「わかりません。シャクに触るんですがね」

「ひょっとすると、二人とも犯人かも知れない」

「え？」

「あの兄弟は、共謀して、今度の事件を起こしたのかも知れない。もしそうだとすると」

「そうだとすると、何です？」

「上手く考えたものだ。双生児であることを百パーセント利用している。被害者が混乱し、われわれが当惑するのを見越してたんじゃないかと思う」

「そういえば、この事件は最初から、妙なところが、ありましたが、その理由が呑みこめてきましたよ。犯人は、サングラスもマスクもつけていなかった。あれは、顔をいくら見られても平気だから、というより、見られた方が、後で目撃者が混乱するのがわかっていたからですな」

「恐らくね。白手袋をはめていたのは、指紋だけは、双生児でも違うからだ。全て計画的なんだ」

「じゃあ、共犯で二人を逮捕しますか？」

「それが出来ればいいがね」

工藤警部は、苦い顔になった。

「共犯かどうかまだ証明できていない。それに共犯だとしても、起訴にまで持ち込むには、どちらが主犯か、それがわからなければ、告発できないよ。人間を間違えて起訴してしまったら、大黒星だからな」

「しかし、あの二人以外に犯人はいませんよ」

「わかってるさ。だが、強盗に入ったのは二人一緒じゃない。あくまでも一人だ。だから、強盗に入り、金を奪ったのがどちらかわからない限り、どちらも起訴できんのだ」

「じゃあ、みすみす、あの二人を釈放するんですか？」

「他に何が出来るというんだね？」

工藤は、どすんとテーブルを叩いた。

「共犯を証明することはできない。となれば、一人は犯人だが一人は無罪だ。だが、どちらが犯人という証明もできん。となれば、疑わしきは罰せずで、二人とも無実と考えるより仕方がないんだ。違うかね」

「犯人とわかっていながら釈放しなければならないなんて、はじめての経験ですよ」

「わたしだって、はじめてだ」

と、工藤は、また、テーブルを、腹立たしげに叩いた。

小柴兄弟は、釈放をいい渡されると、それが当然だというように、ニヤッと笑った。

「僕たちは、別に怒っていませんよ」

一人がいった。工藤警部には、それが、兄の方なのか弟の方なのか、わからなくなっていた。

「とにかく、面白い経験をさせてもらいましたからね」

と、もう一人がいい、二人は、肩を並べて調室を出て行った。

「意気揚々と引きあげて行きますね」

宮地が、口惜しそうに、工藤にいった。

「あの分では、味をしめて、またやりますよ」

「だろうね。だが、そのうちに後悔させてやるさ」

と、工藤警部は、強い声でいった。


昼過ぎになって、二人の客が到着した。

ホテルの主人の早川は、これで、お客さんが全部揃いましたといった。

二人とも二十五、六の男性だったが、京子は、五十嵐という大学の研究生の方に好意を感じた。

度の強い眼鏡をかけ、大学で、犯罪学を研究しているのだという。

もう一人は、田島という名前で、何となく全体に粗野な感じがするのが、京子には気に入らなかった。東京でタクシーの運転手をしていると聞いて、京子は、余計、田島という男を敬遠する気になった。タクシーを拾おうとして、何度か乗車拒否にあった苦い経験があったからである。それに、O・Lの京子には、運転手とか、トルコ娘などを軽蔑する傾向がないとはいえなかった。

田島は、ホテルに着くとすぐ、バーで酒をのみはじめた。強いらしく、がぶのみである。そんな態度も、京子には気にくわない。

「いやだわ」

と、京子は、ボウリングをしながら、フィアンセの森口にささやいた。

「眼つきも悪いし、態度も悪いわ。なんで、あんな人を招待したのかしら？」

「あんまり気にするなよ」

と、森口は笑った。

「タクシーの運ちゃんなんてあんなものさ。眼つきが悪く見えるのは、いい客を見つけるのに、しょっちゅうキョロキョロしてるからだろう。根はいい人間かも知れないよ」

「そうかしら」

京子は、信じられないという顔で、バーにいる田島の方に、詮索するような眼を向けていた。

京子も、外見と内容の違う人間のいることも知っている。が、まだ二十三歳の彼女には、外見によって人間を判断したい気持がある。

大学の研究生だという五十嵐が、眼鏡を光らせながら、京子たちの傍へ来て、

「一緒にやらせてくれませんか」

と、おだやかな声でいった。

京子と森口は、顔を見合せてから、

「じゃあ、あたしがスコアをとるわ」

と、京子がいった。

森口と五十嵐がゲームを始めたが、五十嵐も、すぐ、ピンが九本しかないことに気がついて、

「ピンが一本足りませんね」

と、変な顔をした。

「一週間ばかり前に、一本どこかに紛失してしまったんですって」

京子が、早川に聞いたことを、五十嵐にそのまま伝えた。

ピンが九本しかないボウリングというのは、何となく間の抜けた感じのするものである。それに、ストライクが出すぎて面白味が少い。

森口と五十嵐は、一ゲームやっただけでやめてしまった。

京子を加えた三人は、ロビーに行き、そこのソファに向い合うかっこうで腰を下した。

「犯罪学の研究って、面白いでしょうね？」

と、京子は、眼鏡の奥の柔和な五十嵐の眼に話しかけた。

五十嵐は、笑って、

「たいして面白いものじゃありませんよ。どちらかといえば、退屈ですね。犯人を捕える刑事の仕事とは違いますから」

「でも、犯罪の研究をなさるんでしょう?」

「ええ」

「それなら、面白いと思いますわ」

面白いと決めつけるようないい方をしてから、京子は、

「どんな犯罪がお好き?」

「どんな?」

「犯罪には、いろいろな形があるでしょう? 殺人とか、強盗とか、サギとか――」

「僕が主に研究しているのは、殺人です」

「じゃあ、どんな殺人がお好き? 殺人にだって、いろいろと形があるでしょう?」

「そりゃあ、ありますね」

「どんな形のがお好き?」

「そうですねえ」

五十嵐は、腕を組み、天井を見上げた。度の強そうな眼鏡がキラリと光った。

「犯罪、特に殺人には、その殺人の持っている顔みたいなものがあるんです」

「顔？」

「そう。顔です。例えば、嫉妬に狂った女が男を殺したとします。その死体には、憎しみと同時に、愛の匂いもある筈です。それが、犯罪の顔です。それが見つかれば、犯人も自然にわかってくる。僕はそう思っているんです」

「犯罪ばかり研究していると、自分でやってみたくなりません？」

「もうやめろよ」

と、横から、森口がたしなめた。

「そんな質問は失礼だよ。それより――」

と、森口は、五十嵐に向き直って、

「雪上車でここへ来るとき、招待主の早川さんから、十万円の話は聞きませんでしたか」

「十万円？　ああ、われわれが選ばれた理由がわかったら十万円くれるというやつですね」

「そうです。僕たちもいろいろ考えたんですが、結局、わからないんです」

森口が肩をすくめて見せ、京子も、「そうなんです」と、いった。

「招待された六人に、何か共通点があるんだろうかと、さっきからいろいろ考えてるんですけど、わからなくて――」

「実をいうと、僕も、面白い問題だと思って、さっきから、あれこれ考えていたんです。十万円も悪くありませんしね」

五十嵐は、人の好さそうな笑いを口元に浮べた。

「東京に住んでいるというのは、東京の人を招待したとあったから、問題の共通点とはいえませんね」

「ええ。職業もみんな違います」

と、森口がいった。

「僕と矢部という人はサラリーマンだが、あなたは、大学の研究生だし、田島という人はタクシーの運転手だそうですからねえ」

「女性も同じ。あたしは平凡なO・Lだけど、太地亜矢子さんは、トルコ風呂で働いているんですって」

と、京子がいいそえた。トルコ風呂といったとき、五十嵐の顔を注視したが、彼の表情は別に変らなかった。一寸物足りなかった。軽蔑の表情をしてくれれば、あの女に対して、胸がスカッとするのに。

「すると、年齢ですかね」

五十嵐は、くびをかしげながらいい、煙草を取り出して火をつけた。

「その年齢ですがねえ」

と、森口が、相手の言葉を受け止めて、

「五十嵐さんは、おいくつですか？」

「二十五歳です」

「それなら、僕と同じだ。もっとも僕は、あと一ヵ月で二十六になりますが」

「あのタクシーの運転手は、いくつぐらいかしら？」

京子は、ドアのすき間から、バーの方をのぞいて見た。

いつの間にか、太地亜矢子が、田島と一緒に飲んでいる。何か楽しそうに笑い合っているところをみると、水商売同士で気が合うのかも知れない。

「二十五、六ってところだね」

と、森口がいった。

「そういえば、矢部という陰気な男も二十五、六だったなあ」

「あたしたちを招待してくれた早川さんも、二十五、六よ」

「すると、年齢が共通点ですかねえ」

五十嵐は、うまそうに、煙を吐き出してから、あまり自信のない口ぶりでいった。

「男が全部二十五歳だとしても、共通点としては、何か平凡ですねえ。偶然かも知れないし、女性の方は――」

「あたしは二十三です」

と、京子がいった。

「太地亜矢子さんは、一つ上の二十四だっていってましたから、年齢は共通点じゃないんじゃないかしら」

「どうも、そうらしいですね」

五十嵐も、同意した。

「しかし、そうなると、一寸わからなくなったなあ」

「犯罪の匂いはしませんか？」

ふいに、森口が、五十嵐にきいた。五十嵐は、一寸、驚いたような眼になった。

「犯罪――ですか？」

「実は、早川さんにも話して笑われたんですが、外国の推理小説を思い出しましてね」

「小さな島で、人間が一人ずつ殺されていく話ですって」

京子が説明すると、五十嵐は、「ああ」とうなずいた。

「その小説なら、僕も読んだことがありますよ。確か、アガサ・クリスティの『そして誰もいなくなった』じゃありませんか。孤島に閉じこめられた十人の人間が、一人ずつ殺されていって、最後に全部死んでしまうという話でしょう？」

「そうです。小説と現実とは違うというのはわかるんですが、あのストーリイを思い出したら、何となく気になってしまいましてねえ」

森口は、京子の顔を、ちらッと見てから、五十嵐にいった。

「状況が一寸似ていると思いませんか？」

「状況というと？」

「ここも、吹雪がくれば、孤立してしまうでしょう？　孤島と同じになってしまいますからねえ。手紙で呼び寄せられたというのも似ているし」

「なるほど」

と、五十嵐はうなずいたが、その顔は笑っていた。

「孤立したホテルの中で、泊り客が一人ずつ何者かに殺されていくというわけですか？」

「ええ。まあ、突拍子もないのは、自分でもわかっているんですが」

「面白い考えだが、現実性がありませんねえ。第一、このホテルが孤立することはありませんよ。天気予報によると、ここ一週間は、荒れることはなく、穏やかな日が続くということですからね」

「気味の悪い考えは止めなさいよ」

京子が眉をしかめて、森口にいったとき、早川が、ロビーに顔を出して、

「夕食の用意ができましたから、食堂《ダイニング・ルーム》へお出で下さい」

と、三人にいった。

京子は、ソファから立ち上がりながら、壁にかかっている電気時計に眼をやった。六時一寸すぎを針がさしている。

夕食は、だいたい六時ということらしい。

食堂は、あまり広くないが、壁に花模様の壁掛けが掛けてあったりして、気持のいい雰囲気を作っていた。

食堂の中央に、円形の大きなテーブルがあり、京子たち三人が、入っていくと、田島と亜矢子が、すでに並んで腰を下していた。

「どこでも結構ですから、座って下さい」

と、早川が三人にいった。

京子と森口が並び、その隣りに五十嵐が腰を下した。

「今日は、ロシア料理を作ってみましたが、どうしても、これが食べたいというものがあったら、私にお申し出下さい。なるたけ、ご希望に添うようにしたいと思いますから」

早川が笑顔でいった。

テーブルには、肉とジャガイモを主な材料としたロシア料理が並んでいた。チヨールナヤ・イクラ（キャビア）と、黒パンももちろんついている。

「私も、ここで一緒に食事させて頂きます」

と、早川も空いた席に腰を下したが、

「まだ一人いらっしゃいませんね」

と、テーブルについた人々の顔を見廻した。

確かに席が一つ、ポツンと空いている。

あの陰気な顔をした矢部という男が、姿を見せていないのだ。

「あたしが呼んでくるわ」

と、ドアに一番近いところにいた京子が腰を上げた。

「二階のどの部屋かしら？」

早川にきくと、早川は、

「お客さんを使って申しわけありません」

と、恐縮してから、

「部屋にお客さんの名前をつけておきましたから、すぐわかります」

と、いった。

京子は、食堂を出ると、二階に上る階段をのぼって行った。

二階は、廊下の両側に四つずつ、合計八室の部屋が並んでいた。

各〻のドアに、客の名前を書いた小さな紙片が貼りつけてあった。

京子と森口が別室になっているのは、婚約はしていても、まだ結婚前なことを考慮してくれたのかも知れない。

矢部の部屋は、廊下の一番奥にあった。

ドアの前に立ったとき、「失恋したに決っている」といった、太地亜矢子の言葉を何となく思い出した。本当に失恋した男だろうか。

ドアをノックした。

が、返事がなかった。

ふと、不吉な予感に襲われた。亜矢子の言葉を思い出したせいかも知れないし、森口が、変な小説の話をしたせいかも知れない。

ノブに手をかけると、鍵が掛っていなくて、ドアが開いた。

部屋の中は、まっ暗だった。

「矢部さん。いらっしゃるの？」

京子は、暗闇に向って声をかけながら、壁にそって指を滑らせ、スイッチを探した。

明りがつくと、ベッドに、俯伏せに寝ている矢部の姿が眼に入った。

「矢部さん」

と、今度は、少し大きな声で呼んだが、起き上ってくる気配がなかった。

ベッドに近づくと、強いアルコールの匂いがした。

(酔いつぶれたのかしら？)

と、京子は眉をしかめた。森口も酒は好きな方だが、泥酔した森口は嫌だった。

ベッドの横にある小さなテーブルには、ウイスキーの角瓶が四分の三ほどカラになって置いてあった。

コップが、横に倒れている。

(ずいぶん、飲んだものね)

と、京子は、あきれたが、角瓶のうしろに、小さな薬の瓶を発見して、顔色を変えた。

睡眠薬の錠剤だったからである。

(自殺)

と、思ったとき、京子は、はじかれたように部屋を飛び出して、

「誰か来てエッ」

と、叫んでいた。

食堂にいたみんなが、ドヤドヤと二階に上ってきた。

「自殺してる――」

京子は、まっ青な顔で、みんなに、矢部の部屋を指さした。

「自殺ですって?」

早川が、きき返してから、部屋に飛び込んだ。他の人たちが、その後に続いた。

矢部は、相変らず、俯伏せに倒れたままだった。

「一寸、僕に診させて下さい」

と、五十嵐が、早川にいった。

「多少の医学知識がありますからね」

「それなら頼みます」

早川は、当惑した表情で、五十嵐にいった。

京子は、ふるえる指先で、森口の手を握りしめていた。

亜矢子も蒼い顔をしている。タクシー運転手の田島だけが、ドアのところに身体をもたせかけて、ニヤニヤ笑っていた。

五十嵐は、脈を診たり、瞳孔をのぞき込んだりしたりしてから、睡眠薬の瓶を取り上げて、すかすようにした。

錠剤は、まだだいぶ残っている。

「死んではいませんよ」

と、五十嵐は、みんなに微笑して見せた。

「いい気持で眠っているだけです」

「でも、睡眠薬はのんでるんでしょう？」

京子がきく。五十嵐はうなずいて、

「ウイスキーにまぜて飲んだようです。だが、たいして減っていないから、この位の量なら、死ぬことはありませんよ。まあ、しばらく寝かせておいてあげようじゃありませんか」

「なんだ、バカバカしい」

森口が、肩をすくめた。

「食事は、あとで、私がここへ持って来ましょう」

と、早川がいった。

「人騒がせな人ねえ」

亜矢子が、笑った。

が、人騒がせというのが、矢部のことをいっているのか、京子を皮肉っているのかわからなくて、京子は、眉をしかめた。

みんなは、ゾロゾロと部屋を出て、食堂に戻った。

「あッ」

と、誰かが、甲高い叫び声をあげたのは、その時である。

誰の声か、京子にはわからなかったが、自分が叫んだような気がした。

彼女も、食堂に入った途端に、それが眼に入っていたからである。

円形の、真新しい木製テーブルのまん中に、刃渡り二十センチに近い登山ナイフが、グサリと、突き刺さっていた。

突き刺したときの衝撃の強さを証明するかのように、グラスのいくつかが倒れて転がり、酒がテーブルにこぼれていた。

第四段階《ステップ》

宮地刑事と、同僚の鈴木刑事は、さっきから、小柴兄弟の尾行を続けていた。

一月二日の午後。浅草の仲見世通りである。

風は冷たいが、よく晴れた日で、いかにも正月らしい混雑ぶりだった。日本髪がチラホラ見えるのが、下町らしい風情だった。

その人波に、ともすれば、兄弟の後姿を見失いそうになる。その度にあわてて足を早めたが、ある程度以上に近づくのは危険だった。

尾行を知られたら、告訴される恐れがあったからである。

連続強盗事件は、小柴兄弟の共犯と、捜査本部は考えていたが、今の段階では、二人を逮捕できない。告訴されたら勝ち目はなかった。

「実際よく似ているな」

と、十二、三メートルの距離をおいて尾行しながら、同僚の鈴木刑事が宮地にいった。

「右側が、兄貴の小柴勝男の方だと思っていたんだが、自信がなくなってきたよ」

「右側が弟じゃなかったかな」

宮地も、あやふやないい方をした。それほどよく似ている。それに、例によって、茶色の半オーバーに白い手袋という同じ服装なので、ほとんど見分けがつかない。一つだけありがたいのは、同じ顔、同じ服装の男が二人並べばやはり目立ち、尾行がしやすいことだった。

兄弟は、喫茶店に入った。二人の刑事も続いて入って、離れたテーブルに腰を下した。

兄弟は、コーヒーを注文してから、何やら楽しそうに、笑いながらしゃべっている。

宮地たちも、コーヒーを頼んだ。時計は、四時を回っている。

「これから何処へ行く気かな？」

宮地は、低い押さえた声で、鈴木刑事にいった。

「わからんな」

鈴木刑事は、運ばれてきたコーヒーには口をつけず、煙草を取り出して火をつけた。宮地も、煙草をくわえた。気持を落ちつけたかったからである。

「正月早々、四度目の強盗をやる気でいるんだろうか?」

「やる可能性が強いな。とにかく、味をしめているし、正月でいくらでも金が欲しいだろうからね」

「やるとすれば、前の三回と同じ手を使うに決っている」

「そうだろうね。上手いことを考えたもんだよ。疑わしきは罰せずという原則を、最大限に利用してやがる」

鈴木刑事は、吐き捨てるようにいい、小柴兄弟に、視線を投げた。兄弟は相変らず楽しそうにしゃべり続けている。

「新聞も困っているらしい」

と、宮地がいった。

「書きたくて仕方がないニュースだが、名前を出せば、すぐ告訴されるからね。書き立ててくれれば、少しは、世間の人たちが、あの兄弟を用心してくれるんだろうが、今は、ほとんど無防備だ」

「第四回目も成功するだろうということかい?」

「われわれが尾行に失敗すればね。ところで、あの茶色の半オーバーに白手袋というのは、彼等が強盗をやるときのユニフォームかね？」

宮地は、ニヤッと笑ったが、その笑いは途中で消えてしまった。小柴兄弟が伝票を持って立ち上ったからである。

宮地たちも、吸殻を投げすててテーブルを離れた。隣りの席にいた若いカップルが、変な顔をして二人を見送った。二人とも、注文したコーヒーに一口も口をつけなかったから、おかしな客だと思ったのだろう。

小柴兄弟は、映画館の並ぶ六区へ出た。映画館の前にしめ縄が張ってあったり、威勢のいい呼び込みの声が聞こえたりするのは、やはり浅草である。

兄弟は、日本映画の封切館の前で立ち止った。映画不振が叫ばれている時だが、正月ということもあって、流石《さすが》に、切符売場の前に小さな行列が出来ている。

「入るのかな」

と、宮地がいったとき、急に、兄弟は別々に別れてしまった。片方は、そのまま映画館に入ったが、もう一人は、国際劇場の方向へ歩き出した。

「映画館の方は、僕が引き受ける」

と、鈴木刑事がいい、映画館に駈け込んで行った。

宮地は、もう一人の尾行に移った。相手は、まるで、わざと、そうしているように、のんびりと、映画館やストリップ劇場の看板を眺めながら歩いている。

(こいつは、兄の勝男なのかな。それとも、弟の利男なのだろうか)

それがわからない。それに、二人並んでいたときは目立った服装が、一人になると、人波の中にまぎれ込んでしまう感じで、尾行がしにくくなった。

(二人が別れたのは、今日、第四回目の強盗をやる気なのだ)

と、宮地は思った。だが、どちらが強盗の役なのかわからない。もし、強盗役の方を見失ってしまったら、彼等は、間違いなく、第四回目の強盗を働くだろう。

宮地の顔が厳しくなったとき、ふいに、相手が、映画館の横の細い路地に飛び込んだ。

宮地もあわてて、後を追った。が、路地に飛び込んだとたんに、「あッ」と、小さく叫んで立ち止ってしまった。

そこに、相手がニヤニヤ笑いながら待ち受けていたからである。

尾行されているのを知っていたのだ。

「やあ」

と、相手は、バカにしたように笑いながら声をかけてきた。

「確か、警察でお会いしましたね?」

「そうでしたかね」

宮地も、笑って見せた。こうなれば、相手の出方を見るより仕方がない。

「確か宮地さんでしたね。宮地刑事さん？」

「ええ」

「今日は、何のご用です。まさか、僕を尾行なさっているんじゃないでしょうね？」

相手は、ニヤニヤ笑いながら、からかうようないい方をした。

「もしそうだったら、人権侵害で警察を訴えなきゃなりませんからね」

「偶然、ここに来合せただけのことですよ」

「そう信じたいですね。無実なのに、罪人扱いされては、たまりませんからねえ」

ウフフフと、相手は、声を出して笑った。

警察をなめていると、無性に腹が立ったが、相手を殴るわけにもいかなかった。

今、そんなことをしたら、全てがぶちこわしになってしまうだろう。暴力刑事とマスコミに叩かれるのがセキの山だ。

「僕は、ここで人を待つことにしているんです」

相手は、相変らず笑いながらいった。

「ですから、刑事さんはどうぞ、先へ行って下さい。ご用がおありになるんでしょう？」

「まあね」

宮地は、眉をしかめていた。どうやら、この勝負は、こちらの負けらしい。宮地は、わざとゆっくり路地を抜けてから、素早く、ふり返った。

相手の姿は消えていた。

「くそッ」

と、叫んで、もう一度、路地に飛び込んで周囲を見廻した。が、何処にもいない。雑沓があるだけだった。

周囲には、早々と夕闇が立ちこめて、六区の映画街には、ネオンがまたたき始めている。夜の気配が、宮地の気持をいらだたせた。彼等は、今日、第四回の犯行をやる気でいるのだ。宮地は、そう確信した。

映画館に入った鈴木刑事の方はどうしたろうか？　向うも、尾行されているのに気付いている筈だから、まかれる可能性が強い。

（そうなったら――）

宮地は、映画街の中ほどにある派出所に飛び込んで、捜査本部の工藤警部に電話をかけた。

「やられました」

と、宮地は、工藤警部に、事情を手短かに説明した。

「恐らく今夜中に、何処かを襲うと思います。今までと同じ手口で」

「鈴木君の方はどうなったんだ？」

「わかりません」

宮地は、鈴木刑事の入った映画館を眺めながらいった。

「これから調べようと思っているんですが」

「至急調べてくれ」

と、工藤警部がいった。

「兄弟の片方を押さえていれば、今までの手口は使えん筈だからな」

「わかりました。鈴木刑事のことを調べてから、もう一度報告します」

宮地は、受話器を置くと、映画館の方へ歩いて行った。丁度、ゾロゾロと客が出てくるところだった。二本立映画の一つが終ったところらしい。

宮地は、立ち止って、出てくる客の流れを見ていたが、鈴木刑事も、小柴兄弟の片方も姿を見せなかった。

宮地が、警察手帳を見せて中に入ろうとすると、モギリの若い女が、ひどく緊張し

た顔で、

「警察の方なら、すぐ支配人室へ行って下さい」

と、いった。

「刑事さんが、ケガをして支配人室に寝ているんです」

(鈴木刑事だな)

と、直感して、宮地は、二階にあるという支配人室へ、階段を駈け上った。

狭くて薄暗い支配人室の長椅子に、鈴木刑事が仰向けに寝かされていた。小太りの男が、当惑した顔で宮地を迎えたが、その男が支配人だった。

鈴木刑事は、宮地を見て、のろのろと上半身を起こしたが、苦しそうに顔をしかめた。

「やられたよ」

と、鈴木刑事は、かすれた声でいった。

宮地は、無理に相手を寝かせてから、

「やったのは、小柴か？」

「わからん。とにかく、館内に入って、相手を探そうとしたとたんに、うしろからガツンだ。尾行を知られていたんだ」

「ああ。そうらしい」

「君の方もやられたのか？」

「見事にやられたよ」

と、宮地は、苦笑して見せてから、支配人室の電話をかりて、工藤警部に連絡した。

「鈴木君のケガの程度は？」

と、工藤警部は、電話の向うで心配そうにきいたが、宮地が、たいした傷ではないと、告げるとほっとした声になった。

「鈴木君を殴ってまで、尾行をまいたところをみると、彼等は、今夜中に、四回目の強盗を働く気だな」

「間違いありません。問題は、何処を襲う気でいるかということです」

「浅草周辺かな？」

「わかりません。浅草に来た理由が、われわれの尾行をまくためだとすると、狙うのは他ということになりますから」

「わかった。とにかく、今から捜査本部は非常体制に入ることにする。君は、小柴兄弟の家へ廻ってくれ。今までの例だと、片方は、家でテレビを見ていたことになっているからな」

「わかりました」

電話を切ると、宮地は、寝ている鈴木刑事に行先を告げてから、映画館を飛び出した。

正月でタクシーは、なかなかつかまらない。仕方なしに、少し遠回りだが、地下鉄で池袋へ出た。

東池袋、昔の日の出町にある「サンライズ・マンション」が、小柴兄弟の住所だった。

三階建のあまり大きくないビルである。宮地は、二階にある小柴兄弟の部屋に直行した。

鉄製のドアに「小柴」と書いた小さな紙が貼りつけてある。ドアの横にあるベルを何度も鳴らしてみたが、返事はなかった。ドアには鍵が掛っているし、明りもついていない。

(まだ、浅草から戻っていないのだろうか?)

宮地は、いったんマンションを出ると、入口を見張れる位置にある赤電話から、工藤警部に連絡した。

「まだ、二人とも、帰って来ていないようです。何かありましたか？」

「いや、まだ事件の報告は入っていない。一寸待ってくれ」

急に、警部の声の調子が変った。宮地は、思わず受話器を握りしめる手に力が入った。その緊張した耳に、警部の甲高い声が聞こえた。

「今、報告が入った。上野のボウリング場に強盗が入った。間違いなく彼等だ。茶色の半オーバーに白手袋をした二十五、六の男が、拳銃を突きつけて、売上金六十万円を強奪したといっている」

「小柴ですね」

「そうだ。だが、例によって、兄弟のどちらかわからんのだ。被害にあったボウリング場の支配人は、一度見たら忘れられない顔だといっているようだが、あの兄弟を並べて見せたら、前の三人と同じで、見分けられんだろうね」

「どうしますか」

と、宮地は、マンションの入口に眼をやった姿勢で、工藤警部にきいた。

「そろそろ、こちらへ引きあげてくる頃ですが、本部へ連行しますか？」

「そうしてくれ。すぐ応援をやる」

電話が切れて十分ほどして、パトカーが駈けつけてきた。車から降りた同僚の刑事

が、宮地の傍へ来て、

「まだか?」

と、マンションの入口を睨んだ。

「まだだ。その中に、意気揚々と引き揚げてくるさ」

宮地は、舌打ちをした。彼等の犯行とわかっていながら、すぐに逮捕できないのがもどかしくてならない。だが、今日は、もし、犯行に使った拳銃や、強奪した金を持っていたら、現行犯で逮捕できる。

宮地は、腕時計に眼をやった。十時五十六分と、確認するように呟いたとき、同僚の刑事が、軽く彼の脇腹を突ついた。

「来たぞ」

「―――」

宮地は、黙って通りに眼を向けた。街路灯の明りの下に二つの人影が現われ、それが、茶色の半オーバーを着た小柴兄弟だと、わかってきた。

「小柴さん」

と、宮地が、二人の前に飛び出して声をかけると、兄弟は、足を止めて、すかすようにに宮地を見た。

「刑事さんじゃありませんか」

と、片方が、のんびりした声を出した。

「こんなところで、一体、何をしてるんです？」

「一緒に来てもらいたくて、待っていたんですよ」

宮地は、怒りを押さえた低い声で、二人にいった。

「またですか」

もう片方が、大袈裟に肩をすくめて見せた。

「僕たちが一体、何をしたというんです？」

「それは、あなたたち自身が一番よく知っている筈ですがね」

「何のことか、さっぱりわからないなあ」

「とにかく、一緒に来てもらいますよ」

宮地は、一人の腕をつかんだ。相手は、ニヤッと笑って、

「逃げやしませんよ。何もしてないんだから」

「僕も同じですね。警察は、何か勘違いしてるんじゃないかなあ」

もう一人も、平気な顔で笑っている。宮地は、胸がむかつくのを覚えた。こいつらは、犯罪を犯しておきながら、絶対に捕らないと自信満々なのだ。

宮地たちは、兄弟をパトカーに乗せ、捜査本部に連行した。

調室で、身体検査をしたが、拳銃も、札束も出て来なかった。

宮地は、訊問を同僚に委せて、工藤警部に簡単な報告をした。

「帰って来たところを捕えて、そのまま連れて来たんですから、拳銃と、金は、途中で何処かにかくしたんだと思います」

と、宮地は、警部にいった。

「用心のいい奴等です。マンションを、われわれが見張っていると、ちゃんと計算していたんだと思います」

「だろうな。だが、かくしたとすれば、いつか取りに行かなければならん。その時が、こちらのチャンスになる」

工藤がいったとき、若い刑事が、被害者だというボウリング場の支配人を連れて来た。三十代の若い支配人で、興奮し、蒼ざめた顔をしていた。

「犯人が捕ったそうですね？」

と、支配人は、かみつくような顔で、工藤を見た。

「盗られた六十万は、返ってくるんですか？」

「まず、犯人かどうか確認してくれませんか」

と、工藤は、相手にいった。

宮地が、支配人を調室の見えるガラス窓のところへ連れて行った。兄弟の片方が、刑事から訊問を受けているところだった。相変らず、宮地には、兄弟のどちらなのかわからなかった。

「あいつですッ」

支配人が甲高い声で叫んだ。

「うちに強盗に入ったのは、あの男です。間違いありません。すぐ、金を取り返して下さい」

「わかりました」

「落着いていないで、早く取り返して下さいよ」

「怒鳴る前に、部屋の隅にいる男も見てくれませんか」

「隅にいる男？」

支配人の視線が動く。そして、宮地や工藤の予期したような反応を見せた。

「これは、一体、どうしたんです？」

ふり向いた支配人の顔に、激しい当惑の色が浮んでいた。

「ごらんになった通りです」

工藤が、難しい顔でいった。

「ごらんになった通りって、あの二人は一体何です？」

「一卵性双生児です」

「双生児？」

一瞬、支配人は、ポカンとした顔になったが、すぐ、眼をとがらせて、

「それなら、すぐ二人とも逮捕して下さい。わたしから盗った金は、どちらかが持ってる筈ですよ」

「われわれも、二人を逮捕したいと思いますよ」

工藤は、宮地と顔を見合せてから、支配人にいった。声がそっけなくなっているのは、相手に対するそっけなさではなくて、小柴兄弟に対する怒りのためだった。

「じゃあ、何故、逮捕しないんです？」

支配人は、いらいらした声でいった。工藤は、調室に眼をやってから、

「貴方は、あの二人のどちらが、強盗に入ったか見分けられますか？」

「それは――」

と、支配人は、顔を、赤くした。

「あんなに似てちゃわかりませんよ。だが、どっちかが、わたしんとこに強盗に入っ

たんです。もう一人の方は、きっと、外で見張ってたんだ。だから共犯ですよ」

「それを証明できますか？」

「証明？　そんなことを、わたしに出来る筈がないじゃありませんか。わたしは、あの二人の片方にピストルを突きつけられていたんです。もう一人が何処にいたか、わかる筈がないじゃありませんか」

支配人が、口をとがらせていったとき、訊問に当っていた刑事が、調室から戻ってきた。

「どうだったね？」

と、工藤がきくと、その刑事は、肩をすくめて、

「あきれるほど、自信満々です。二人とも、強盗なんかに入った覚えはないといっています」

「アリバイの方は、どうなんだ？」

「別れて、ブラブラ散歩していたといっています。新宿を」

「別れてブラブラ？」

工藤の顔が、険しくなった。

「馬鹿にした答だな」

「しかし、賢明な筈ですよ」

と、横から宮地がいった。

「彼等にとって、アリバイは確実である必要はないんですから、むしろ、あいまいな方がいいわけです。彼等の逃げ道は、強盗に入ったのが、兄弟のどちらかわからないという一点にあるんですからね」

「そうだな。もう一人が、なまじ確実なアリバイを作って、そのために、兄弟のどちらかわかってしまえば、命取りになるからね。確かに悪賢い相手だ」

「わたしの六十万円はどうなるんです？」

支配人が、しゃがれた声でいった。

「それは、取り返せると思いますよ」

と、工藤がいった。

「犯人は、まだ、奪った金には手をつけていない筈です」

「本当ですか？」

「確信があります。あなたのところで、六十万円を奪ってから、ここに連行されてくるまでの間、使う時間はないと思うからです。犯人は、金を何処かへかくしたんだと思う。それを取りに行くときが、犯人の最後です。彼等の手に手錠をかけてやりますよ」

「じゃあ、今日は、あいつらを釈放するんですか？」

支配人は、眼をむいた。

「犯人は、あいつらですよ」

「恐らくね。だが、あなたに拳銃を突きつけたのは、二人ではなく、一人です。あなたに、二人のどちらか見分けられるのなら、逮捕しますよ。だが、見分けられなければ、二人とも釈放せざるを得ないんです。疑わしきは罰せずというのが、捜査の原則ですからね」

「しかし、一人は確実に犯人なんですよ。犯人とわかっていて、釈放するんですか？」

支配人が、非難の眼で工藤を睨んだ。工藤は、眼をそらせた。こちらの方が、被害者より一層、口惜しいのだ。

「さっきもいった通り、あなたに、どちらが強盗をやったか、その見分けがつかない限り、逮捕はできないのですよ」

工藤は、押さえた声でいった。口惜しさが、言葉の端々にまで出ていたが、六十万円を奪われて頭に来ている支配人は、ブツブツ文句をいい、警察は無能だと捨てゼリフを残して帰って行った。

工藤と宮地が、顔を見合せて苦笑したとき、若い刑事が入って来て、

「小柴兄弟が、早く帰らせろといっています」

と、いった。

「いいだろう」

と、工藤は、いった。

「すぐ釈放してやれ。その代りに、今から二十四時間中尾行するんだ。彼等は必ず、金を取りに行く。拳銃も。そのときが勝負だ」

起きたとき、窓の外は雪だった。

京子は、ベッドの中で、首だけねじ曲げるようにして、粉雪を眺めていた。

雪景色にあこがれて、この観雪荘ホテルに来たのに、何となく心が弾んで来ないのは、昨夜のあのナイフのせいだった。

食卓に登山ナイフを突き刺したのは一体誰だろう？　それに、何のために、あんな無粋な人騒がせなマネをしたのだろうか？

京子には、いくら考えてもわからなかった。

誰の登山ナイフかもわからなかった。誰も、自分のものだとはいわなかったし、早

川も、このホテルのものではないといった。

　昨日は、結局、誰かが悪ふざけをしたのだろうということになって、登山ナイフは、早川が保管することになった。だが、本当に、単なる悪ふざけなのだろうか。京子は、何となく不安になってくる。

　ふいにドアがノックされて、京子は、ビクッとしたが、入って来たのは森口だった。

「新年おめでとう」

と、森口は婚約者の気安さで、ベッドの横に腰を下した。

京子は、眼をこすってから、森口の顔を見上げた。

「今、何時なの？」

「七時半だ。あと三十分で朝食だよ」

「あまり食欲がないわ。昨日、あのナイフを見てからよ」

「あれは、誰かが悪戯したんだ。悪戯にしては、一寸悪ふざけが過ぎるがね」

「一体、誰が？」

「わからないよ。昨日、寝てから考えてみたんだ。君が二階で悲鳴をあげたとき、テーブルについていた連中は、一斉に、二階に駈け上って行った。あのとき、一番後から食堂を出た人間が、登山ナイフをテーブルに突き刺したことになる」

「誰なの？」

「それを昨日から考えてるんだが、どうしても、思い出せないんだ。あのとき、誰か一人、食堂に残っていたとしても、誰も気がつかなかったと思うんだ。誰もが、君の悲鳴に気を取られていたからね」

「誰か、食堂に残ったのかしら？」

「いや。みんな二階に駈け上ったよ。僕のいうのは、そのくらいだから、誰が一番後から食堂を出たかなんか、誰にもわからないということだよ」

「犯人以外はでしょう？」

京子がいうと、森口は、「犯人？」と、おうむ返しにいってから、ニヤッと笑った。

「犯人なんて、大げさないい方をするんだな。悪ふざけをしただけじゃないか」

「あたしは、何だか、単なる悪ふざけじゃないような気がするのよ」

「へえ」

「犯人は、今度は、誰かをナイフで刺すかも知れないわ」

「一体、どうしたんだい？」

森口は、肩をすくめて見せた。

「悪い夢でも見たんじゃないのかい？　早く起きて、朝食をすませて、雪で遊ぼうじゃないか。天気予報だと、この雪は、昼までにはやむそうだから」

「わかったわ」

と、京子は、うなずいた。確かに、森口のいう通りかも知れない。人が殺されるなんて考えるのは、少し考えすぎだろう。

「すぐ行くから、先に食堂へ行っててよ」

と、京子はいった。

ひとりになってから、起き上って、軽く顔を直した。

（もう、詰らないことは考えないようにしよう）

と、京子は、手鏡の中の自分の顔に向っていい聞かせた。

（ここには、楽しみに来たんだもの。それに、今日は新しい年の元旦なんだ）

京子が、食堂へおりて行くと、みんなテーブルについていた。

トルコ娘の太地亜矢子は、相変らずにぎやかにおしゃべりをしていた。

タクシー運転手の田島は、昨日と同じように、影の感じられる顔で、ニヤニヤ笑っていた。

犯罪学の研究をしているという五十嵐は、低い声で、森口に、犯罪の動機について話していた。

昨日、睡眠薬で、京子を驚かせた矢部だけは、ひとりだけ、みんなから離れた感じで、ポツンと腰を下していた。

「貴女が来るのを待っていたんですよ」

と、早川が、京子に向って、ほほえんだ。

「今朝は、元旦なので、この地方の雑煮を食べて頂くことにしました」

「遅れてすみません」

京子は、ぴょこんと、みんなに頭を下げてから、森口の隣りに腰を下した。

最初に、おとそで乾杯ということになり、早川の音頭で、

「新年おめでとう」

と、いった。

アルコールに弱い京子は、すぐ顔を赧く染めた。身体が火照ってくると、気持が弾んできて、今までの不安が、嘘のように消えてしまった。

雑煮も美味かった。みんなが、お代りをして、食べたお餅の数を競い出した中で、矢部だけは、すぐ箸を置いてしまい、二階の自分の部屋に戻ってしまった。

「あの人——」

と、太地亜矢子が、矢部の姿が消えるのを確めてから、秘密めかした調子で、誰にともなくいった。

「失恋で悩んでるのかと思ったら、どうやら違うらしいわ」

「そうすると、私の考えが当っていたということですか？」

早川が、微笑しながら、亜矢子を見た。京子は、二人のやりとりを聞いていて、雪上車の中でのことを思い出した。確か、太地亜矢子は、矢部という男は、失恋したに違いないといい、早川は、他のことで悩んでいるようだといった。そして、亜矢子が勝ったら一万円とかいっていたが――。

「まあそうね」

と、亜矢子がいった。

「昨日の夜、十二時頃だったかしら。急にお酒が飲みたくなって、バーへ降りて来たら、あの人が、ひとりで飲んでいたのよ。そこで、いろいろと話したんだけど、どうも、女の悩みじゃないみたいだったわ」

「じゃあ、矢部さんは、何を悩んでいるといってました？」

早川は、熱心にきいた。ホテルの主人としての気遣いかも知れなかった。

「それが、よくわからないのよ。ひょっとすると、東京で何か悪いことでもして、ここへ逃げて来たのかも知れないわ。ここなら、安全だもの」

「あんな陰気な男のことなんか、どうだっていいじゃねえか」

と、田島が、眉をしかめて見せた。ヤクザめいた口調になるところをみると、いろいろといわれている日雇運転手で、東京では、乗車拒否の常習犯かも知れない。

京子は、テーブルに登山ナイフを突き刺すような乱暴な悪戯をしたのは、この男かも知れないと思い、ナイフの刺さっていたあたりに眼をやった。そこはまだ、クサビ形の穴があいたままになっていた。

朝食がすんで、一休みした頃から、粉雪がやんで、薄陽がさし始めた。

「スキーをなさる方は、スキーとスキー靴を用意しますから、おっしゃって下さい」

と、早川がいった。

京子は、自分の部屋に戻って、スキーウエアに着換えた。

彼女が下に降りて行くと、他の者も、それぞれスキーウエアに着換えて集っていた。

田島が、身体によく合わないスキーウエアを着ていると思ったら、忘れて来たので、ホテルのものを借りたのだとわかった。

「忘れて来たって、本当かしら？」

と、京子は、森口の耳もとでいった。

「持ってないもんだから、そんな体裁のいいことをいってるんじゃないかしら」

「君は、あの運ちゃんが嫌いらしいね」

森口が、苦笑した。

「ああいうガサツな人って、好きになれないのよ」

と、京子は、少し声を大きくしていった。

矢部だけは、相変らず、部屋から出て来なかった。

「気がクサクサしているときなんか、スキーをすると、スカッとしていいんですがねえ」

と、早川が残念そうにいうと、太地亜矢子が、

「あたしが、誘ってみるわ」

と、ぴっちりしまったスラックスの腰のあたりを、弾ませるようにして、階段を駈け上って行った。が、すぐ戻って来ると大げさな溜息をついた。

「全然だめよ。内側から鍵をかけちゃってるんだから。それに、いくらベルを押しても返事をしないんだもの」

「変ってるんだ、あの男は」

田島が、舌打ちをした。

「あんな男は、放っとけばいいのさ」

「また、睡眠薬を飲んだんじゃないかしら？」

京子は、心配になってきて、森口にきくと、横にいた五十嵐が、

「飲んだとしても、心配することはありませんよ」

と、落着いた声でいった。

「睡眠薬を飲みつけている人間は、危険な量というのを、ちゃんと知ってますからね」

そんなものかなと、京子も思った。

早川の案内で、京子たちは、スキーをつけて、裏山へ登った。

ホテルの周囲は、何処でもスキーが出来るようだった。

リフトがないので、登るのは骨が折れたが、有名なゲレンデのように、人間が多すぎるということのないのが有難かった。

今日が、生れて二度目のスキーという京子は、やたらに転んで新雪に穴をあけてばかりいたが、それでも結構楽しかった。

最初の中は、一緒にかたまって滑っていたが、その中に、腕の違いに従って、バラ

バラになっていった。

上手いものは、急な斜面に行き、京子や森口や、太地亜矢子のような初心者は、ゆるい斜面に残って、早川から、直滑降の基本を習った。

風がないので、滑っている中に、汗ばんでくる感じだった。

昼近くなると、早川は、食事の仕度にホテルに帰り、亜矢子は転んだ拍子に腰を打って、これも、ホテルに引き揚げてしまって、ホテルの裏のゆるい斜面には、京子と森口の二人だけが残った。

「少し休まないか」

と、森口がいった。

二人は、ぺたんと、雪の上に腰を下した。

京子は、手袋をとり、素手で雪をすくいあげて、口にほおばった。身体が火照っているので、雪の冷たさが、ひどく美味い。

「やっぱり、来てよかったわ」

と、京子は、周囲の雪景色を見廻しながらいった。

「景色はいいし、静かだし」

「雪っていうのは、音を消すんだな」

森口は、したり顔でいってから、急に、京子に接吻した。スキーのあとの心地良い疲労が、欲望を感じさせたのかも知れない。

京子は、クスッと笑ってから、森口の胸に寄りかかろうとして、ふいに、顔を引きつらせた。

「あれ」

と、京子は、かすれた声でいい、ホテルの方を指さした。その指先が、かすかに震えている。

「あれを見て」

「何だい？」

森口は、不審そうに、京子の指先を追った。

「ホテルの二階よ」

「二階？　ああ、誰か、立って、こっちを見てるみたいだな」

「立ってるんじゃないわ。あれは、天井からぶら下ってるのよ」

「馬鹿な」

と、森口は、笑いかけたが、その笑いも、途中で消えてしまった。

「確かに立って、こっちを見てるんじゃないな。ぶら下ってゆれている——」

「あれは、矢部さんの部屋よ」

京子は、まっ青な顔でいった。

二人は、立ち上がると、直滑降で、ホテルの玄関に向って滑り降りた。何度も転び、最後は、スキーを外して、深い雪に足を取られながら、玄関にたどりついた。

「早川さーん」

と、ロビーに入るなり、森口が大声で呼んだ。

調理場にいた早川が、コック帽を頭にのせた恰好で、顔を出した。

「何です？　ケガでもなすったんですか？」

「矢部という人の部屋に一緒に行ってもらいたいんだ」

「何故です？」

「窓の外から見たら、様子が変なんです」

と、京子が、かすれた声でいった。

「ひょっとすると、首を吊ってるかも知れないんだ」

森口が、蒼い顔でいった。

「首吊り？」

と、早川も、顔色を変えた。三人の声を聞きつけたとみえて、先に帰っていた太地亜矢子も、バーから顔を出した。

四人は、階段を駈け上った。

早川が、ドアのノブをつかんでガタガタやったが、ドアはあかなかった。

「どうやら、鍵をかけてあるようです」

と、早川がいった。

京子は、ベルを押した。が、返事はない。

「マスター・キーで、ドアはあけられないんですか？」

森口が、甲高い声できくと、早川は、くびを横にふった。

「残念ですが、内側から鍵がかかっていると、マスター・キーでもあけられないんです」

亜矢子は、しゃがんで、鍵穴から中をのぞき込んだが、ベッドしか見えないといった。

「これじゃあ、窓の方から入り込むより仕方がないようですね」

と、早川がいった。

京子たちが、階段を降りて行くと、丁度、五十嵐と田島の二人も、ホテルに戻って来たところだった。

森口が、矢部のことを話すと、二人も、京子たちに続いて、窓の下へ急いだ。

梯子をかけ、まっ先に、田島が登って行った。

田島は、矢部の部屋をのぞき込んでから、妙に白茶けた顔で、下に集っている京子たちを見下した。

「死んでいる」

と、乾いた声でいってから、田島は、手を頸にやって、首吊りの恰好をして見せた。

田島は、手袋をはめた手で、窓ガラスを叩き割り、手を差し込んで、窓をあけ、部屋に飛び込んだ。

京子たちは、田島が、ドアを内側からあけるのを待って、矢部の部屋に入った。

矢部は、自分のバンドで、首を吊っていた。それを見た瞬間、京子は顔をそむけ、男たちが、死体を床におろしてから、――やっと、眼をあけた。

部屋の中は、乱れたところがなかった。ベッドの横のテーブルには、昨日見た睡眠薬の瓶が転がっていた。

「自殺だな」

と、森口がいった。

「こんなところで、首を吊るなんて、バカな奴だよ」

田島が、冷たいいい方をした。太地亜矢子は、いかにも彼女らしく、

「よっぽど苦しいことがあったのね」

と、芝居のセリフめいたことをいった。

ふいに、重苦しい沈黙が、部屋を押し包み、誰かが、溜息をもらしたとき、その沈黙を破るように、

「これは、自殺じゃない」

と、五十嵐が、眼鏡をキラリと光らせて、いった。

みんなの視線が、一斉に五十嵐に集った。

「自殺じゃないというと、殺されたというんですか？」

森口が、くびをかしげて、五十嵐を見た。

「そうです。これは殺人ですよ」

「何故です？　どう見ても、自殺としか思えませんがねえ」

「じゃあ、あれを見て下さい」

五十嵐は、壁の一角を指さした。そこには、葉書大の一枚のカードが、画鋲で止めてあった。今まで、他の人がそれに気がつかなかったのは、死体にばかり気を取られ

ていたからだろう。

〈かくて第一の復讐が行われた〉

そのカードには、妙に角張った字で、そう書いてあった。

田島が、そのカードを引き剝した。画鋲が飛んだ。

「一体、誰の悪戯なんだ？」

「悪戯じゃないと思いますよ。犯人の置手紙だと、僕は思うんですがね」

五十嵐は、落着いた声でいった。

「置手紙？」

森口が、テーブルに置かれたカードを見て、五十嵐にきいた。

「じゃあ、この丸に斜めの線の入った妙な

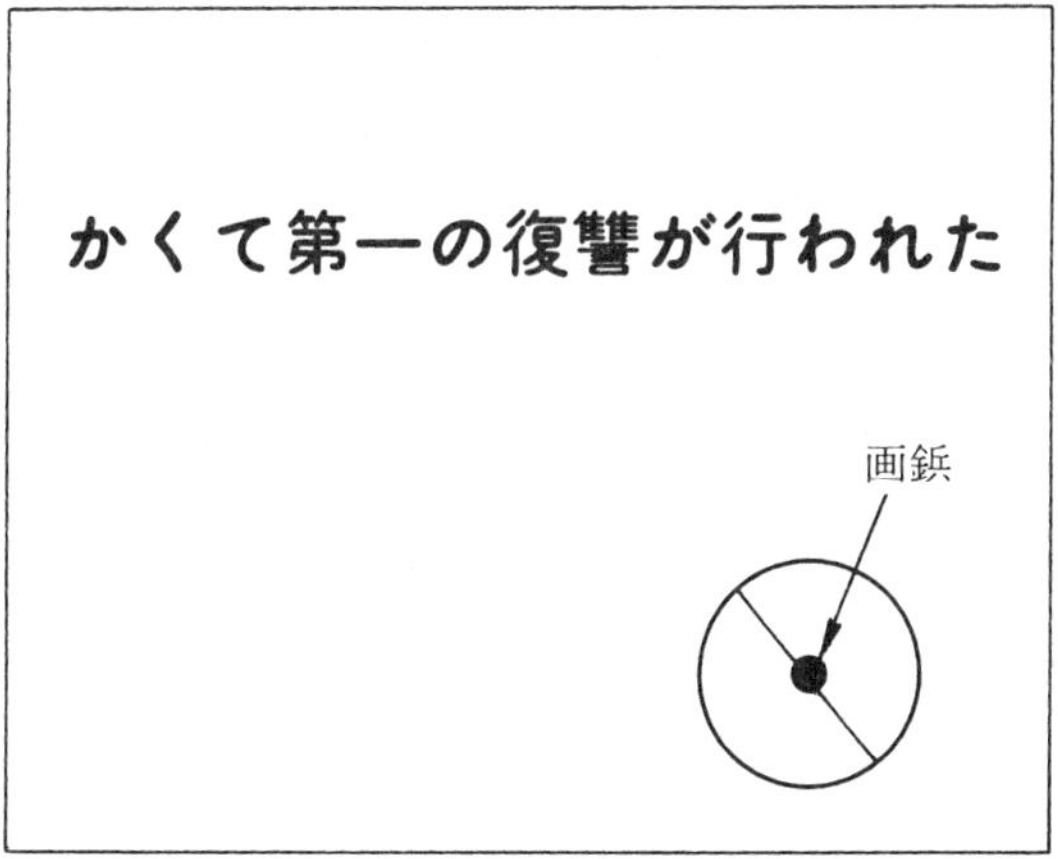

マークは、犯人の手形みたいなものだというんですか？」

「恐らくそうだと思います」

「まるで、小説に出てくる復讐鬼みたいじゃありませんか？　少し、バカバカしくはありませんか？　それに、⃠なんて交通標識みたいなマークが、犯人の手形だなんて信じられないな」

森口は、指で、宙に、その図形を描いて見せた。

五十嵐は、表情を変えずに、

「犯罪というものは、時として、ひどく馬鹿げた形を取るものですよ、表面的には」

と、いった。

「とにかく、警察に電話しましょう」

と、二人の話を押し止める恰好で、早川が口を挟んだ。

「自殺にしろ他殺にしろ、人が一人死んだのですからね」

この早川の意見には、誰も反対はしなかった。

早川を先頭にその部屋を出ると、京子たちは、無言でロビーへ降りて行った。

早川が、まず、受話器を取り上げた。が、

「もし、もし——」

と、繰り返しただけで、急にくびをひねってしまった。

「おかしいな、全然通じない」

「一寸、貸してみて下さい」

五十嵐が代って受話器を耳に当てたが、すぐ、

「駄目だ」

と、舌打ちをした。

「電話線が切れてしまったらしい」

その言葉に、みんなの顔色が変った。太地亜矢子が、

「電話が通じなかったら、あたしたちは一体どうなるの？」

と、声をふるわせた。

早川は、みんなの不安を柔らげようとしてか、わざと笑顔を作って、

「電話が通じなくても、大丈夫です。心配ありません。雪上車で、町へ行って警官を連れてくればいいんですから」

「そうだったわねえ」

と、亜矢子は、早川の言葉で、明るい表情になった。

「雪上車があったんだわ。警察が来れば、もう何にも怖いことはないわね」

京子は、黙っていたが、ほっとしたことは同じだった。警察が来れば、何の不安もなくなるだろう。矢部の死が、五十嵐のいうように殺人だったとしても、警察が解決してくれるだろう。

「なるべく早く、警察を連れて来て欲しいですね」

五十嵐が、矢部の部屋にあったカードをひねり廻しながら、早川にいった。

「矢部さんは、自殺でなく殺されたんだと思う。ということは、われわれの中に犯人がいるということですからね。早く警察に来てもらわないと、犯人は第二の犯行を犯すかも知れませんからね」

「われわれの中に犯人だって？」

森口が、眼をむいた。他の者も、非難するように、五十嵐を見つめた。

早川は、困惑した表情になって、「五十嵐さん」と、少し強い声を出した。

「まだ、自殺か他殺かわからないのに、そんな、人を不安にするようなことは、おっしゃらない方がいいんじゃありませんか」

「そうよ」

と、亜矢子も、口をとがらせていった。

「第一、ドアに鍵がかかってたんだから、あれは自殺だわ」

「しかし、このカードには、第一の復讐と書いてありますよ」

五十嵐は、カードを、亜矢子の眼の前に突き出して見せた。

「自殺する人間は、こんなものは書きませんよ。復讐という言葉は、加害者のものですからね」

「自分自身に対する意味かも知れませんよ」

森口が、口を挟んだが、五十嵐は、「違いますね」と、あっさり片付けてしまった。

「自分自身に対する復讐なら、第一の、とは書きませんよ」

五十嵐のいい方には、何処かに相手を押さえつけるような高圧的なところがあった。

京子は、彼に好意を感じていたのだが、それが次第に反撥に変っていくのを感じた。この男は、まるで殺人事件の方がいいみたいないい方をしている。

「とにかく、警官を迎えに行って来ましょう」

と、早川は、重苦しくなった空気を柔らげるように、いってから、急に気がついたように、

「田島さんの姿が見えませんが、何処に行かれたんですかね？」

と、京子たちの顔を見廻した。

その言葉で、京子も、はじめて、タクシー運転手の田島がいなくなっているのに気がついた。

二階の矢部の部屋から降りて来たときは、確かに一緒にいた筈である。いつの間にいなくなったのだろう。

「お酒でも飲んでるんじゃないかしら。あの人、相当好きらしいから」

と、亜矢子が、笑いながらいった。あの人という方に、何か、媚びのひびきのようなものを感じて、京子は、亜矢子が一層、きらいになった。この女は、きっと、誰とでもすぐベタベタするのだろう。

だが、田島は、バーにはいなかった。早川が、玄関へ行こうとしたとき、その方向から、手をこすり合せながら戻ってきた。その手が、薄黒く汚れていた。

「雪上車は使えないよ」

と、田島は、みんなの前に立ちふさがる恰好でいった。

「使えないといって、どういうことです？」

早川が、不審そうに田島を見た。京子たちも、同じような眼で、田島を見つめた。

田島は、角張った顔を、手の甲でこすってから、

「あの雪上車は故障してるんだ」

「故障、そんな筈はありませんよ」

と、早川は、小さくくびをふった。

「昨日まで、ちゃんと動いていたんですからね」

「だが、故障してるよ。嘘だと思うんなら見てみろよ」

田島は、乱暴な口調でいい、鼻の頭を、また手の甲でこすった。

早川を先頭に、京子たちは、玄関を出ると、横にある車庫へ突進した。もし、田島の話が本当なら、大変なことだった。

雪上車は、京子たちが乗ってきたままの姿で、そこに置かれてあった。

しかし、早川が乗り込んで、スタータースイッチを入れても、エンジンは、黙りこくったままだった。

早川は、エンジンフードを持ち上げて、エンジンをのぞき込んだ。彼は、しばらくその姿勢で調べていたが、顔をあげたとき、蒼ざめた表情に変っていた。

「確かに、この車は動きません」

と、早川は、かすれた声でいった。

「だが、故障じゃありません。誰かが、エンジンをこわしたんです。プラグが全部なくなっている上に、バッテリーの液まで抜かれています」

森口が、大きな声を出した。みんなの眼が、自然に、早川から田島に移って行った。そのときになって、京子は、田島の手の汚れが、車の油ではないかと考えた。

田島の顔が、あかくなった。

「何故、おれの顔をジロジロ見るんだ？」

「あなたは、何故、さっき、雪上車を見に行ったんです？」

みんなの疑問を代表する形で、五十嵐が田島にきいた。

田島は、眉をしかめて、

「雪上車で、警官を迎えに行くというから、気を利かして、エンジンを暖めようと思ったのさ。こんな寒い時には、十分くらい、エンジンを暖めておく必要があるからね。おれは、タクシーの運ちゃんをやってるから、そういうことがすぐ気になるんだ。そうしたら、エンジンがぶっこわれてたんだ」

「しかし、あなたは、故障だと嘘をついたじゃありませんか？」

「本当のことをいったら、あんたなんかが、また、犯人の仕業だとか何とかいって騒ぎ立てると思ったからさ」

「エンジンは、なおるんですか？」

と、森口が、早川にきいた。早川は、暗い表情で、くびを横にふった。

「プラグは予備がありますが、バッテリーの方がないんです。新しいのと取り替えたばかりだったものですから、バッテリーの予備を買っておかなかった。これじゃあ、一寸、なおしようがありません」

「じゃあ、どうなるんです？」

森口は、嶮しい眼になって、早川を見た。

京子も、暗い不安に襲われた。電話が通じない上に、雪上車が動かないとなったら、このホテルに閉じ籠められたと同じではないか。それもただ閉じ籠められたのとは違うのだ。人間が一人死んでいる。死体と一緒に閉じ込められてしまったのだ。

「まあ、落着いて下さい」

と、早川は、みんなの顔を見廻した。顔は、緊張で蒼白く見えたが、声は、まだ落着いていた。

「K町へ連絡する方法は、まだあります。スキーを使うのです。ただ、大変な道のりですから、スキーに自信のある人でないと、無理です。私自身は、雪国に育ったくせに、お恥しい話ですが、さっきご覧になったように、あまり上手くないのです」

「僕も駄目だな」

と、森口もいった。

京子と太地亜矢子も、同じだといった。初心者に行ける道ではない。

「とすると、あなた方のどちらかが頼みの綱ということになるんですが」

早川は、五十嵐と田島の顔を等分に見た。

「さきほどは、お二人とも、かなりお上手のようにお見受けしましたが」

「僕は駄目ですよ」

五十嵐が、眼を伏せた。

「僕のはゲレンデスキーで、上手そうに見えるが、長い距離や、起伏の激しい場所は、駄目なんです。スキーツアーは一度もやったことがありませんし――」

「田島さんは、いかがですか？」

早川が、まっすぐに見つめてきくと、田島は、ふてくされたように、車庫の天井を睨んでから、

「他にいなきゃ、おれが行くより仕方がないだろうな」

と、いった。

「だが、今すぐは駄目だ。疲れてるからな。明日早く行ってやるよ。それでいいだろう？」

からである。

誰も、いけないとはいわなかった。田島以外に、スキーで町まで行く人間がいない
そのせいか、田島が、雪上車をこわしたのではあるまいかという疑問は、もう誰も口にしなかった。田島を下手に怒らせて、ツムジを曲げられるのが怖かったからである。

京子たちは、ホテルに戻った。

田島は、いくらか英雄的な気持にでもなったのか、余計、傲慢な表情になり、バーでウイスキーを何杯も飲んだ。酔いが廻ると、野太い声で、演歌を唄い始めた。ヤクザ礼賛の歌である。

〈男一匹命をかけて――〉

といった歌だったが、ドラ声なので、よく聞き取れなかった。

京子は、森口と、ロビーで、早川の入れてくれたレモンティを飲みながら、田島の唄に眉をしかめた。

「まるでヤクザね」

「運ちゃんのなかにはヤクザのようなのもいるからな」

と、森口も、舌打ちをした。

「きっと僕たち全部の運命を、自分が握っているような気でいるんだろう」

「雪上車をこわしたのは、あの男かしら?」

「わからないが、彼が、エンジンをいじり廻したのは確かだな。手の汚れは、あれはエンジンオイルだよ」

「あたしも、油だと気がついたわ」

と、いってから、京子は、バーの方へ視線を投げた。田島は、まだ、「男一匹——」と繰り返している。

「下手くそな歌ね」

と、京子が、吐きすてるようにいったとき、五十嵐が入ってきて、二人の脇に腰を下した。

「向うにいると、耳が痛くなりそうなんで、逃げて来ましたよ」

と、五十嵐は、苦笑して見せてから、煙草を取り出して火をつけた。

「亜矢子さんは?」

と、京子がきくと、五十嵐は、ニヤッと笑って、

「田島さんと一緒に飲んでますよ。あの二人は気が合うのかも知れませんね」

「あなたに聞きたいんですが——」

森口が、五十嵐に向っていった。

「矢部さんが、本当に殺されたと思っているんですか？」

「ええ、思っています。あのカードがその証拠です」

「しかし、あの部屋は完全な密室ですよ。殺人だとしたら、犯人は、どうやって逃げたんです？」

「確かに密室ですね。だが、僕は、犯人はトリックを使って逃げたんだと思いますよ」

「どんなトリックです？」

「それはわかりませんが、殺人と考えなければ、あのカードの説明がつきませんからね」

「あたしは、とにかく、一刻も早く警察の人に来てもらいたいわ」

と、京子は、二人の議論に水をかけるようないい方をした。

「死体と一緒にいるなんて嫌だもの」

「僕も嫌ですよ」

と、五十嵐がいった。

夕刻になると、また粉雪が舞い始めた。風も強くなって、弱い吹雪になった。そのことが、みんなの気持を一層、陰気にしたとみえて、夕食がすむと、すぐ、自分の部屋に引きあげてしまった。

京子は、ひとりでいるのが不安で、自分の部屋に森口を呼んだ。

「今夜は、眠れそうもないわ」

と、京子は、ガウンの襟をかき合わせるようにした。暖房されている筈なのに、何となく寒気がするのは、死体が同じホテルにあるせいかも知れなかった。

静かで、風の音だけが聞こえてくる。

京子は、トランジスタラジオを取り出してスイッチを入れた。音楽が聞こえてくると、少し気分が落ちついてきた。

「あたしね。どうも、あの田島というタクシーの運転手が信用できないの」

「同感だな」

「本当に、明日になったら、スキーで、町まで連絡に行ってくれる気なのかしら?」

「それもわからないな。雪上車をこわしたのがあの男だとすると、スキーで連絡に行くというのが訝しいからね」

「早川さんは、何故、あんな変な男を、あたしたちと一緒に招待したのかしら」

京子は、腹立たしくなるのを感じる。自分や森口と、あのタクシー運転手とは違いすぎるのだ。一体何処に共通点があるというのだろうか。

「きっとあの男は、今はやりの暴力タクシーの――」

「しッ」

と、ふいに、森口が、唇に指を当てた。

「何なの？」

「ラジオを聞いてみろ」

ラジオは、丁度、ニュースの時間になっていた。


〈十二月二十九日の夜、荒川の土手で空車で発見されたタクシー運転手、田島信夫さんの行方は、まだわかっていません。水揚げの金八千円がなくなっていることから、当局は、田島さんが、強盗に襲われて殺されたのか、或は、田島さん自身が、八千円を持って姿を消したかのいずれかとみて、捜査を続けています――〉


「あの男の名前も、確か、田島信夫じゃなかったかな？」

森口の顔が緊張していた。

京子も、ニュースを聞き終ったとき、顔色を変えていた。

「確かに、田島信夫よ。同名異人かも知れないけど、もし、同じ運転手だったら、どういうことになるの？」

「タクシーの運転手が、仕事の途中で、車を放り出して遊びに行ってしまうというのもおかしいな。もし、何かがあったとすると、あの田島という男は――」

第五段階《ステップ》

朝の光の中で、宮地刑事は、眼をしばたたいた。

（もう一月二日になってしまった）

連続強盗事件が始ったのが、去年の十二月二十八日だから、もう五日になるのだ。

しかも、犯人がわかっていて逮捕できない事件など、宮地には生れて初めての経験だった。それだけに、無性に腹が立って、焦《い》らだたしくてならない。

小柴兄弟は、昨夜、捜査本部からマンションに帰ったあと、一歩も外に出なかった。

（しかし、必ず、金を取りに行く筈だ）

と、宮地は確信していた。

宮地と、同僚の鈴木刑事が張込んでいる路地の横を、年始廻りに行くらしい着物姿の親子が、白い息を吐きながら通りすぎて行った。

眼の前のマンションにも、時折り人が出入りするが、小柴兄弟の姿は、なかなか現われない。

陽が少しずつ高くなって行く。よく晴れて、暖かい一日になりそうだった。

「殴られた頭は、もう大丈夫なのか？」

宮地が小声できき、鈴木刑事が、

「少し痛むが、そんなことはいってられないからな」

と、答えたとき、マンションの玄関へ、小柴兄弟が出てくるのが見えた。

今日は、二人とも和服だった。

マンションを出たところで、兄弟は、周囲を見廻し、それから、池袋の駅に向って、足早に歩き出した。

宮地と鈴木刑事も、すぐ、その後を追った。

兄弟は、歩きながら、尾行を警戒するかのように、時々、うしろをふり向く。その度に、宮地たちは、素早く身をかくした。

「これは臭いぞ」

と、追《つ》けながら、宮地が緊張した顔で、鈴木刑事にささやいた。

「あれだけ警戒しているところをみると、金を取りに行く気だ」

小柴兄弟は、池袋駅につくと、三十円区間の自動販売機で切符を買った。

宮地も、続いて、十円銅貨を投げ込みながら、三十円区間に、上野が入っているのに気がついた。昨日襲われたボウリング場は、確か上野だった筈である。鈴木刑事も、すぐそれに気がついたとみえて、「行先は、上野らしいな」とつぶやいた。

ホームは、晴着姿の家族連れで一杯だった。日本髪の若い娘もチラホラしている。だが、尾行に必死の宮地たちには、そんな華やかな色彩は眼に入らなかった。

小柴兄弟は、予想通り、上野方面行の電車に乗り込んだ。

宮地たちは、同じ車輛の反対側に乗って、兄弟の動きを見守った。いつもは、ガヤガヤとお喋りの好きな兄弟が、今日は、じっと押し黙って、窓の外を見つめている。

(金を取りに行くんで緊張しているんだ)

と、宮地は思った。彼等にも、その現場を警察に押えられれば、一巻の終りだということは、わかっているに違いないからである。

上野へ着くと、小柴兄弟は、そそくさと電車を降りた。

「予想どおりだな」

と、鈴木刑事がいった。宮地も、黙って肯く。だが、兄弟は、奪った金を、何処にかくしたのだろうか。

上野駅の構内には、日本髪が多い。やはり、浅草に近いからだろう。小柴兄弟は、改札口を出ると、いったん立ち止って周囲を見廻してから、小荷物預り所に向って歩いて行った。

宮地たちは、柱のかげに身体をかくして、小柴兄弟の様子を見守った。

「成程ね」

と、宮地は、はじめて、ニヤッと、同僚に笑って見せた。

「六十万円は、駅の小荷物預けだったのか」

「恐らく、拳銃も一緒だ」

と、鈴木刑事もいった。

「だが、どうする？　つかまえて、調べるか？」

「一応、派出所の警官に頼んでみよう」

と、宮地はいった。

二人は、柱のかげから出て、駅構内の警官派出所に飛び込んだ。宮地が、そこにいた若い警官に警察手帳を見せてから、

「今、小荷物預り所で、荷物を受け取っている二人連れがいるだろう」

と、兄弟を指さして見せた。

「双生児だ。あの二人を職務質問して、受け取った荷物の中身を調べてもらいたいんだ。構内で盗難事件があったからとでもいえばいい」

「あの二人が、何かしたんですか？」

若い警官は、緊張した顔できく。

「それを説明してるヒマはないが、ひょっとすると、拳銃と六十万円の金が出てくるかも知れんのだ」

「わかりました」

若い警官は、勢よく飛び出して行った。

小柴兄弟は、小荷物預り所から、小さなスーツケースを受け取って、切符売場の方へ歩きかけたところだった。

警官が二人を呼び止め、何かいっている。

やがて、警官は、兄弟を柱のかげに連れて行って、スーツケースをあけさせた。小柴兄弟は、意外に素直にいうことを聞いている。

宮地たちは、眼をこらしていたが、警官は、ひと通りスーツケースを調べてから、兄弟を釈放してしまった。

「おかしいな」

と、鈴木刑事がいった。宮地は戻ってくる警官をつかまえて、

「どうしたんだ？」

と、詰問する調子できいた。

若い警官は、拍子抜けした顔で、

「スーツケースをあけさせたんですが、拳銃も、金も入っていませんでした」

「じゃあ、何が入っていたんだ？」

「古本が二十冊ばかり入っていただけです」

「古本？」

宮地は、鈴木刑事と顔を見合せた。あの兄弟が、読書好きなんてことがあるだろうか。

「本だけしか入っていなかったのか？」

「ええ。念のために、スーツケース自体も念入りに調べましたが、あれは、何処にでも売っている普通のスーツケースです」

「おかしいな」

「その古本だよ」

と、鈴木刑事が、叫んだ。

「六十万円といっても、一万円札なら六十枚だ。千円札が混っていても、枚数はたかが知れている。古本の頁の間に、一枚ずつはさんでかくしたんじゃないのか？」

「そうだ」

宮地も、大きく肯いた。他に、あの兄弟が古本を二十冊も買う理由がある筈がない。

小柴兄弟は、切符を買い、スーツケースを下げて、改札口へ向っていた。

宮地が先に駈け出し、鈴木刑事も続いた。丁度、改札口の前で、宮地は、兄弟をつかまえることが出来た。

「小柴さん」

と、声をかけると、兄弟は、同時にふりむき、宮地を認めると、片方が、

「やあ、刑事さん」

と、微笑した。

「こんな所で、何の用です？」

「一寸、あの派出所まで来てもらいたい」

と、宮地は、固い声でいった。兄弟は、肩をすくめた。

「何故です？」

「とにかく、来て欲しい」

「いやだといったらどうなるんです？」

「拒否するのは、あなた方の自由だ。しかし——」

「しかし、警察としては、後暗いところがあると考えるというのですか？」

「——」

「いいですよ。何処へでも行きましょう。僕たちには、何も後暗いところがないんだから」

小柴兄弟は、肩をそびやかした。宮地たちは黙って、兄弟を派出所へ連れて行った。

椅子へ兄弟を座らせてから、

「そのスーツケースを調べさせてもらいたいんですがね」

と、宮地が、ゆっくりといった。

兄弟は、顔を見合せてから、いい合せたように、ニヤッとした。

「さっき、そこにいる若いお巡りさんが調べましたがねえ」

片方が、ニヤニヤ笑いながらいった。宮地は、わざと無表情に、

「われわれも、中を拝見したいのですがね」

「中は、古本だけですよ」

「その古本を拝見したいですね」

「見ても仕方がないでしょう？」

「それは、拝見してから、われわれが決めることですよ」

「いいでしょう。つまらない本ばかりだが、ご覧になって下さい」

兄弟は、あっさり折れて、スーツケースをテーブルにのせて、あけて見せた。

確かに、古本ばかりだった。

だが、読むために買ったものではないことは、ひとめではっきりしていた。本の内容が全く統一がとれていないからである。麻雀必勝法があるかと思うと、内燃機関の研究などという学術書が入っている。

宮地と鈴木刑事は、一冊ずつ、丁寧に頁をくってみた。

小柴兄弟は、そんな二人の様子を、面白そうに眺めている。

宮地は、だんだん、自分の考えに自信が持てなくなってくるのを感じた。五冊目、六冊目と調べても、一万円札はおろか、五百円札も出て来ないからである。鈴木刑事も、次第に険しい表情になっていった。

全部の古本を調べ終ったが、一円も出て来なかった。念のために、スーツケース自体も調べてみたが、警官がいったように、細工がしてあるようには見えなかった。

「何か面白いものでも見つかりましたか?」

落胆している二人を、からかうように、兄弟の片方が、ニヤニヤ笑いながら話しかけた。

宮地も、鈴木刑事も、むッとした表情になっていた。こんな筈はないという気が宮地にはあった。小柴兄弟は、こんな古本を、わざわざ受け取りに、上野までやって来たのか。そんな馬鹿なことがあるだろうか。

だが、いくら調べても、眼の前にあるのはただの古本なのだ。

「どうも、失礼しました」

と、宮地は感情を押し殺して、兄弟に頭を下げた。

「われわれの勘違いでした。お引取り頂いて結構です」

「そうですか」

兄弟は、スーツケースを下げて、派出所を出かかったが、急にふり向いて宮地を見つめた。兄弟の口元には、相変らず皮肉な笑いが浮んでいた。

「僕たちは、罪人扱いにされたことで、あなた方を告訴したりしませんから安心して下さい」

と、片方が、いった。

「こんなことには、慣れていますからね」

「それに、これ以上、あなた方に睨まれるのは嫌ですからねえ」

と、もう一人がいった。

「長いものには巻かれろというのが、僕たち兄弟の処世術でしてね」

兄弟の姿が消えると、「くそッ」と、宮地が怒鳴った。

「いい気になって、からかいやがった」

「しかし、おかしいな」

鈴木刑事が、腕を組んでつぶやく。

「何故、あの兄弟が、ただの古本を、上野まで取りに来たんだ？」

「わからんよ。ただ、ひょっとすると――」

「何だ？」

「全て、最初から計画されていたのかも知れない。われわれを、わざと此処に引き寄せて、古本を調べさせたのかも知れん」

「そして、われわれをガッカリさせてから、本物を受け取りに行くという寸法かな」

「彼等は？」

「今、改札口を入ったところだ」

「もう一度、追《つ》けてみよう」

宮地がいい、二人は、弾かれたように派出所を飛び出した。

切符を買っているヒマがないので、警察手帳を見せて、改札口を通り抜けた。

小柴兄弟は、池袋、新宿方面行のホームで、電車を待っていた。何やら面白そうにしゃべっている。

（やはり、ここへ来る途中の緊張した様子は、芝居だったのかも知れない）

と、宮地は思った。これから、本当に、金と拳銃を取りに行くに違いない。

だが、小柴兄弟が降りたのは池袋だった。

そのまま改札口を出て行く。マンションに帰るのだろうか。もしそうなら、宮地たちの考えは、また外れだったことになる。

小柴兄弟は、すぐにはマンションには戻らなかった。彼等は、駅前のレストランに入った。

宮地たちも、中に入って、遠いテーブルに腰を下した。

（ここで、金と拳銃を、誰かから受け取るのか？）

と、考えたが、そうでもなさそうだった。

小柴兄弟は、時計を見てから料理を注文した。確かにもう昼食の時間に近かった。

宮地たちも、ライスカレーを注文した。

小柴兄弟は、食事を終っても動こうとはせず、今度はコーヒーを頼み、店のカラーテレビに熱中しはじめた。

「ここで時間をつぶす気らしい」

と、鈴木刑事がささやいた。

「誰かと待ち合せるのかな？」

だが、その気配はなかった。もし、待ち合せなら、時計を気にしたり、入口の方を見たりする筈だが、そんな様子はなかった。単純に、テレビの正月番組を楽しんでいるように見える。

時間がゆっくり過ぎていく。小柴兄弟は、相変らずテレビを見ている。

三時を過ぎたとき、兄弟の片方が、思い出したようにテーブルを離れると、レジの横におかれた電話に近づいた。

宮地と鈴木刑事が緊張する。相手は、ダイヤルを回し、二言三言話しただけで、受話器を置いた。ひどく短い電話だった。

そのあと、小柴兄弟は店を出た。

「君は、あとを追《つ》けてくれ」

と、宮地は、鈴木刑事にささやき、彼自身は、レジの女の子のところに行った。警察手帳を見せてから、

「今、和服の男が電話をかけたが、何処にかけたかわかるかな？」

と、きいた。小柄な娘は、大きな眼を宮地に向けた。

「わかりませんわ。何番にかけたか、見ていなかったもんですから」

「しかし、声は聞こえたんじゃないかね？」

「向うの声は聞こえませんでした。お客さんがいった言葉は覚えていますけど」

「それを教えてもらいたいんだがね」

「最初に、小柴だが来てるかい？　それから、ありがとう。それだけでしたわ」

「小柴だが来てるかい？　ありがとう。その二言だけだというんだね？」

「ええ」

「いや、ありがとう」

と、いったが、宮地には、電話の内容の見当がつかなかった。

いきなり、「小柴だが来てるかい？」といったところをみると、電話の相手は、かなり親しい人間と考えていいだろう。来ているかときいたのは一体何のことだろう

か。人間だろうか。人間としたら、あの兄弟の恋人か、何かか。

「ありがとう」といい、電話のあと、すぐ、店を出ていったところをみると、相手は、来ているといったのかも知れない。

宮地は、レストランを出た。小柴兄弟の姿も、鈴木刑事の姿もなかった。何処へ行ったのかわからなかったが、ベテランの鈴木刑事のことだから、上手く尾行していることだろう。

宮地は、しばらく考えてから、小柴兄弟のマンションに向って歩き出した。レストランで、そんな電話をかけたところをみれば、兄弟が他へ廻った可能性は強いのだが、念のためだった。

マンションの近くまで来たとき、「ここだよ」と、路地から声をかけられた。鈴木刑事だった。

宮地は、くびをかしげながら、鈴木刑事の傍へ近寄った。

「小柴兄弟は、マンションに戻ったのか？」

「ああ」

「あのレストランから、まっすぐにか？」

「そうだ。何処にも寄り道はしなかったよ」

「変だね」

「何が？」

「あの兄弟は、小柴だが来てるかい？　と、電話できいてるんだ。だから――」

宮地は、難しい顔になって考え込んだが、そうかと肯いた。

「電話の相手は、マンションの管理人だったのかも知れん」

「管理人？」

「そうだ。来てるかい？　ときいたのは、きっと、彼等の女のことだと思う」

「その女に、金と拳銃を預けておいたということか？」

「ああ。われわれを、上野まで引きずり廻しておいて、その間に、女を部屋に入れたんだと思う。上手いやり方だ。金を取りに行くところを押さえられずにすむからな」

「共犯の女か」

「とにかく、管理人に会ってみようじゃないか」

と、宮地はいった。宮地は、この推理に自信を持っていた。彼等には女がいたのだ。その女が、金と拳銃をマンションに運んだのだ。そう考えれば上野駅での出来事の説明がつく、あれは、宮地たちをマンションから遠ざけるための芝居だったのだ。

他に考えようはない。

管理人は、一寸崩れた感じの中年の女だった。ひょっとすると、このマンションの持主の二号か何かかも知れない。

「ここに住んでいる小柴君の友人なんだがね」

と、宮地は、女に微笑して見せた。女も、

「あの双生児《ふたご》の？」

と、顔をほころばせた。

「あんなに似ていると、いつも、お兄さんと弟さんを間違えちゃうんですよ」

「今、これが来てるね？」

宮地は、小指を立てて見せた。が管理人は、きょとんとした顔になって、

「あの二人に、そんな人がいたんですか？」

と、逆にきき返した。

宮地は、鈴木刑事と顔を見合せてしまった。間違いないと思った推理だったが、また、的外れだったのか。

宮地は、小さな咳払いをして、自分を落着かせようとした。女がいなかったとしても、小柴兄弟が、レストランで電話したのは事実だし、レジの女の子が、たった二言を、聞き間違えたとは思えなかった。

「さっき、小柴君は、駅前のレストランで電話したんだが」

と、宮地は、ゆっくりと、管理人に向っていった。

「あの電話は、貴女にかけたんじゃないのかな？」

「ああ。さっきの電話ならあたしですよ」

「それなら、来てるかい？　ときいたのは女のことじゃなかったのかね？」

「ああ。あれですか——」

女は、フフフと、しなを作って笑った。

「女のことなんかじゃありませんよ」

「じゃあ、何のことだね？」

「郵便ですよ」

「郵便？」

「ええ。小柴さんたら、今朝から、手紙がまだつかないかって、とても気にしていましてねえ。その電話だったんですよ」

「それで、手紙は？」

「郵便受に入っていたから、来てます、といいましたよ」

管理人は、ズラリと並んでいる郵便受を指さした。

「どんな手紙だった？」

「ずい分厚い封筒でしたよ。雑誌が一冊入ってるくらいの」

「おい。ちょっと」

と、鈴木刑事が宮地の脇腹を突っついた。

宮地たちは、管理人室を離れた。鈴木刑事が、緊張した顔で、

「その封筒には、もしかすると――」

と、いうのへ、宮地は、

「僕も同じことを考えていたところだ」

と、いった。

「六十万円はその中だ。奪ったあと、用意した封筒に入れ、切手を貼って、近くのポストに投げ込んだんだ。拳銃は、何処か、決めた場所にかくしたんだろう。拳銃の方は、いつも要るわけじゃないからね」

「上野へ行ったのは、郵便が届くまでの時間かせぎに、われわれを引きずり廻したんだな」

「恐らくね。郵便を押さえられるのが怖かったんだろう。消印を見れば、犯行現場の近くのポストに投函したとわかってしまうからな」

「くそッ」

と、鈴木刑事は、舌打ちをした。

「今から、部屋に乗り込んで、六十万円を探し出してやりたいな」

「無理だよ」

宮地は、苦い笑い方をした。

「捜査令状は持ってないし、たとえ、六十万円が見つかっても、こうなっては、ボウリング場で奪われたものと証明することは出来ないからね。封筒に入っている時なら、押さえられたろうが。このラウンドはわれわれの負けだ」


同じ一月二日の朝。

観雪荘ホテルの周囲には、元旦の朝と同じように粉雪が舞っていた。

八時の朝食には、一応、全員が食堂に集ったが、どの顔も、寝不足気味で、朱《あか》い充血した眼をしていた。

京子も、ほとんど眠っていなかった。

矢部の死体が一緒だということ、その上、電話が通じなくなってしまったり、誰かが雪上車をこわしてしまったりという気味の悪いことが続いた上に、田島のことが重なったからである。

森口は、あの田島というタクシー運転手はニセモノかも知れないといった。運転手を襲った犯人が、運転手になりすまして、ここへ来ているのかも知れないというのだ。招待状は、運転手を襲ったとき、手に入れたのだとも。

もし、森口の言葉が当っていれば、田島という男は、犯罪者だ。

朝食は、昨日と同じ、この地方の雑煮だった。京子は、雑煮は好きな筈なのだが、一寸箸をつけただけで、全然、食慾が起きなかった。

京子は、時々、田島の様子を盗み見た。先入観を持って見るせいか、田島の角張った顔が、犯罪者めいて見えて仕方がない。

太地亜矢子は、ニュースを聞かない気安さで、盛んに、隣りに座った田島に話しかけ、

「がんばって、K町まで行って来てね」

と、励ましている。

五十嵐は、何を考えているのかわからない無表情さで、黙々と雑煮を食べていた。

京子は、この犯罪学の研究者に、田島のことを話してみようかと考えていた。森口の考えに賛成するだろうか。

早川は、ホテルの主人らしく、みんなの気持を引きたてようと一生懸命になっていた。

朝食の間に、明るいサンバのレコードをかけたのも、その現れだろう。

「これから、田島さんがスキーで町へ着いて下されば、もう何の心配も要りませんよ」

と、笑顔でいったりもした。

早川のその言葉に、京子は、上手くいくだろうかと疑問を持った。

田島が犯罪者でニセモノだったら、警察なんか呼んで来ないだろう。きっと、ひとりで何処かへ逃げてしまうに違いない。

朝食が終っても、粉雪は止まなかった。

「雪がやんだら出かける」

と、田島はいい、またバーで、亜矢子と飲みはじめた。

京子は、不安を忘れようとして、森口をボウリングに誘った。

二人は、レーンの前まで行ったが、ボールを手に取ってから、森口が、「おや」と、変な顔をした。

「ピンが足りないぞ」

「わかってるわよ。九本しかないのは」

「違うんだ。八本しかないいんだ」

「え？」

京子は、並んでいるピンを見た。本当だった。眼で数えてみると、確かに八本しかない。昨日より一本減っているのだ。

二人は、レーンの周囲を探してみたが、ピンは見つからなかった。

「変ね。昨日は、ちゃんと九本あったのに」

「誰かが、かくしたりする筈もないんだが」

森口は、ぼんやりした声でいってから、急に顔色を変えた。

「どうしたの？」

京子が、きくと、森口は、蒼ざめた顔で、

「嫌なことを思い出しちまったんだ」

「何を？」

「ここに来る雪上車の中で、僕が、外国の推理小説のことを話したろう？」

森口は、乾いた声でいった。

「離れ島で、みんな死んじゃう話？」

「そうだ。あれも、ホテルの話なんだが、その中に、木のインデアン人形が出てくるんだ。最初、泊り客の数だけあったのに一人死ぬごとに、人形も一つずつ減って行くんだ。このボウリングのピンも、一人死んだら一本減った――」

「やめて。そんな話――」

京子が悲鳴をあげたとき、五十嵐が、眼鏡を光らせながら、二人の傍に来た。

森口は、よせばいいと京子が思うのに、五十嵐にも同じことをしゃべった。五十嵐は、「成程」と肯いたがすぐ、ニヤニヤ笑い出した。

「面白い話ですが、一寸、論理的じゃありませんね。ピンは、最初九本で、一本失くなったんでしょう？」

「そうです」

「だが、このホテルの泊り客は六人しかいない。主人の早川氏を入れても七人ですよ。九本のピンとは数が合いませんよ」

「そうだわ」

と、京子も、急に元気になって、森口を睨んだ。

「変なことをいって脅かさないでよ」

「そういわれれば、数が合わないんだな」

森口は、頭を掻いた。

「推理小説の読みすぎじゃありませんか？」

と、五十嵐は笑った。森口も苦笑したが、

「しかし、失くなったピンは、何処へ行っちまったんだろう？」

と、くびをかしげた。

五十嵐が加ったので、三人でもう一度探してみたが、やはり、失くなったピンは見つからなかった。

仕方なしに、八本でゲームを始めた。京子は、五十嵐に、田島のことを話して意見を聞いてみたかったが、なかなか切り出せなかった。もし、自分や森口の考えが間違っていたときの反動が怖かったからである。五十嵐から、田島の耳に入って、あの男に恨まれるのは嫌だった。

粉雪は、昼近くなって、やっと止み、薄陽がもれて来た。

田島は、ひとりだけ早い昼食をとると、胸をそらせて、

「さて、町までスキーツアーをしてくるかな」

と、いった。

亜矢子は、「がんばってね」と、田島の頰に軽くキッスした。

京子たちは、田島を囲むようにして、スキーの置いてある乾燥室へ入った。

だが、その瞬間、どの顔も、呆然となってしまった。

スキーというスキーが、無残に叩き折られていたからである。それも、二つに折るというだけでなく、四つにも五つにも叩き折ってあった。

「誰が、こんなことを――」

と、早川が、絞り出すような声を出した。

田島は、破片の一つをつかんで、思いっきり壁に投げつけた。

「これじゃあ、町へ行くどこじゃねえや」

と、彼は怒鳴った。

京子は、森口と顔を見合せた。

「あたしたちは一体、どうなるの？」

「このホテルに缶詰さ」

森口は、破片でしかなくなってしまったスキーの残骸を見つめながら、ボソボソといった。

「電話は通じないし、雪上車はこわれ、スキーも使えないとしたら、ここに缶詰になったと同じさ。何処にも行けないんだからな」

「誰がこんなことをしたの？」

「わからないよ。だが、誰かが、われわれをこのホテルに閉じ込めようとしているんだ」

「誰なのよ？　誰が、そんな非道いことをするのよッ」

京子の声が、次第に甲高くなった。森口は、あわてて悲鳴に近い彼女の叫び声を押し止めた。京子は、黙ったが、黙ったまま今度は泣き出した。森口は、彼女を乾燥室から連れ出し、ロビーのソファに座らせてから、

「泣くなよ」

と、いった。

京子は、二、三度しゃくり上げてから、涙でベタベタした顔を上げた。

「こんな所へ来なければよかったわ」

「そうだけど、もう来ちゃってるんだ」

「ねえ。あたしたちはどうなるの？」

「わからないよ。だが、一週間分の食糧はあるというし、その間に、何とか町に連絡する方法はある筈だよ。だから、心配しない方がいい」

「連絡の方法って、どんな？」

「わからないが、二十世紀の世の中なんだ。何か方法はあるさ。それに、全然連絡がなければ、町の方で、このホテルのことを心配してくれると思う。僕たちが、このホテルに来ていることは、あの食堂のおやじさんが知っている筈だからね」

「そうだったわ」

やっと、京子の口元に微笑が浮んだ。彼女は、食堂のことや、食堂の主人との会話や、あのとき食べた定食のことを思い出した。

そうだ。あの食堂の主人は、彼女たちが、このホテルに来ていることを知っているのだ。ここに一週間分の食糧しかないことだって知っているに違いない。だから、いつまでも帰らなかったら、あの食堂の主人が、警察に知らせてくれるだろう。町に、自分たちのことを知っている人間がいるということが、不思議なくらい京子を安心させた。それは、自分たちが完全に外界から孤立してしまったのではないのだという安心感だった。

「一寸部屋に戻って、顔を直してくるわ」

と、京子は、普段の彼女らしい恥じらいを見せて、森口にいった。

「顔がベトベトになっちゃったから」

「それなら、僕の部屋に寄って煙草を取って来てくれないか」

森口は、スーツケースの中に、まだ五、六箱残っている筈だといって、ケースの鍵を渡した。

京子は、自分の部屋に戻って、顔を直した。パフを叩き、唇にルージュを引き直していると、次第に気持が引き立ってくる。女性の特権だろうか。顔を直し終ったときには、彼女は、鏡の中の自分の顔に向って微笑していた。

化粧道具をしまってから、隣りの森口の部屋に入った。

スーツケースをあけて、ハイライトを二箱取り出した。そのまま、ケースのふたをしめたが、ケースが少し動いた拍子に、そのうしろから、何かが、ゴロゴロ転がり出して、床に落ちた。

ボウリングのピンだった。

失くなったボウリングのピンだった。

ピンは、転がって行って、ドアのところで止っている。

京子は、当惑した表情になってしばらくの間、そのピンを見下していた。

さっき、森口は、ピンが一本失くなっているといって、外国の推理小説まで持ち出して大騒ぎしたのだ。そのピンが、森口の部屋にあるというのは、一体、どういうことなのだろうか。

(彼が、かくしておいて、あたしを、脅かしたのだろうか？)

他には考えようがなかったが、もしそうだとすると、そんなことをする森口は、京子の持っているイメージの中の彼と何処かズレている感じがした。

彼女の知っている森口は、悪ふざけをすることもあったが、こんな手のこんだふざけ方はしなかった。しかも、人間が一人死んだ直後に、それをタネにしてふざけるような人間ではない筈だった。

京子は、ふと、自分は本当に森口という男を知っているのだろうかという不安に襲われた。

森口を知って、まだ一年にしかならないことが、思い出された。森口には自分の知らない面がまだあるのかも知れない。

(でも、それが当り前のことかも知れない)

京子は、そう自分にいい聞かせ、転がっているピンを拾い上げてから、ロビーに降りて行った。

「おそかったね」

と、森口がいうのへ、京子は黙って、ハイライトとボウリングのピンを並べて彼の前に置いた。

森口は、きょとんとした顔で、眼の前のピンと、京子の顔を見比べた。

「どうしたんだい？　これ」

「あなたの部屋にあったのよ」

「僕の部屋に？　そんな馬鹿な――」

「でも、あったんだから仕方がないわ。かくしておいてさっき、あたしを脅したんじゃないの？」

「僕は、そんなことはしないよ。する筈がないじゃないか」

「じゃあ、どうして、これが、あなたの部屋にあったのかしら？」

「そんなこと、僕が知るものか。きっと誰かが、投げ込んだんだろう」

「何のために？」

「知らん」

森口は、ぶっきら棒にいってから、そのピンを手に取って、眺め廻した。

「本当に僕の部屋にあったのかい？」

「そうよ。スーツケースのうしろにあったわ」

「変な話だな」

森口は、ひとりごとのようにいってから、ピンを持ったまま立ち上った。

「とにかく、失くなったピンが出て来たんだから、レーンに返しておこう」

二人は、遊戯室に行き、レーンに、そのピンを戻した。これで、ピンは、最初のときと同じように九本になったわけである。もう一本も、何処からか出てくるだろうか。

乾燥室に行ってみると、早川や田島が、何とかスキーの破片をつなぎ合せようとしていた。

だが、誰の眼にも、それが無理なことだとわかった。早川たちが、その作業を続けているのは、駄目なことを、自分に納得させたかったのかも知れない。

「もう諦《あきら》めましょう」

と、早川が、額の汗を、手の甲でぬぐいながらいった。

その言葉を待っていたように、田島と五十嵐も、作業を中止した。

「でも、スキーが駄目なら、一体、どうするの？」

太地亜矢子が、喰ってかかる調子で、早川にいった。

「他に、町へ連絡する方法はないの？」

「残念ですがありません」

早川が疲れた声でいい、五十嵐は、ハンカチで眼鏡を拭きながら、

「これで、完全に、われわれは雪の中に孤立してしまったわけだ」

と、妙に落着いた声でいった。

「誰がこんなことをしたの？」

亜矢子は、今度は五十嵐に喰いついた。

「まさか、あんたじゃないでしょうね？」

「僕が？　何故、僕が？」

「だって、あんたって、変に落着いていて、油断がならない人間に見えるからよ」

亜矢子の不遠慮ない い方に、五十嵐は苦笑しただけだったが、京子は、聞いていて、亜矢子の言葉に肯くものがあった。

京子にも、五十嵐という男がよくわからなかった。変に落着いているというのも確かだと思う。京子の眼にも、この中で一番落着いているように見えるのが、五十嵐だった。

それが何故なのか、京子にはよくわからない。犯罪学の研究をしていると、人間が一人死んだり、雪上車やスキーが、誰かにこわされたぐらいのことでは、驚かないのだろうか。それとも五十嵐が犯人だから落着き払っているのか。そこは京子にはわからなかった。

五十嵐が黙ってしまうと、乾燥室は、また重苦しい空気に包まれてしまった。田島は、ふてくされた顔で、粉々になったスキーの破片を、ストーブに放り込んでいる。その度に、彼の顔が、ぱあッと赤く燃え上がる感じだった。

(スキーをこわしたのも、雪上車をこわしたのも、この男じゃないのか)

と、京子は、田島の荒々しい動作を眺めながら考えていた。あの調子で、この男は、スキーを叩き折ったのではないだろうか。

「とにかく、ここにいても仕方がありませんから、ロビーに行きませんか」

早川が、重苦しい沈黙を破るように、みんなの顔を見た。

「それに、昼食の時間ですから、何か作りましょう」

その言葉に促がされるように、京子たちはノロノロと乾燥室を出た。

食慾がないという声が多かったので、早川は、サンドイッチを作って、みんなに配った。

「歩いて町まで行くというわけにはいかないんですか?」

森口が、食べかけのサンドイッチを横に置いて、早川にきいた。

早川は、「無理です」と、暗い顔でいった。

「この深い雪の中を歩いて町まで行くなんて、自殺するようなものです」

「じゃあ、K町以外へ行くことは出来ないんですか？　この近くに、小さな部落でもあれば、まずそこまで行って、そこから連絡してもらってもいいと思うんだが」

「このホテルは、丁度、宮城県と山形県の県境近くにあるのです。裏の山を越えれば、すぐ山形ですが、一番近い部落でもK町より遠いのです」

早川は、テーブルの上に、指で、東北地方の地図を描いて見せた。

「じゃあ、あたしたちは、もう、このホテルから出られないの？」

太地亜矢子が、ヒステリックな声をあげた。

「ここで死ぬのを待っているだけなの？」

「一週間分の食糧がありますから、まだそんな心配は――」

「一週間たったら、どうなるのよ？　飢え死しちゃうじゃないの。そうなんでしょう？」

亜矢子が、また、早川に噛みつき始めた。早川が、当惑した表情で、何かいいかけたとき、

「うるせえなあ」

と、田島が横から怒鳴った。

「ギャアギャアいったって、どうなるもんでもねえじゃねえか」

「ギャアギャアとは何よ」

亜矢子が、眉を釣りあげて、田島を睨んだ。ついさっきまで、親密そうにバーで酒を飲み、がんばってねと、軽く頰にキッスまでしたのに、今は、憎々しげな眼で相手を見つめている。

「雪上車やスキーをこわしたのは、あんたじゃないの？」

と、まで、亜矢子はいった。次々に起こる出来事で、神経がいらだっているせいだと、京子は思った。彼女だって、さっきは、ヒステリックに叫び出してしまったのだから。

「おれじゃない」

田島が、怒鳴った。

五十嵐は、口元に皮肉な笑いを浮べて、二人を眺めていたが、

「仲間割れしているときじゃないと思うがな」

と、相変らず落着いた声でいった。

「チエを出し合って、町へ連絡する方法を考えるときでしょう。それに、二階の死体も、どうにかしなきゃならない。警察が来ないのなら、あのままにしておくわけにもいかないでしょう？」

五十嵐の言葉に、田島と亜矢子も押し黙ってしまった。人間が一人死んでいたのだ。

「埋めましょう」

と、早川がいった。

「雪に埋葬すれば、仏も喜ぶでしょう。それに、雪の下なら、身寄りの方が引き取りにくるまで、腐りませんからね」

誰も、早川の言葉に反対しなかった。誰も、死体と同じ屋根の下に住むのは嫌だったからである。

埋葬は、男たちの仕事になった。

森口たちが、死体を運びおろし、ホテルの裏の雪の中に埋葬している間、京子と亜矢子は、ホテルの中で、窓越しに眺めていた。

それは、陰惨な光景だった。雪の中に大きな穴が掘られ、毛布にくるんだ矢部の死体が、その穴に埋められて行く。途中まで、じっと見守っていた亜矢子が、ふいに窓際を離れると、テレビの前へ行って、スイッチを入れた。

何故、急に、亜矢子がテレビを見る気になったのか、京子にはわからなかったが、じっと画面を眺めている彼女の背を見ているうちに、ぼんやりとだが、わかるような気がしてきた。

亜矢子は、きっと、自分が、外界から遮断されていることに、激しい恐怖を感じているに違いない。それは京子も同じだった。死体が埋葬されるのを眺めている中に、その孤独感はいよいよ深くなったのだろう。その恐怖感をまぎらわせるには、自分が、孤独ではないと感じられることをするより仕方がない。

今、このホテルで、外の世界と繋っているものといったら、テレビかラジオだけだ。もちろん、繋っていると感じるのは錯覚でしかないのだが、気休めにはなる。だから、山奥で、不鮮明にしか映らないテレビに、亜矢子は、かじりついたのだろう。

京子は、いやな女だと思っていた亜矢子に、いくらか親しさを感じるようになった。

そのとき、テレビを見ていた亜矢子が、「あッ」と、甲高い叫び声をあげた。京子が、

「どうしたの？」

と、声をかけると、亜矢子は、黙って、画面を指さした。

画面には、二十五、六歳の男の顔が映っていた。その下に、「殺された田島信夫さん」と、字が並んでいるのを読んで、京子も、あッと思った。

男の写真が消えると、今度は、東京郊外の地図が出た。その一ヵ所に×印がついている。

〈行方不明になったまま、その安否が気づかわれていた太陽タクシーの運転手田島信夫さんが、今朝、死体で発見されました。田島さんは、背後からくびを絞められて殺されており、犯人は、売り上げ金を狙って殺したものと思われます。田島さんは、三年前から太陽タクシーで働き――〉

アナウンサーが、坦々とした口調で説明していく。亜矢子の顔が、まっ青になっていた。

「あの男は――」

と、亜矢子はふるえる声でつぶやいた。京子が、「そうよ」と、うなずいて見せた。

「きっと、ニセモノだわ。田島という運転手を殺して、その男になりすましているのよ」

京子が、乾いた声でいったとき、矢部の埋葬をすませた男たちが、戻ってきた。最初に飛び込んで来た田島が、「ひでえ目にあった」と、舌打ちしながら、かじかんだ手をこすった。

亜矢子が、そんな田島の顔を、蒼白い顔で睨んだ。京子は、亜矢子がどんな態度に出るだろうかと、不安と興味の入り混った気持で、二人を見守っていた。

「あんた、本当にタクシーの運転手なの？」

亜矢子が、かすかにふるえる声で、田島に詰問した。

田島は、面倒臭そうに、「ああ」と、肯いてから、バーの方へ行こうとする。亜矢子が、

「一寸待ちなさいよッ」

と、甲高い声で呼び止めた。

田島に続いてロビーに入って来た森口たちは、その場の異様な空気に驚いて、ぼんやりと、田島と亜矢子のやりとりを眺めていた。

「本当にタクシーの運転手なら、免許証を見せて頂戴よ」

亜矢子がいった。田島は、彼女を見、それから、彼を見つめている他の四人の顔を見た。

「何故、そんなものを見せなきゃならねえんだ？」

「持ってないのね？」

「持ってるさ」

「じゃあ、見せてご覧なさいよ」

「ああ。見せてやるとも」

田島は、内ポケットから、運転免許証を取り出して、亜矢子に突きつけた。

「これが二種免許というやつだ」

「見せて貰うわ」

亜矢子が、ふるえる指先で受け取った。京子は、彼女のうしろから、その免許証をのぞき込んだ。

写真がはがれている。

「田島信夫。二十五歳。太陽タクシー株式会社——」

亜矢子が、乾いた声で、読んだ。

「やっぱり——」

「何がやっぱりだ？　見たら早く返して貰いたいな」

「テレビのニュースで見たのよ。太陽タクシーの田島信夫という運転手が、強盗に殺されて、死体が今朝見つかったって——」

その瞬間、ひどく重苦しい沈黙が生れてしまった。京子が、怖い——とわれ知らず後ずさりしたとき、ふいに、田島が、ガサガサした声で笑い出した。

「あのテレビを、ぶっこわしておくんだったな」

と、田島は身構えながら、顔だけニヤニヤ笑って見せた。

「確かにおれは、ニセモノさ。東京で、タクシーの運ちゃんを眠らせたら、そいつが、このホテルの招待状と切符を持っていやがったんだ。丁度、高飛びしようと思っていたところだから、渡りに舟で、ここへ来たってわけさ」

「成程ね」

と、すぐに反応したのは、五十嵐だった。この男は、相変らず落着いていた。

「じゃあ、雪上車をこわしたのは君か？」

「ああ、警察なんて連れて来られたらかなわねえからな」

「スキーを叩き折ったのも君だな？」

「スキー？　あれは、おれじゃない」

「そんなことを信じると思うの？」

亜矢子が、免許証を投げ返してから、強い声でいった。

田島は、肩をすくめた。

「信じようと信じまいと、おれの知ったことじゃねえ。だが、スキーを叩きこわしたのはおれじゃない。おれは、スキーで、ここから山形へ抜ける積りだったんだ。スキーがこわされたおかげで、ここから動けなくなっちまった。そんな、自分の首をしめるようなことをすると思うのか？」

「矢部というサラリーマンを殺したのは君か？」

五十嵐がきいた。

田島は、「冗談じゃねえ」と、舌打ちをした。

「ありゃあ、自殺だよ。てめえで首を吊ったのさ。おれには関係のないことさ」

「私たちをどうする積りだ？」

黙っていた早川が、固い声で、田島にきいた。

田島は、「何にも」と、手を広げて見せた。

「何にもしやしないさ。お前さんたちを殺したって、ここから逃げ出せるわけじゃないからな。それに、殺すのは、おれは好きじゃないんだ」

「運転手を殺したくせに」

「あれは、金を寄越せといったのに抵抗しやがったから仕方なく殺したのさ。だから、お前さんたちが、何にもしなければ、おれも何にもしないさ。お前さんたちにしろ、おれにしろ、今のところ、雪の中に閉じ込められて、どうしようもないわけだからね。同病相憐むってやつさ」

田島のその言葉を信用していいかどうか、京子にはわからなかった。信じようとする者もいないだろう。だが、田島に飛び掛って、押さえつけようとする者もいなかった。田島の方も、五人を相手にしたら、自分がやられてしまうことをわきまえているようだった。

それで、奇妙な平衡が生れた。

五人は、なるたけ田島に近寄らないように努め、田島の方でも、努めてひとりでいるようにして、夕食が無事にすみ、何事もなく夜を迎えた。

田島は、まっ先に自分の部屋にもぐり込んでしまった。

京子は、ひとりで眠るのが不安で、森口の部屋で寝ることにした。

一緒にベッドに入ると、森口の手が乳房に伸びて来たが、京子は、「今日はかんにんして」と、身体をずらした。

「どうしても、その気になれないの」

森口は、あっさりと手を引っ込めた。彼にも、京子の沈んだ気持がわかったのだろう。

京子は、うとうとし、嫌な夢を見て、眼をさました。

何時頃なのかわからなかった。ベッドに森口がいなくなっている。京子は、あわてて ベッドから起き上った。森口は、一体、何処へ行ってしまったのだろうか。

不安が彼女をとらえる。田島に殺されてしまったのだろうか。いや、そんな筈はない。森口が殺されたのなら、一緒に寝ていた自分も殺されている筈ではないか。

ガウンを羽織って、廊下に出てみた。

ロビーの常夜灯の明りが、ほの白く浮び上ってくる。

ふと、乾燥室の方から男の声が聞こえてきた。

(森口だろうか？)

森口だとしたら、こんな夜更けに、乾燥室で何をしているのだろうかと、不審になって、階段を、二、三段おりて、耳をすませた。

田島の声だった。誰かと話しているらしいが、相手の声は聞こえず、田島の声だけが聞こえてくる。

「おれは知ってるぞ。お前さんは、おれが雪上車をこわすのを知ってたんだ。あのとき、おれが車庫へ行くのを見ていたのに止めなかったからな。つまり、お前さんも、内心じゃ、雪上車が動けなくなるのを望んでたんだ。図星だろう？　え？」

「――――」

「だから、スキーを叩きこわしたのはお前さんだよ。そうなんだろう？」

「――――」

相手の声は、依然として聞こえない。京子は、足音を殺して、もう二、三段おりて行ったが、緊張していたせいか、足がもつれて、転んでしまった。

意外に大きな音がした。またしゃべり出していた田島の声が、ぷつんと切れてしまった。京子の顔が蒼ざめる。あわてて、彼女は、階段を駈け上がり、森口の部屋に飛び込むと、内側から鍵をかけた。

胸が激しく動悸を打っている。ベッドにもぐり込んだが、しばらくの間は、田島が押しかけて来はしないかと、ドアの方を怯えた眼で見つめていた。

十分ほどたったとき、ドアをノックする音が聞こえた。

「僕だよ。あけてくれよ」

と、森口の声がいった。

京子は、ドアをあけ、入って来た森口の身体に抱きついた。自分の身体が抱き上げられ、のぞき込んでいる森口の眼に、慾望の閃きを見つけても、京子は、今度はそれに逆わなかった。

翌朝、京子は、心地良い気だるさの中で眼をさました。もう陽が高くなっている。

森口と、何となくニヤッと笑い合ってから階下におりて行くと、五十嵐や早川たちの様子がおかしかった。

「何かあったんですか？」

森口がきくと、太地亜矢子が、

「あいつが消えちゃったのよ。自動車強盗が」

「消えた？」

意味がわからなくて、京子がきくと、今度は、早川が、

「ホテルの何処にもいないのですよ。文字通り消えてしまったんです」

と、くびをかしげながらいった。

「ニセモノとバレたものだから逃げ出したのかな？」

森口が、窓の外に眼をやってつぶやいた。

「しかし、スキーもはかずに逃げ出せば、自殺するのと同じですよ」

と、早川がいった。

確かに、二メートルを越す深い雪の中を、スキーをつけずに逃げるのは、自殺と同じだろう。だが、田島が、ホテルから消えてしまったことも事実だった。京子は、その中に、のっそりと現われるのではあるまいかと思ったが、一時間たっても、二時間

たっても、彼の姿は、みんなの前に現われなかった。

「あの男の本名は、何だったんだろう？」

ふと、そんな疑問を、五十嵐が持ち出し、みんなは、田島の使っていた部屋に入ってみた。そこを調べれば、彼が消えてしまった謎が解けるとでもいうように。

田島が持って来た筈のボストンバッグも失くなっていた。彼と一緒に何もかも消えてしまった感じだった。

(何処へ消えてしまったのだろう？)

京子は、何となく薄気味悪くなって、部屋を見廻したが、壁に一枚のカードが鋲で止めてあるのを見つけて、ギョッとなった。

矢部の死体と一緒に見つかったカードと同じものだった。

カードの右下には、一枚目のと同じように、⃠の奇妙なマークが描かれてあって、そのまん中に画鋲が突き刺っていた。

カードに横書きされた文字は、第一のものと、一字だけ違っているだけだった。

〈かくて第二の復讐が行われた〉

第六段階《ステップ》

「これ読んだかい？」

工藤警部が、宮地刑事の前に、一月三日の朝刊を投げ出した。

〈わかっていて逮捕できない強盗犯人？〉

という大きな活字が、いきなり宮地の眼に飛び込んできた。社会面のトップ記事である。

〈目下、東京都内に発生している連続強盗事件について、犯人の名前がわかっていながら、警察は逮捕に踏み切れずにいるようである。

過去四度の事件の被害者が、異口同音に指摘する犯人は、K兄弟という双生児で、警察も、暗にこの兄弟が犯人であることを認めている模様である。

それなのに、何故、逮捕に踏み切れずにいるかというと、強盗に入るのは、常に、兄弟の中の片方で、被害者が、余りにもよく似た双生児の兄弟の、どちらが、犯人か見分けられないためである。これは、疑わしきは罰せずという法の精神を巧妙に利用した犯罪といえる。

しかし、だからといって、犯人がわかっていながら、手をこまねいている警察の姿勢にも問題があるといわなければならない。都民の立場からいえば、強盗犯人が野放しになっているわけだからである。また、犯行を犯しても逮捕されないことに味をしめた彼（又は彼等）が、犯行を重ねることは眼に見えている――〉

宮地は、読み了えると、苦笑して、工藤を見上げた。

「そろそろ書かれる頃だと思っていましたよ」

「これで、彼等が次の犯行に成功したら、警察は袋叩きに合うな」

「私も、そう思います」

宮地は、笑いを消した顔でいった。改めて、小柴兄弟に振り廻され、してやられた口惜しさがこみあげてきた。

「彼等に少し圧力をかけてやったらどうでしょう？」

と、宮地は、昨夜から考えていたことを口に出した。

「圧力？　張込みと尾行も、相当、心理的な圧力になっている筈だが――」

「私としては、もう少し、彼等を追い込んでやりたいと思うのです。そうすれば、尻尾を出す確率も多くなりますからね」

「だが、めったなことは出来ないぞ。下手なことをすれば、尻をまくられるからな。とにかく、彼等は、表向きは、容疑者でさえないんだから」

「それは十分承知しています」

「それなら、どんな圧力をかけるんだね？」

「彼等に、どちらが兄で、どちらが弟か、誰にでも見わけられるような服装をさせたらどうかと思うのです。髪形を変えさせてもいいですが」

「それは無理だろう」

工藤は、苦笑した。

「今もいったように、彼等は、表向きは容疑者でさえないんだからな。強制することは出来ない相談だし、同じ恰好をしていたいんだといわれれば駄目だとはいえない。それに、双生児が、同じ恰好をするというのは社会的な常識みたいなものだから、不自然だと非難もできないからね」

「強制はできませんが、圧力をかけることは可能だと思うのです。彼等に会って、こういってやったらどうでしょう？　新聞にも書かれたように、社会は君たちを疑っている。双生児であることを利用して、強盗を働いていると疑っている。もし疑われるのが嫌なら、誰にでも区別のつくような恰好をしろと。もし、嫌だといえば、社会の疑惑を肯定し、二人で共謀して強盗を働いていることを肯定するようなものだ、と脅したらどうかと思うのです」

「その脅しに乗るかな？」

「乗らなくても、少しはこたえるでしょう。次に強盗を働くときに緊張して尻尾を出すかも知れません」

「脅しの効果はあるということか」

工藤は、しばらく考えてから、まあ、やってみろと宮地にいった。

宮地は、池袋の小柴兄弟のマンションに出かけた。

まだ、町は、正月気分である。今日も、風のない暖い陽ざしが降り注ぎ、晴れ着姿の若者が溢れている。が、今の宮地には、無縁の景色だった。

マンションに近い路地に入ると、張込み中の鈴木刑事が、眉をしかめて、

「やつらは、朝っぱらから、いいご機嫌だよ」

と、宮地にいった。

「さっき、酒屋が特級酒を届けた。それに、寿司屋が上等のスシを、どんどん運んでいる」

「金が入ったからな」

宮地は、苦笑して見せた。

宮地は、マンションに入って、小柴兄弟の部屋のベルを押した。

ドアがあいて、兄弟の片方が顔を突き出した。だいぶアルコールが回っているらしく、プーンと匂ってくる。

「やあ、刑事さん」

と、相手は、なれなれしくいった。顔が笑っている。

「今日は何のご用です？」

「君たちに、話があってね。入ってもいいかね？」

「どうぞ、どうぞ」

相手は、笑いながらいい、奥に向って、

「兄さん。刑事さんだぜ」

と、いった。それで、今、眼の前にいる男が、弟の小柴利男なのだとわかった。

部屋は、二DKの狭さだが、カラーテレビや、ステレオが並び、豪華な調度品に埋っている。

兄弟は、二人とも和服姿だった。テーブルの上には、徳利と、スシが並んでいる。

「ご機嫌のようだね」

と、宮地は、二人の顔を見比べるようにしていった。よく似ていると、改めて思う。右が弟と、いい聞かせていないと、忽ち、どちらが兄で、どちらが弟なのかわからなくなってくる。

「正月くらいは、楽しくやりたいと思いましてねえ」

兄の勝男が、いやに落着き払った声でいった。利男が、杯をすすめるのを、宮地は断ってから、

「今朝の新聞を見たかね?」

と、二人に眼をやった。

「いや。新聞は見ないことにしているんです」

利男の方が、肩をすくめた。が、宮地は、その言葉を嘘だと思った。犯罪者ほどニュースに敏感なものはいない筈だからである。現に、部屋の隅には、新聞が積み重ね

てある。

だが、宮地は、わざと眼をそむけて、

「それなら、これを読んでみたまえ」

と、コートのポケットから、新聞を取り出して、兄弟の前に放り投げた。

「その記事の中の、K兄弟というのは、明らかに君たちのことだ」

「どうも困りますねえ」

と、兄弟は口を揃えていった。

「僕たちが無実であることは、刑事さんが一番よくご存知の筈です。刑事さんから、新聞社の方へ注意してくれませんかねえ？」

その言葉に、宮地は、むかついたが、辛うじて怒りを押さえると、

「それなら、君たちで、疑われんように行動することだな」

と、いった。

宮地は、言葉を続けて、誰にでも見わけられるように、兄弟で違う恰好をしたらどうかといった。いい終って兄弟の顔色をうかがうと、何故か兄弟は、顔を見合せて、クスクス笑いだした。宮地はまた胸がむかついてきた。

「わたしが、何か滑稽なことでもいったかね？」

「いえ。とんでもない」

兄の勝男の方が、わざとらしく、手を横に振ってみせた。

「実は、二人で、さっき同じことを話し合っていたところなんですよ。何にもしていないのに疑いをかけられるのは心外だから、お互に服装を変えるかして、兄か弟かすぐわかるようにしようじゃないかって」

「――？」

宮地は、何か、はぐらかされた感じで、二人の顔を見直した。調子が良過ぎる感じがするのだ。

「本当ですよ」

と、今度は、弟の利男がいった。彼は、洋服ダンスから、黒い革ジャンパーを持ち出して来て、宮地に見せた。

「今日から、外出するときは、これを着ることにしたんです。だから、革ジャンパーを着ていたら、弟の僕だということになります」

「同じものが、もう一つあるんじゃないだろうね？」

「そんなことはありません。兄貴はジャンパーが嫌いですからね」

利男は、洋服ダンスを開け放して見せた。確かに同じ革ジャンパーはなかった。

兄の勝男が、ニヤッと笑って、

「僕たちが、これだけ気を使ってるんですから、刑事さんたちも、変な張込みや尾行は止めてくれませんかねえ」

と、いった。

「あれじゃあ、まるで罪人扱いじゃありませんか？」

「主任に伝えておくよ」

とだけ、宮地はいった。

宮地は、捜査本部に戻って、経過を報告したが、工藤は、意外そうな顔をした。工藤にとっても、小柴兄弟が、簡単に警察の要求を受け入れたことが、意外だったのである。

「もう、強盗はやらん積りかな」

「そんなことはないと思います」

と、宮地は、いった。

「四度の成功で味をしめた彼等が、止められるわけがありません。それにアブク銭はすぐなくなるものです。必ず、近い中に五度目の犯行を犯しますよ」

「だが、それなら、何故、われわれの要求を簡単に受け入れたのかな？　一種の自殺行為じゃないか」

「私にも、そこがよくわからないのですが」

宮地は、当惑の表情を作った。

（当分、大人しくしている積りなのだろうか？）

もしそうだとすると、彼等の尻尾をつかまえるチャンスを失うかも知れない。

だが、その夜、尾行をまいた兄弟の一人が、革ジャンパーに手袋という姿で、池袋西口の映画館に押入り、その日の収入四十五万円を強奪するという事件が起きた。

強盗に入られたのは九時五分。窓口を閉めた直後だった。だが、その報告が捜査本部に入ったのは、一時間後だった。

今度に限って、犯人は、経営者と会計係を拳銃で脅して金を奪ったあと、二人を縛り上げ、ご丁寧に猿ぐつわまでしてから逃げたためである。

若い会計係が、一時間かかって、やっと縄を切り、一一〇番に連絡した。

映画館に駈けつけたのは、宮地と同僚の鈴木刑事だった。

二人から、犯人の人相や態度を聞いただけで、小柴兄弟の一人とわかった。

「革ジャンパーなら弟の小柴利男か」

宮地が、鈴木刑事の顔を見て、低い声でいった。

「二人を縛ったのは時間かせぎだな。今頃は、マンションに戻って、何喰わぬ顔をしているだろう」

「どうもわからんな」

と、鈴木刑事が、眉をしかめて見せた。

「兄弟で違う服装すると約束した日に、何故、五度目の強盗に入ったのかな？」

「彼等に会ってみればわかるさ」

宮地は、険しい声でいった。

宮地たちが、マンションに駈けつけたとき、小柴兄弟は、ベッドに入っていた。少くとも入っていたようなふりをした。

二人は、パジャマ姿で宮地たちを迎え、眼をこすりながら、

「こんなおそく、一体何ですか？」

と、口を揃えて文句をいった。

「弟は、どっちだ？」

宮地は、兄弟を睨みつけて怒鳴った。右にいた方が、

「僕が、弟の小柴利男ですけど」

と、いい、また、いかにも眠そうに眼をこすった。

「革ジャンパーは？」

宮地が、鋭い声できく。利男は、ぼんやりした声で、

「洋服ダンスに入ってますよ」

と、いう。鈴木刑事が、素早く洋服ダンスをあけ、革ジャンパーをつかみ出した。

「少し湿っている」

と、鈴木刑事は、宮地にいってから、それを、小柴利男に投げつけた。

「それを持って、一緒に来るんだ」

「何故、僕が、警察に行かなきゃいけないんです？」

「来ればわかる」

「理由をいって下さいよ。理由なしに逮捕はできない筈ですよ」

「容疑は強盗だ。そのジャンパーを着て手袋をして、今から一時間前に、西口の映画館に押入って、四十五万円を奪った筈だ。証人は二人もいる」

宮地が、激しい語調でいうと、利男は、肩をすくめた。

「とんでもない。僕は、ずっと、この部屋で寝てましたよ。それに――」

と、言葉を切ってから、急に、利男は、

「兄さん」

と、兄の勝男を睨んだ。

「兄さんがやったんだな？」

「馬鹿な」

「刑事さん、聞いて下さい」

利男は、哀願するように、宮地たちの顔を見た。

「兄貴の仕業ですよ。僕が、この革ジャンパーを買ったものだから、僕に罪を着せようとして、これを着て、強盗をやったんだ。兄貴に着せて、証人に会わせてみて下さいよ。そうすれば、犯人が僕じゃないことがわかる筈だから」

「いい加減なことはいうなッ」

と、今度は、兄の勝男が怒鳴った。

「おれは、ずっと寝ていたんだ。自分で悪いことをしておいて、おれに罪を着せる気か」

「刑事さん。兄貴を逮捕して下さい。兄貴がやったに決っているんだ。この革ジャンパーを着て」

「刑事さん。弟を逮捕して下さい。こいつがやったに決ってますよ。どうも、素ぶりがおかしいと思ってたんだ」

兄弟は、口角に泡を飛ばして、お互をののしっている。奇妙な光景だった。

「八百長の兄弟喧嘩だ」

と、鈴木刑事が、宮地の耳元でささやいた。

「わかっている」

宮地は、肯いた。が、茶番とわかっていても、眼の前に、厚い壁が立ちふさがるのを感じないわけにはいかなかった。依然として、強盗を働いたのが、兄の方なのか弟の方なのかわからないからである。あの二人の証人も兄弟の両方に同じジャンパーを着せたら、見わけることは不可能だろう。

そうしている間にも、八百長の兄弟喧嘩は、ますますエスカレートしていった。弟の利男が今すぐ、マンションを出て行くといい出したからである。

「こんな兄貴とは一時間だって一緒にいたくないからね」

小柴利男は、わめくようにいい、宮地たちの前で、外出の支度を始めた。

「一寸待て」

宮地が、苦い顔で、利男に声をかけた。

「君たちは容疑者だ。勝手に動き廻られては困る」

「そういわれても、こんな兄貴と一緒にいるのは、もうごめんです。さし当ってホテルにでもいる積りだから、心配なら、刑事さんがついて来たらいいでしょう？」

「勿論、何処にいるのか、この眼で確めさせて貰うさ」

ニコリともしないで、鈴木刑事がいった。

小柴利男は、スーツケースを持ち出してくると、下着を詰め込み始めた。宮地は見ていて、それが予定の行動のような気がしてならなかった。ハプニングとはどうしても思えない。明らかに狎れ合いの兄弟喧嘩だ。

「出かける前に、一寸、身体検査をさせて貰いたいね」

鈴木刑事が、固い表情でいった。利男は、小さく肩をすくめて、「どうぞ」と、いった。

「何にも出てきやしませんよ。強盗なんかやってないんだから」

「調べればわかるさ」

鈴木刑事は、突き放すようにいい、乱暴に小柴利男の身体検査を始めた。その乱暴な手の動きに、鈴木刑事のいらだちと怒りが、そのまま剝き出しになっていた。

鈴木刑事は、スーツケースまで、もう一度開けさせて調べたが、四十五万円の現金は出て来なかった。

「四万円足らずの金しか持っていない」

と、鈴木刑事は、疲れた声で、宮地にささやいた。

「四十五万円の一部かも知れんが、証明はできん」

「わかってるさ。君は、小柴利男に追《つ》いて行ってくれ」

と、宮地はいった。今日の獲物の四十五万円は、まだここには持ち込んでいないのかも知れない。

鈴木刑事と小柴利男が部屋を出て行くと、兄の勝男が皮肉な笑いを口元に浮べて、宮地を眺めた。

「何故、弟を捕えなかったんです？」

「その中に逮捕するさ。だが、その時は君も一緒だ」

「冗談じゃありませんよ。僕は、何にもしてないんだから」

「今の茶番が見抜けないほど、われわれがお人好しだと思っているのか」

宮地は、吐き捨てるようにいった。小柴勝男の顔が、かすかに蒼ざめたが、何もいわなかった。

宮地は、捜査本部に戻った。

「また、してやられました」

と、宮地は苦い顔で工藤警部に報告した。

「兄弟喧嘩が茶番とわかっていながら、手を出せないんだから、嫌になります」

「しかし、茶番にしろ、弟の方がマンションを飛び出したというのは、一寸異常だな。彼等の狙いは一体何なのだろう？」

工藤が、くびをかしげた。

「私も、帰る道で、それを考えていたんですが、金のためかも知れません」

「金？　金の分配のことで仲間割れしたということかね？」

「いえ。今夜、彼等が強奪した四十五万円のことです。この金は、この前の時と同じように、恐らく奪った後で、ポストに投げ込んだのだと思います」

「身につけてなかったのか？」

「そうです。だが、あのマンションは見張られていますし、同じ手は二度と使えないと考えたんじゃないかと思うのです。それで、兄弟喧嘩の芝居をして、弟の方が飛び出したんじゃないかと」

「つまり、四十五万円を封筒に入れてポストに投げ込んだが、その宛先を、あのマンションではなく、弟が行く場所にして置いたということか？」

「そうではないかと考えたんですが――」

と、宮地がいったとき、それにタイミングを合せるように、鈴木刑事から連絡が入った。

「小柴利男は、新宿二丁目のKホテルに入りました。フロントには、三日間の宿泊費を前払いしています」

——舞台の上で、眼かくしをされた男が、天井からぶら下ったロープで、首を吊るされようとしている。

よく見ると、森口なのだ。助けようとして悲鳴をあげかけると、いつの間にか自分も手を縛られ、眼かくしをされてしまっている。

早川も、五十嵐も、太地亜矢子も、同じ恰好で、吊るされるのを待っている。もう吊るされてしまって、ブラブラ不気味にゆれている死体もある。矢部と、田島だった。

まるで、肉屋の肉の塊りだった。

吊るそうとしているのは、三人の男たちだった。外国の映画に出てくる首切役人みたいに、頭からスッポリ黒いマントをかぶっている。

森口が悲鳴をあげている。死刑執行人たちは、容赦なく、森口を引きずり、くびにロープをかけようとする。

京子は、悲鳴をあげた――彼女は、自分自身の声に驚いた形で眼をさました。

びっしょりと寝汗をかき、両手の指が、ジーンと痺れている。夢にうなされて、両手を堅く握りしめていたためらしい。

京子は、天井を見つめたまま、小さく手をふった。陽ざしが、部屋全体に入り込んでいるところをみると、もう昼近いのかも知れない。

一緒に寝てもらった森口は、もう階下へ降りてしまったとみえて、彼の寝ていた場所が凹んでいる。

京子は、指先の痺れが消えたあとも、すぐには階下におりて行く気にはなれず、しばらくの間、昨日の出来事を考えていた。

田島は、一体、何処へ消えてしまったのだろうか？

ホテルにいないのだから、ホテルの外へ出たに違いない。しかし、スキーなしに、こんな深い雪の中に出て行くなんて、自殺するようなものだ。あの男は、何故、そんなことをしたのだろうか。

それに、「かくて第二の復讐が行われた」というあのカードは一体、誰が、何のために壁にとめておいたのだろうか。

まるで、もう、田島が死んでしまっていると決めつけているような言葉だ。いや、あの田島は、ニセモノで、本当の田島信夫という運転手は、東京で殺されてしまっているのだから、「第二の復讐――」というのは、そのことをいっているのか。それに、復讐とは、一体何のことだろう？

もう一つ、京子には気になって仕方がないことがあった。

森口のことだった。一昨日の夜、京子が夜半に眼ざめたとき、一緒に寝ていた森口の姿が消えていた。あのとき、森口は一体、何処に行っていたのか。彼に、それをききたいと思いながら、口に出せずにいるのは、何か恐しい答が返って来はしまいかという不安のためだった。

田島が消えてしまったことと、森口は関係があるのではないかという不安。それに、彼女の知っている森口とは、全く違った面を見せられるのではあるまいかという不安もある。

（いつか、彼にきいてみるより仕方がない）

と、思い、京子は、ベッドの上に起き上った。きくのも不安だけれど、きかずにいるのも不安だからである。

着がえて、階下へおりて行くと、ロビーには人の姿がなくて、乾燥室の方で声がしている。京子は、乾燥室へ行ってみた。

　男たちが、そこで、板を使って大きな下駄のようなものを作っていた。板の中央には、スキーについていた金具を釘で打ちつけて靴ではけるようにしている。出来上った不恰好な下駄を揃えていた太地亜矢子が、

「これをはけば、雪の上を歩けるんですって」

　と、京子にいった。

「カンジキみたいなものさ」

　と、森口がノコギリの手を止めて、京子にいった。

　確かに、この下駄のバケモノのようなものを足につければ、雪にズブズブもぐることはないだろう。だが、いかにも歩きにくそうだ。

「人数だけ、作っているのですよ」

　早川が、出来上った二足目を、手でなでながら、京子にいった。

「どうしても、町から助けに来てくれないようだったら、これで、町まで行くより仕方がありません」

「こんなもので、町まで辿りつけるの？」

「苦しいでしょうね。しかし、いざとなったら、これで行くより仕方がありません」

「五人分が出来あがったら、さっそく練習だ」

と、森口がいった。

「早く、朝食を食べて来いよ」

京子は、肯いて、ひとりで食堂に行き、テーブルに残っているパンとミルクで、ぼそぼそと朝食をとった。

あんなもので、本当に町まで行けるのだろうか。途中で雪に埋って凍死してしまうのではないだろうか。凍死なんて嫌だ。

五足の、スキーとも下駄ともつかぬ代物が出来上ったのは、昼過ぎだった。裏に、スキー用のワックスを塗り、最初の歩行練習に、京子たちは、ホテルの外に出た。

幸い、雪は降っていない。早川の合図で、まず、裏のゆるいスロープを登る練習を始めたが、雪にはもぐらないものの、歩きにくいことこの上なかった。その上、一度転ぶと、なかなか起き上ることが出来ない。これではとうてい町まで行けそうになかった。三十分も練習している中に、京子と太地亜矢子は、疲れて雪の上に座り込んでしまった。

スキーの上手い五十嵐だけは、比較的器用に、リズムをつけてスロープを登って行ったが、頂上に立つと、急に、ふり返って、

「おい。ここへ来てくれッ」

と、急に下へ向って叫んだ。

森口と早川が、「どうしたんだ?」と、きき返しながら、登って行く。休んでいた京子と亜矢子も、助け合いながら、スロープを登って行った。

頂上から、急な斜面が、谷に向って伸びている。その、まっ白な雪の面に、一本のシュプールが、谷に向って走っていた。

「誰かが、スキーで滑って行ったのね」

亜矢子が、ぼんやりした声でいうと、森口が、

「あいつだッ」

と、顔をゆがめた。

「消えたと思ったら、スキーで逃げ出したんだ。自分の分だけ、ちゃんと、取って置いたんだ」

「ここを、まっすぐ行くと、何処へ行くんですか?」

五十嵐が、シュプールを眼で追いながら、早川にきいた。

「山形県に出ます。しかし、変だな」

早川が、くびをひねった。

「ここを、まっすぐに降りて行ったら、谷に落ちてしまうんですがね」

「本当ですか?」

五十嵐が、珍しく、厳しい顔つきになった。

男たちは、田島がどうなったか、調べてくることになり、急な斜面をゆっくり、おりて行った。

京子と亜矢子は、その場で待つことにした。ここに来た当座あれほど陽気だった亜矢子が、今は、蒼白い顔で考え込んでしまっていた。京子も、黙って、一面の白い雪景色を眺めていた。前は、それが楽しい光景だったのに、今は、雪の広がりが怖かった。

森口たちは、一時間近くたって、やっと戻ってきた。

「やっぱり、谷に落ちていた」

と、森口は、疲れた声で京子にいった。

「死んでいるの?」

「ああ。スキーも、メチャメチャだ。落ちて岩にぶつかったらしい」

「あの死体をどうしますか?」

早川が、みんなの顔を見廻してきいた。

「あのまま放っておきますか? それとも引き上げて、矢部さんの隣りに埋葬しますか？」

「殺人犯なんか、放っとけばいいわ。それに、あの男は、雪上車やスキーをこわして、あたしたちを動けなくしちゃったんじゃない。死体を埋葬してやる必要なんかないわ」

亜矢子が、激しい口調でいった。京子は、その言葉で、一昨日の夜半、階段の途中で耳にした田島の言葉を思い出した。あのとき、田島は、誰かに、「スキーを叩きこわしたのはお前だ」といっていた。あの言葉が正しいとすれば、スキーをこわしたのは、別の人間ということになるのだが。

「僕は、ロープを使って、引きあげたいと思っているんです」

五十嵐が、落着いた声でいった。

「可哀そうだからじゃありません。果して、本当に事故死かどうか調べてみたいからですよ」

「しかし、このシュプールを見れば、勝手に、滑って行って、勝手に谷に落ちたとしか考えられませんがねえ」

森口がいうと、五十嵐は、別に逆わずに、

「そうかも知れません」と、肯いた。だが、一度、ホテルに戻ると、五十嵐はザイルを持ち出して、ひとりで、田島の死体を引き上げてくるといい出した。森口と早川も、肩をすくめてから、仕方がないという顔で、五十嵐について、またホテルを出て行った。

京子と亜矢子は、ホテルで、待つことにした。

亜矢子は、しばらく、テレビをいじったりしていたが、そのうちに、バーで飲み始めた。

「あんた、怖くない？」

亜矢子が、急に、ふり向いて、京子にきいた。

京子は、すぐには答えずに、相手の顔を見返していた。もちろん、彼女も怖い。だが、同性の亜矢子に改まってきかれると、自然に身構えた表情になってしまう。

「あなたは？」

と、京子は、逆にきき返した。亜矢子は、水割りを、眉をしかめて飲み干してから、

「怖いワ」

と、低い声でいった。

「こんなところで死にたくないもの」

「大丈夫よ。きっと町に連絡がつくわよ」

と、京子は、いったが、自分でも自信のない声になっているのがわかった。

三人の男たちは、日暮れになって、やっと毛布にくるんだ田島の死体を運んできた。どの顔も疲れ切っていた。

死体は、矢部が埋葬された場所の隣に穴を掘って、雪に埋めた。この作業は、京子や亜矢子も手伝った。

「この男の本当の名前は、何というのかな？」

と、森口が、つぶやくようにいった。

「僕たちは、田島と呼んでたけど、まさか、殺した運転手と同じ名前の筈はないし――」

「きっと、変な怖い名前よ」

と、亜矢子がいった。

埋葬を終ってロビーに戻ると、みんな、疲れた顔で、ソファに寝そべってしまった。が、その中で、五十嵐だけは、田島が持っていたというリュックサックの中身を床にぶちまけて、熱心に調べ始めた。

焼肉やサンドイッチといった食糧は、ホテルの食堂から盗んだのだろう。地図やコンパスも入っていた。

五十嵐は、その地図を床に広げ、コンパスをその上に置いて、しばらく眺めていたが、

「わかったぞ」

と、大きな声を出した。

早川が、ソファから立ち上って、地図をのぞき込んだ。

「何がわかったんです？」

「あの男が、あんなところで落ちた原因ですよ。この地図で、赤線がつけてある方向へ、彼は行く積りだったんだと思う。だが、その通りの道を進まなかった。このコンパスが狂っているからです」

「谷に落ちた衝撃で、狂ったんじゃありませんか？」

「いや。もし、そんなに強い衝撃を受けたのなら、ガラスが割れている筈です。だが、このコンパスは、カスリ傷もついていませんよ」

「自業自得だワ」

亜矢子が、ソファの上に寝そべった恰好で、五十嵐に向っていった。

「あたしたちを、ここへ閉じ籠めるようなマネをしたから罰が当ったのよ。狂ったコ

ンパスを知らずに持っていたなんて、いい気味じゃないの」

「そうかも知れないが、ひょっとすると、このコンパスは、誰かが、彼を殺そうとして、狂っているのを承知で与えたのかも知れませんよ」

「まさか――」

早川が苦笑した。が、その笑いは、すぐ消えてしまった。一笑に付すには、奇妙な事件が起こりすぎていたからだろう。

京子も森口も、ソファを離れて、問題のコンパスを眺めた。直径五センチくらいの丸形のコンパスだった。京子は、その丸い枠と、斜めに止っている針を眺めている中に、あの二枚のカードに印されていた奇妙な模様のことを思い出した。あれも確か、円に、斜めに線が入っていた。

「五十嵐さんは、少し考え過ぎるんじゃありませんか？」

早川が、おだやかな調子でいった。

「矢部さんが首を吊って死んだときも、貴方は、これは殺人だといわれましたが、あれは、どう考えても、自殺ですよ。今度だって、そのコンパスは、あの男のものですよ、きっと。殺すために、誰かが与えたというのは、考え過ぎじゃありませんか」

「そうは思いませんね。矢部さんが自殺なら、復讐が行われたというカードは、何と解釈したらいいんです？　それに、このコンパスですが、よく見て下さい。それほど新しいものじゃありません」

「それが、何か意味があるのですか？」

「もし、あの男のものだとしたら、長い間、持っていたことになる。狂ったコンパスを、後生大事に持っているなどということは、あり得ませんよ。だから、コンパスは、誰かが、狂っているのを承知で、あの男に与えたんです」

「誰がです？」

「第二の復讐が行われたというあのカード。あのカードを書いた人間ですよ。もちろん、われわれの中の一人です」

五十嵐の言葉で、京子たちは、自然に、お互の顔を眺め廻す空気になった。もちろん、誰も、自分がやったなどといい出しはしなかった。

気まずく、重苦しくなってしまった雰囲気の中で、五十嵐だけは、床に屈み込んで、熱心に地図を眺めていた。

「この地図は、大事にしまっておいた方がいいな」

と、彼は、ひとりごとのようにいった。

「ここを脱け出すときの助けになる」

「私が、例のカードと一緒に、金庫にしまっておきましょう」

と、早川が、いった。

雪にぬれた手製の板カンジキは、乾燥室に並べられた。京子は、布で、雪を落しながら、本当に、これで町まで行かなければならないのだろうかと考えた。自信がなかった。裏のスロープを登るだけで疲れ切ってしまったのだから。

夕食のあと、テレビを見た。テレビは、相変らず、賑やかに正月番組をやっている。このホテルで、二人の男が死に、五人の男女が、途方に暮れていることなど、誰も知らないのだろう。

夜に入ると、吹雪になった。

雨戸を閉めても、叩きつけられる雪の音が、部屋の中まで不気味にひびいてくる。

京子は、森口にしがみつくようにして、ベッドに入っていた。

「あたしたちは、一体どうなるの？」

と、京子は、何度目かの同じ質問を繰り返した。

森口は、腹這いになると、煙草をくわえて火をつけた。

「僕にもわからないよ。二、三日中に連絡がつかなければ、今日作った板を足につけて、町まで降りて行くより仕方がないな」

「町まで行ける?」

「時間をかけて、ゆっくり行けば行ける筈だ。ただ――」

「ただ、なに?」

「途中で、こんな吹雪にあったら駄目だろうがね」

森口の言葉で、吹雪が一層強さを増したような気がして、京子は、ベッドの中で身体をすくませた。

森口も黙ってしまった。その沈黙に耐えられなくて、京子は、

「あなたにききたいことがあるの」

と、胸の奥に押さえつけていた言葉を口に出した。

「一昨日の夜中、何処へ行ってたの?」

「一昨日の夜中?」

森口は、おうむ返しにいってから、腹這いの姿勢のまま、しばらく黙っていた。

「実は、死んだ矢部さんの部屋を調べていたんだ」

「何故?」

「どうしても気になったからさ。君は、又かというかも知れないが、僕は、例の『そして誰もいなくなった』という外国の小説のことが気になって仕方がないんだ。僕た

ちの置かれている状態が、そっくりだからね。もし矢部さんの死が自殺なら、その心配も消えるだろう。そう思って、あの部屋を、もう一度調べてみたんだ」

「それで？」

「あれは、どう考えても自殺だ。あの部屋もここと同じで、内側から鍵をかけてしまえば、絶対に入れない。ドアか窓ガラスをこわさない限りね」

「でも、あのカードは、どうなるの？」

「恐らく、あの部屋に、みんながドヤドヤと入り込んだとき、誰かが、壁に鋲で止めたんだ。そいつは、きっと、矢部という男が自殺するのを知っていたんだと思う。自殺の理由もね。そして、あのカードを、あらかじめ用意していたんだと思う」

「あの変なマークは、何のことかしら？」

「そのことも、いろいろ考えてみたんだ。一つだけ気がついたのは、二枚のカードとも、同じ位置に画鋲が刺さっていたことだよ」

「それはあたしも気がついたわ。マークのまん中だったわ。あれは、偶然じゃなくて、⦸というマークと、画鋲が一つになって、意味が出来てるんだと思うんだけど――」

「僕もそう思う。それで、あのマークと、食堂の――」

る音がした。

と、森口がいいかけたとき、ふいに、階下で、物が転がるような音と、何かが倒れ

京子は、蒼ざめた顔で、森口を見た。その音は、一瞬聞こえただけで、また、吹雪の音だけになった。

「ボウリングの音みたいだったな」

と、森口が、つぶやいた。確かに、そういわれてみれば、そんな音だったような気もする。

「でも、こんな時間に、誰が――」

と、京子は、かすかにふるえる声でいった。もう午前二時に近いのだ。

「眠られなくて、誰かが、やったのかも知れない。それにしては、音が一回しかしないのがおかしいな」

森口は、耳をすましながら、つぶやいていたが、

「見て来よう」

と、ベッドの上に起き上った。京子も、つられた恰好で、身体を起こした。

「あたしも行く」

と、京子はいった。

二人は、部屋を出た。

階下には明りがついていた。五十嵐や太地亜矢子も、今の音に驚いたと見えて、ゾロゾロと部屋から出て来た。早川も、階下の自分の部屋から起き出してきた。

みんなは、いい合せたように、遊戯室のボウリングの前へ集った。

誰もいなかった。

ボールもちゃんと所定の場所にあったし、ピンもちゃんと立っている。

「ピンが三本足りないワ」

と、亜矢子が、ふいに甲高い声をあげた。

「いや。足りないのは二本ですよ。ピンは、最初から九本しかなかったんだから」

五十嵐が訂正した。

京子は、反射的に森口の顔を見た。森口は小さくくびを横にふった。

「僕じゃない。前の時も、僕が盗んだわけじゃない。誰かが、僕の部屋にピンを放り込んで置いたんだ」

森口が、京子の耳もとでささやいた。

「何故？」

「理由はわからない。きっと、君に疑いを起こさせるためだろう」

「変な犯人ですな」

五十嵐が、七本並んでいるピンを見やりながら、肩をすくめていった。

「ピンが二本失くなっているのを、われわれに知らせるために、この真夜中に、わざわざボウリングの音をさせたとしか思えませんね」

「何故、そんなことをしたのかしら？」

亜矢子が、蒼白い顔できく。五十嵐は、また、肩をすくめた。

「わかりませんね。われわれを、怖がらせようとしているのかな？　一体、誰がこんなことをしたんです？　といっても、答えてくれる筈はないんだが」

五十嵐は、苦笑した。それに対して、誰も笑い返す者はなかった。みんな、わけがわからずにいるようだった。京子には、そうとしか思えない。

（だが、この中に、一人だけ、理由がわかっている人間がいる筈だ。こんな真夜中に、ボウリングをやった犯人だ）

京子は、一人一人の顔色を窺った。が、それが誰なのか、彼女には見当がつかなかった。

みんなは、しばらくの間、ボウリング台の周囲にいたが、やがて、自分の部屋に戻り始めた。亜矢子は、眠れないからといって、バーから、ウイスキーの瓶を持って行った。

京子と森口も部屋に戻った。ベッドに入っても、眼が冴えてしまって、なかなか眠れなかった。

「どうしても、あの小説のことが気になるな」

と、森口は、いらいらした声でつぶやいた。

「二人死んだから、ピンが二本失くなったんだ」

「小説の場合も、確か、人形が、一人死ぬごとに失くなるんだったわね」

「そうだ。ただ、ピンの数と僕たちの人数と合わないのが変だが――」

「その小説では、最後には、みんな死んじゃうんだったわね？」

「ああ。いや、みんな死んでしまったように見えて、一人だけ生きていたんだ。それが犯人だったというわけだ」

「でも、埋葬したあの二人は、本当に死んでるわ」

「そうだね。確かに、確実に死んでいる」

森口は、ぼんやりした表情で肯いた。

夜明け近くなって、ようやく吹雪がおさまり、京子は、うとうととまどろんだ。どの位眠ったか覚えていない。

誰かに、激しく身体をゆすぶられて眼をさました。

眼をあけると、太地亜矢子の蒼い顔が、のぞき込んでいた。

「大変よッ」

と、亜矢子は、なおも、京子の身体をゆさぶりながら叫んだ。

「森口さんが死んでるのよッ」

「え？」

と、京子は、ぼんやりした声できいた。突嗟に、亜矢子が何をいったかわからなかったからだが、次の瞬間には、ベッドから飛び降りていた。森口が死んだって？

足がふらついた。

「しっかりして」

と、亜矢子が、京子の身体を支えた。

「何処なの？」

京子が、かすれた声できく。「乾燥室」と亜矢子がいった。

京子は、亜矢子に身体を支えられるようにして、階段をおりた。吹雪は完全に止んで、窓から薄陽がさし込んでいる。

乾燥室には、五十嵐と早川が、呆然とした顔で突っ立っていた。

森口は、部屋の隅に、俯伏せに倒れていた。頭の近くに、道具箱が転がっていて、金槌やヤスリやノミなどが散乱していた。

「棚から道具箱が落ちて、それが不幸に、森口さんの頭に当ってしまったんです」

早川が説明してくれた。が、京子には、まだ、俯伏せに倒れている森口が、死んでいるようには思えなかった。

京子は、屈み込んだ。何故か、森口の右手は、ナタを握りしめている。京子は、いざり寄った。その途端に、彼の後頭部にこびりついている血糊がはっきり見え、血の匂いが、京子に襲いかかってきた。

京子は、眼の前が暗くなるのを感じた。

気がついたとき、彼女は、ロビーのソファに寝かされていた。

早川と亜矢子が、心配そうにのぞき込んでいる。京子は、眼をしばたたいた。

「何故、あんなことに――？」

「それが、わからなくて困っているのです」

早川が、曖昧にいうのを、亜矢子が、途中でさえ切るように、

「あたしには、わかってるワ」

と、いった。

「貴女には悪いけど、森口さんは、あたしたちが作った板製のカンジキをこわしに乾燥室に行って、事故にあったのよ」

「そんな——」

「いや。まだ、そうだと決ったわけじゃないのですよ」

と、早川が、あわてていった。

「死んでいた森口さんの手に、ナタが握られていただけのことです」

「でも、板カンジキは、みんな、ナタで叩き割られていたワ」

亜矢子は、頑強にいった。

(そんなことを、森口がするだろうか?)

京子は、自分の頭が混乱するのを感じ、そんな筈はないといおうとしたとき、五十嵐がロビーに入って来て、

「これを見て下さい」

と、そこにいた三人に、白いカードを見せた。

「例のカードですよ」

「何処に?」

早川がきくと、五十嵐は、それを宙にかざしたまま、

「何故、道具箱が落ちたのかと思って、棚を調べていたら、棚板に、これが鋲で止めてあったのです。変てこなマークも、画鋲の位置まで、前の二枚と同じです」

それから、早川は、カードに書かれてある文字を読んだ。

〈かくて第三の復讐が行われた〉

第七段階《ステップ》

「もう一月四日か」

工藤警部は、ぶぜんとした表情でカレンダーを見て指を繰《く》った。連続強盗事件が起きてすでに一週間になる。

「正月が終ってしまうね」

と、宮地はいったが、正月三ガ日の実感があったわけではないから、ただ単に、四日になったというだけのことでしかない。いや、四日になってしまったといった方がいいだろう。

「今、郵便はどの位で着くのかね？」

工藤は、窓の外に眼をやりながら宮地にきいた。今日は、どんよりと空が重く、東北地方は吹雪だということだった。

「今年は、スムーズに行ってるそうですから、都内なら出した翌日つくようです」

「そうすると、今日の午後にはつく筈だな」

「彼等が、強盗を働いた直後に、四十五万円をポストに入れたらの話ですが」

「前に一度味をしめているから、もう一度やる筈だ」

「郵送の宛名は、恐らく、Kホテルになっているでしょうね」

宮地は、腕時計に眼をやった。午後二時。そろそろ、郵便の届く時間だ。小柴利男が泊ったKホテルには、鈴木刑事が張込んでいる筈だが、まだ連絡がなかった。

「心配になって来ましたから、私も行って来ます」

と、宮地は、工藤の許可を得てから、捜査本部を出て、新宿のKホテルに向った。

一月四日というのは、何となく、街がけだるい雰囲気に包まれている。子供たちにとっては、まだ正月の続きなのに、サラリーマンにとっては、正月が終ったというチグハグな感じがするためかも知れない。

Kホテルの前にも、まだ門松が立っていたが、それが、何となく疲れて見える。

ロビーに、鈴木刑事がいた。宮地の顔を見ると、

「まだだよ」

と、向うから先にいった。

「小柴利男宛に郵便が届いたら、知らせてくれるようにフロントに頼んでいるんだ

が」

「小柴利男は、どうしている？」

「昼食のときに一寸外出したが、今は、二十六号室に籠っている。それから、彼が、一月二日に、部屋を予約していたのがわかったよ」

「やっぱり、全て、予定の行動だったわけだな」

宮地は、ニヤッとした。それなら、郵送の宛先がこのホテルになっていることは、ほぼ間違いないだろう。

宮地が、気持を落着かせようとして煙草を取り出したとき、フロントのクラークが近寄ってきて、

「今、二十六号室のお客さんから電話がありました」

と、小声で鈴木刑事にいった。

「郵便が届いたら、すぐ知らせて欲しいということですが、どうしたらよろしいですか？」

「勿論、知らせてやって下さい。そのときには、こちらへ先にね」

わかりましたといって、クラークは、フロントに戻った。

宮地と鈴木刑事は、顔を見合せた。やはり、小柴利男は、ここで郵便を待っている

のだ。そうすると、皮ジャンパーを着て、映画館に強盗に入ったのは、やはり、弟の利男の方なのか。

三時過ぎに、クラークが、宮地たちに合図を送ってきた。

二人は、フロントに近づいた。クラークは、電話で、二十六号室の小柴利男に手紙のことを知らせながら、眼の前にある部厚い封筒を、宮地たちに指さして見せた。

一・五センチくらいの厚さで、手に持つとずっしりと重たかった。いかにも、札束が入っていそうな感じがする。

〈新宿区新宿二丁目・Kホテル（宿泊者）小柴利男様・親展〉

と、表に書いてある。裏を返すと、差出人の名前は、兄の小柴勝男になっていた。

「消印は、池袋だが、これだけでは、強盗のあとで、ポストに投げ込んだものかどうかわからないな」

宮地は、封筒を、かざすように見ながらいった。

「襲われた映画館も、彼等のマンションも池袋だからな」

「勝手に開けられたらな」

鈴木刑事が苦笑したとき、小柴利男が階段をおりてくるのが見えた。

視線が合うと、小柴利男は、へえというように眼を大きくして、

「刑事さんは、こんな所で何をしてるんです？」

「君宛の郵便物があったから、届けに来たのさ」

宮地は、茶封筒のそれを、相手の前でゆすって見せた。振った時の手応えは、紙の束という感じだった。

利男は、当惑した表情になって、手を差し出した。

「それをくれませんか。親展と書いてあるでしょう。一寸、他人に見られたくないものが入っているんです」

「勿論、君のものだから、君に渡すよ。ただその前に、相談したいと思ってね」

宮地がいい、鈴木刑事と二人で、利男をロビーの隅に連れて行った。

宮地は、テーブルの上に、封筒を置いた。

「これを、われわれの眼の前で開封して貰いたいんだ。中身が見たくてね」

「冗談じゃない」

利男は、素早く封筒をつかみ取ると、気色ばんだ声を出した。

「いくら警察だからといって、人の手紙を見る権利はない筈ですよ」

「勿論ないさ。だから頼んでるんだ。君と、君の兄さんは、連続強盗事件の容疑者だ。その封筒の中身を見せたくないというと、ますます疑われることになるよ」

「強盗事件と、この手紙と、どんな関係があるんです？」

「奪われた四十五万円がその中に入っている可能性があるからだよ」

「バカバカしい。この中には、そんなものは入ってやしませんよ」

「それなら、見せてくれても構わないだろう？」

「しかし、これは、ただの手紙ですよ」

「そうだろうかね。その消印は、今朝になっている。つまり昨夜遅く投函された可能性が強いわけだ。池袋の映画館を襲った犯人が、奪った金を封筒に入れて投函したとすると丁度時間が合う」

「弱ったな。そんなものじゃありませんよ」

「何でもないのなら、見せてくれんかね。君だって、われわれに疑われるのは、気持のいいものじゃないだろう？」

「しかし、これは、他人に見せられないものなんですよ。勿論、犯罪の匂いなんか、これっぽっちもありませんよ」

利男が、封筒を抱えるようにして、席を立とうとするのを、鈴木刑事が肩を押さえて、座り直させた。

「いいかい」

と、今度は、宮地に代って、鈴木刑事が脅かすように、利男にいった。

「その手紙には、いろいろと、疑わしいところがあるんだ。君は、昨日、われわれの前で兄さんと喧嘩した。一緒に暮らすのはごめんだといった。それなのに、差出人が兄さんになっているのは、どういうのかね？」

「きっと、兄貴も仲直りしたくなったんじゃないですか。実は、僕の方もあれから後悔しましてね。兄貴に電話して、ホテルは退屈だから、気のまぎれるものを送ってくれと、昨夜頼んだんですよ。これがそれなんです」

「面白そうな話だね。一体、気がまぎれるものというのは何だね？」

「まあ、いいじゃありませんか。たいしたものじゃありませんよ」

「金でも気はまぎれるな。四十五万円もあれば尚更だ」

「金なんかじゃありませんよ」

「じゃあ、見せてくれないかね？」

「それが、見せられないんです。勘弁して下さいよ」

小柴利男が、また席を立とうとする。その素振りに、宮地は、封筒の中身は、金に違いないと確信した。

「どうしても見せられないというのなら、これから一緒に、捜査本部まで来て貰わなきゃならないいな」

「冗談じゃない。自分に来た手紙を見せないからって、いちいち警察へ連行するなんて人権侵害じゃありませんか」

「じゃあ、人権侵害でわれわれを告訴するさ」

宮地は、相手を睨み、強い声を出した。利男は、一寸ひるんだような表情になった。

「僕が告訴したら、あんたたちは――」

「どうするんだ？　それを見せるか、それとも、一緒に署まで来るかね？」

「絶対に見せられません。嫌です」

「じゃあ、一緒に来て貰う」

宮地は、相手の腕をつかんだ。その拍子に、利男の抱えていた封筒が床に落ちた。

「あッ」と、叫んで、利男が拾おうとするより先に、鈴木刑事が、素早く取り上げてしまった。

「返して下さいよ。それを――」

利男が甲高い声で叫んだ。丁度、ロビーに入って来た家族連れが、びっくりしたような顔で、宮地たちを見た。

「とにかく、一緒に来て貰う」

宮地は、相手の腕をつかんだまま、そっけない調子でいった。

利男は、身体を振って、宮地の手を払うと、不貞腐れた顔で、

「わかりましたよ」

と、宮地を睨んだ。

「警察へ行くなんてごめんだ。その封筒を見て構いませんよ。どうぞ、あけて、存分に見たらいいでしょう」

「――――」

一瞬、宮地は、ひるんだような眼になった。自分の確信が揺らぐのを感じたからである。封筒から、四十五万円が出て来たら、致命的な証拠になることは、この男にもわかっている筈だ。それなのに、急に、見せようといい出したのは何故なのだろう？ 中身は奪った金ではないのか。

「どうしたんです？」

小柴利男は、ニヤニヤ笑いながら、宮地と鈴木刑事の顔を見比べた。

「見たくないんですか？」

「見せて貰う」

宮地は、鈴木刑事から封筒を受け取ると、ビリビリと音を立てて封を切った。騎虎の勢というやつだった。

封筒の中から、新聞紙に包まれたものが出て来た。ひどく丁寧に包んである。新聞紙の端をつまんで振ると、ドサリと部厚い紙の束がテーブルに落ちた。

だが、札束ではなかった。

例の芸術写真《ポルノ》である。それが五十枚ばかりゴムバンドでとめてあった。

宮地の顔が蒼ざめた。眼の前にある裸の男女の写真が、自分を嘲笑しているように見えた。

「だから、困るといったでしょう」

小柴利男は、相変らずニヤニヤ笑いながら、その写真の束を、ポケットにねじ込んだ。

「確か、こんな写真も、個人で持ってる分には罪にはならない筈でしたね。ホテルは退屈だから、こんな写真でも眺めて楽しもうと思って、兄貴に送って貰ったんですよ。よかったら、お二人にも二、三枚差し上げますよ」

「――――」

「ああ、まだ勤務中でしたっけね。じゃあ、これで失礼します」

小柴利男は、勝ち誇った顔で、馬鹿丁寧に一礼してからロビーを出て、階段を上って行った。

「くそっ」

と、宮地が拳でテーブルを叩いた。

「最初から、われわれを揶揄《からか》う気で、あんなマネをしやがったんだ」

「すると、矢張り、マンションの方に送ったのかな？」

「いや。マンションの方も、張込んで郵便物をチェックしているから、向うへ送ればわかる筈だ。やつらだって、それは知ってる筈だ」

「じゃあ、四十五万円は、何処にあるんだろう？」

「わからん。奪《と》った後で、何処かの樹の根っ子の下にでも埋めたのかも知れん」

宮地は、自棄《やけ》気味にいった。

宮地は、鈴木刑事をホテルに残して、ひとまず報告のために捜査本部に戻った。

警部の工藤は、宮地の顔色から察したとみえて、

「どうやら、上手く行かなかったようだね」

と、いった。

「いいように、あしらわれました」

宮地は、苦笑し、ホテルでのことを報告してから、

「マンションの小柴勝男の方はどうです？」

「ついさっき、報告があったんだが、小柴勝男は、部屋に閉じ籠ったままだそうだ。郵便物も来ていないよ」

「奪った直後に、ポストに投函するという方法は、今度は止めたんですかね？」

「そうかも知れん。投函したとすれば、もう彼等のどちらかが受け取っていなければならない頃だからね」

「しかし、そうだとすると、何故、弟の方がマンションを出て、新宿のホテルに移ったのか、その理由がわからなくなります。あの兄弟は、一緒にいた方が有利の筈だからね」

「兄弟喧嘩をもっともらしく見せるためじゃないのか。喧嘩をして一緒にいるというのはおかしいからね」

「果して、それだけの理由でしょうかねえ」

宮地は、腕を組んで考え込んだが、では、どんな理由があるだろうかとなると、見

当がつかなかった。

「別のことで、どうもわからんことがあるのだがね」

工藤が、いった。

「何のことです？」

「君は、あの兄弟の経歴は知っているだろう？」

「報告書は読みました。二人とも、つまらないサギの前科がありましたね。まあ、チンピラでしょう」

「わからないというのはそこさ。どう考えても、それほど頭のいい男とは思えん。兄も弟もだ。それが、今度の事件に関していえば、すごく頭が切れるという印象を受けるのだ。ベテランの君まで翻弄する位だからな」

「確かに、利口に立ち廻っています。つまらんサギを働いて捕まった人間と同一人とは思えないくらいです」

「誰か黒幕がいるのじゃないかね。彼等を動かしている人間が」

「今のところ、そんな人間がいる気配は全くありませんが」

「そうかねえ」

工藤が、どうも納得がいかんというように、頭を小さく振ったとき、若い警官が入

ってきて、

「警部に手紙です」

と、部厚い封筒を差し出した。市販されている白色の封筒の表には、

〈連続強盗事件捜査本部・捜査主任殿〉

と、角張った筆跡で書いてあった。差出人の名前はない。

「何です？」

と、宮地が、のぞき込むようにしてきいた。

「一般市民の協力かな。匿名の投書だ」

工藤は、たいした期待を抱かずに封を切った。今度の事件に関する限り、市民の協力は殆ど期待できなかった。犯人がわからないのではなく、わかっていて逮捕できずにいるからである。

〈犯行計画《プラン》〉

第一段階

兄弟で同じ服装を準備したら、いよいよ実行である。小手調べだから、町外れの小さな小売店がいい。小売店でも、年末だから金はある。

注意。顔はいくら相手に見せてもいい。だが、指紋は絶対に残してはならない。指紋だけが、兄弟を区別できるものだからである。成功を確信し、落着いて行動すること。

第二段階

少し大きな店を狙う。スーパーマーケットあたりが適当である。この場合、第一段階との間に、小さな小売店をもう一軒襲って、トレーニングしておくのがよい。スーパーマーケットの場合も、方法、注意事項とも同じだが、大きな店の場合は、一応、下調べが必要である。

第三段階

三つの店を襲ったこの段階で、警察は、被害者を集めて、犯人のモンタージュ写真を作成するだろう。

この写真は、極めて、よく似ている筈である。何故なら、わざと顔を見せていたからである。

だが、恐れることは少しもない。堂々と街を歩き廻ることにしよう。恐らく二人とも逮捕され、警察に連行されることだろう。そのときの、刑事たちや被害者たちの顔が見ものである。

訊問には、落着いて答えること。アリバイについては、その時刻には部屋にいたとだけ答えればいい。何故なら、アリバイ自体が特別に必要なのではなく、二人のどちらが強盗を働いたか見分けられないことが必要だからである。従って、アリバイは曖昧なほどいいともいえる。

恐らく、その日の中に釈放されるだろう。訊問に立ち合った刑事をからかってやるのも面白い。

注意。この時期には、常に兄弟で同じ服装をしていること。訊問に対して絶対に周章《あわ》てぬこと。

第四段階
この段階にくれば、自信がついてくる筈である。自信は、ある場合には、気持をリラックスさせて物ごとを成功させるが、ある場合には油断に通じるから注意すべきである。ただし、現場で捕らず、指紋を残さなければ、絶対に安全である。

もう一つ、この段階に来て注意しなければならないのは、警察の動きである。犯人がわかっていながら逮捕できないという事態は、警察にとって前例のないことであろうから、刑事たちは切歯扼腕するに違いない。警察というのは昔から、面子《メンツ》を人一倍気にするところだからである。

警察は、どんな手段を取ってくるだろうか？

まず考えられるのは尾行である。というより、尾行以上のことは彼等には出来ない筈である。従って、外出の場合は、尾行されていると考えるべきである。

尾行をまくのは、そう難しいことではない。正月中なら、混雑した映画館にでも飛び込めば、比較的簡単に尾行をまけるだろう。また、尾行している刑事を逆につかまえて、からかってやるのも面白い。何故なら、疑わしきは罰せずの法律が生きている限り、尾行は行き過ぎた行為だからである。刑事はきっと、バツの悪そうな顔をして姿を消すことだろう。

さて、尾行をまいたあと狙う場所だが、正月中であれば、興行街に大金がある可能性がある。映画館やボウリング場などは、恰好の獲物の筈である。

この場合、特に気をつけなければならないのは、手に入れた金の処分である。

警察は、強盗事件発生と同時に、マンションに張込み、帰りを待ち伏せるだろうことは火を見るよりも明らかである。もし、そんなところへ、金を持ってノコノコ帰れば、その金を証拠として逮捕されてしまうだろう。

では、どう処分したらいいか。拳銃のように、ゴミ箱の後や、ナイロンの袋に入れてドブに沈めるというわけにはいかない。恐らく五十万近いかそれ以上の大金だからである。

一番賢明な方法は、あらかじめ丈夫な封筒を用意しておき、手に入れた札束を入れて、途中にあるポストに投函することである。切手は、余分に貼っておけばいい。郵便局というところは、足らないと文句をいうが、余分に貼ってあるものについては、何もいわないからである。

万一、郵便局員が、悪心を起こして抜き取ることがあるかも知れないが、その場合も安全である。自分の悪事を公表する馬鹿はいない筈だからである。

第五段階

作戦が成功し、入手した札束を封筒に入れて、ポストに投函できたとして、まだ問題は残っている。

郵便は、恐らく翌日にマンションに着くだろうが、マンションには、刑事たちが眼を光らせていることを忘れてはならない。従って、いかにして、彼等に気付かれずに、札束の入った郵便を受取るかも一つの重大な作戦といわなければならない。慎重さがまず要求されるが、不安を持つ必要はない。何故なら、愚かな警察は、郵便ポストを利用する方法など気がつく筈がないからである。

まず、張り込んでいる刑事を、マンションから引き離さなければならないが、これは案外簡単である。警察は、恐らく、奪った金は鞄にでも入れて、駅の一時預けにでも預けてあるだろうと考えているに違いないから、その考えに添った行動を取ってやればいいのである。

前日の中に、あらかじめ古雑誌か古本を詰めたボストンバッグを駅（襲った店の近くの駅なら一番効果的である）に預けておくとよい。

二人揃って外出し、そのボストンバッグを受取るのである。刑事たちは、眼の色を変えてその鞄を差し押さえて中身を調べるに違いない。刑事たちをからかってやる絶好のチャンスである。その間に、郵便配達員が、無事に、札束をマンションに送り届けてくれるだろう。

第六段階

第五段階までが成功したとすれば、今や、確固とした自信が植えつけられた筈である。

いよいよ、次の獲物を狙う時だが、ここで一つ考えなければならないのは、マスコミの動きである。犯人が判っていながら警察が逮捕できずにいるという奇妙な事態を、騒ぎの好きなマスコミが放って置く筈がない。彼等は、必ず書き立てるだろう。もちろん、名前は出さずに。名前を出したら告訴してやればいいのである。百万単位の賠償金をせしめることは可能だ。

従って、マスコミ自体は怖くはないが、問題は、マスコミの動きが警察に与える影響である。間接的に無能を指摘された警察は、きっと頭にくるに違いない。頭にきた警察が、どんな手段に出てくるか。

考えられるのは、イヤガラセである。恐らく、兄弟が簡単に見わけられるようにしろといってくるだろう。勿論、強制力はないのだから無視しても構わないが、もし、そんなイヤガラセをいって来たら、簡単に承知してやろう。外出するときは兄弟で違った服装をすると警察に約束するのである。刑事たちは、きっと狐につままれたような顔をするだろう。そして、一寸ばかり油断するだろう。

その油断を見すまして、新しい仕事をやることにしよう。狙うのはやはり、興行街がいい。警備の手薄な割りに、正月なら大金があるからである。

警察に約束した服装で出かけよう。例えば、弟は皮ジャンパーで外出すると約束したら、皮ジャンパーで仕事をするのがいい。当然、この知らせを受けた警察は、眼の色を変えて、弟を逮捕しようとするだろう。そこで、兄弟喧嘩を始めるのである。

兄は、弟が強盗をしたとののしり、弟の方は、自分に嫌疑をかけようとして兄が、皮ジャンパーを着て強盗をしたに違いない、と怒鳴るのである。芝居が下手でも構わない。茶番とわかっても、警察は逮捕できない筈である。

この場合の注意事項は二つある。一つは、当り前のことだが、芝居の前に捕っては何にもならないということである。警察が駈けつけてきたとき、兄弟がベッドに入っている状態が一番のぞましい。芝居がしやすいからである。従って、その余裕を作るために、金を奪ったあと、相手を縛って、一時間くらいは、警察に通報できぬようにしておくとよい。

第二は、手に入れた金のことである。そのまま持ち帰ってもいいが、警察が来たとき、札束を持っていない方が安全と考えたら、それだけの処置を取るべきである。

警察は、手元に金がないとわかると、当然、郵便物に注目するだろう。前に、その手を使われているからである。

ここで、もう一度、警察をからかってやるのが面白いし、彼等に自信を失わせれば、次の仕事がやり易くなる。

その方法はいくつか考えられるが、一例をあげておく。

兄弟喧嘩の続きとして、片方が（弟として話をすすめよう）マンションを飛び出し、都内のホテルに移るのである。警察は、どう考えるだろうか？　刑事というのは、普通でも、物ごとをひねくって考える人種である。事件、それも黒星ばかりを重ねていれば尚更である。弟がホテルに移れば、何かあると考えるに違いない。兄弟喧嘩が芝居に見えたら余計そう信じ込むだろう。

そのとき、ホテルの弟宛に郵便物が届いたら、警察はどう考えるかは、子供にでも推理できる。札束が入っていると信じ込み、見せろ、と脅かすに違いない。丁度、札束が入ってるくらいのフクラミを持たせておけば、必ず引っかかってくるだろう。これをジラしにジラして、刑事の顔色を眺めるのは面白い見せものの筈である。

封筒の中には、何を入れておいてもいいが、出来れば、例の芸術写真《ポルノ》などが最適である。何故なら、見せられないといって、相手をジラす口実にできるからである。それに、写真を見つけたときの刑事が、どんな顔をするかが面白いからである。彼等は、完全に自信を失うだろう。そして、郵便の線は消えたと考えるだろう。ところで、手に入れた金の処理だが、それは——。

そこで、唐突に手紙は終っていた。当然、その後に続くべき頁がなく、その代りのように、赤インクで、「以下は次便」と、気を持たせる言葉が書いてあった。

宮地も、工藤のあとで眼を通したが、読み終ったとき眉をしかめて、

「一体、何ですかね。これは？」

「わたしにもわからんよ」

工藤は、小さくくびを横にふった。

「一般市民からの投書でないことだけは確かだよ。事件のことを、あまりにもよく知り過ぎている」

「とすると、あの兄弟の新しいイヤガラセですかね？」

「かも知れん。だが、文章の調子が、単なるイヤガラセにしては、少し変だとは思わないかね？」

工藤は、難しい顔でいった。

「確かに、警察はバカだとか、刑事は無能だとか書いてある。ただ、その調子が、われわれに向っていっているという調子ではないだろう？」

「そういえば、何となく、あの兄弟ではなくて、第三者が書いたという感じですね。教師が、生徒に教えているような感じがします」

「兄弟の筆跡は手に入るかい？」

「入ります。彼等は、筆跡の違いで逮捕されることはないと思ってますからね」

「それなら、この手紙と筆跡を比べてみよう。勿論、指紋も一応調べた方がいいな。どうせ、指紋はついていないだろうが」

「筆跡が違うとなると、一寸面白いことになりますね」

「そうだ。それにもう一つ、この手紙が、いつ書かれたかが問題になる。もし、連続強盗事件の起こる前に書かれたのだとすると、誰かが、あの兄弟を背後で操っている可能性も出てくるわけだからね」

森口の遺体が、矢部や田島の近くに並べて葬られたのは、夕方近くになってからだった。

こんもりと、雪の墓が三つ並んでいるのは、異様だが、何処か妙に美しい眺めだった。

京子は、早川や亜矢子と並んで合掌しながら、雪の中で死ぬのは気持のいいものだという言葉を、ぼんやりと思い出していた。

(自分も、ここで死ぬことになるのだろうか?)

京子の脳裏を、その不安がかすめた。が、それが、恐怖にまで高まって行かないのは、三人も続けて死んだことで、恐怖の感覚が麻痺してしまったのかも知れない。

遅い夕食のとき、早川が、皮肉な調子でいった。

「人数が減ったおかげで、食糧は、まだ一週間分以上あります。ここから脱け出す方法も、町と連絡する方法も、まだ見つかりませんが、食事の心配だけは、差し当ってなくなりました」

だが、誰も何もいわなかった。二、三日、食いのばせたところで、ここから出られなければ同じことなのだ。

京子は、箸を置いて、森口と最後に交わした言葉を思い出そうとしていた。彼が死ぬ前に、二人で、何を話したんだっけ。

何とかいう外国の小説の話をした。離れ小島にいた全員が死んでしまう話だった。

いつかの夜は、矢部が首吊りをした部屋を調べたんだといった。あれは本当だったのだろうか。一番最後は、何だったろう？　カードの話だった。カードの妙なマークのことを話している時に、階下でボウリングの音がして中断してしまったのだ。次第に記憶がはっきりしてくる。

「――あのマークと、食堂の――」

それが、あのとき、森口が最後にいった言葉だった。一体、森口は何をいいたかったのだろうか。

（あの奇妙なマークと、この食堂とどんな関係があるのだろうか？）

京子は、テーブルを見直した、テーブルは丸い。この丸さが、あのマークに似ているということだろうか。

彼女の顔色が少し変った。よく見ると、テーブルは一枚板ではなく、二枚の半円を継ぎ合せてあるのに気がついたからである。その継ぎ目の線は、あのマークの斜めの線と同じではないか。そして、画鋲の刺さっていた箇所に、登山ナイフが突き刺さっていたのだ。

（最初の日に、あの登山ナイフがテーブルに突き刺さっていたのは、連続死、あるいは連続殺人を、誰かが予告したのかも知れない）

一体、誰なのか。京子が険しい顔になったとき、ふいに、五十嵐が、

「早川さん。あなたに聞きたいことがある」

と、この男には珍しく、気色ばんだ語調でいった。京子と亜矢子も、その調子の強さに、驚いた顔で五十嵐を見た。

「僕たちは、あなたから招待状を貰って、ここへ来た」

と、五十嵐は、まっすぐに早川を見つめていった。

「そして、妙な出来事が連続して、三人の人間が死に、僕たちは、このホテルに閉じ籠められてしまった。全てあなたから、招待状を貰ったことに始っている」

「そうだわ」

と、亜矢子が肯いた。が、早川は黙っていた。

五十嵐は、自分の気持を落着かせようとするかのように、小さく咳払いをして、外国煙草を取り出したが、火をつけずにまたポケットにしまってしまった。

「それに――」

と、五十嵐は、早川に向っていった。

「それに、あなたは、ここへ来る雪上車の中で、僕たちが、ある基準によって選ばれたといい、それが当れば、十万円くれるともいった。あのときは、楽しいナゾナゾ遊

びだったが、三人も死んだ今は違う。僕たちは、ひょっとすると、殺されるために、ここに集められたのかも知れないからだ。そして、集めたのは、あなたということになる」

「――――」

「三人の死が他殺だったら、犯人はあなたということになる」

「私は、そんなことはしません」

早川は、当惑した表情で、くびを横にふった。

「じゃあ、何故、僕たちを選んだのか、それを教えて貰いたいですね。基準は一体何なんです？」

「実は、私も知らないんですよ」

「そんな馬鹿な」

五十嵐の声が大きくなった。

「あの招待状は、あなたが書いたんでしょう？」

「そうです。あれを書いたのは私です」

「自分で書いておいて、何故、書いたかわからないのですか？」

「そうです。変だと思われるかも知れませんが、これには事情があるのです」

「その事情というのを聞かせて貰おうじゃありませんか」

「あれこれ説明するよりも、読んで貰いたい手紙があるのです。それを読めば、事情はわかると思います」

早川は、一度食堂を出て行くと、封書を持って戻って来た。

「この手紙を、去年の十一月に受け取ったのですよ」

と、早川は、三人にいい、どうぞ読んで見て下さいといいそえた。

五十嵐が手に取り、京子と亜矢子が両側からのぞき込んだ。宛名は、「観雪荘ホテル」になっている。差出人の方を見ると、

〈東京都新宿区四谷×丁目・四谷操〉

と、なっていた。

「住所が四谷で名前が四谷か。偽名くさいな」

と、五十嵐が呟いた。早川が、知らない人ですといった。

五十嵐は、中身の便箋を取り出した。かなり癖のある字が、びっしりと並んでいる。

〈突然、お手紙を差し上げます。実は、あなたのホテルに、私の友人六人を招待して、東北の冬を楽しんで貰いたいと考えているのです。ホテルは、この六人の貸切りという形にして、十分に雪景色を堪能して貰いたいと思っていますので、その点、ご配慮頂けませんか。勿論、全ての費用は、私が持ちます。取りあえず、百万円の小切手をお送りしますので、何分よろしくお願いします。

なお、この六人には、私のことを知られたくないので、ホテルの宣伝に、東京在住の人を招待したということにして下さい。

また、六人の人たちは、何故、自分たちが選ばれたか疑問に思うに違いありません。もし、それを聞かれたら、それをクイズにして、当選者に十万円進呈と答えておいて下さい。六人が、何故、私に招待されたかの答と、賞金の金十万円は、正月休みの終る頃、ホテル宛にお届けします。

呼んで頂く六人の名前と、住所は次の通りです。

戸　部　京　子　――

森　口　克　郎　――

太地亜矢子　――

田島信夫
五十嵐哲也
矢部一郎

追伸
戸部京子と森口克郎は、婚約中ですので、その点含んでおいて下さい。
食堂のテーブルは、丸テーブルにしておいて下さい。それが、ナゾナゾの一つのヒントになりますから。
以上、よろしくお願い致します。

四谷　操

観雪荘ご主人様〉

「なかなか面白い手紙だ」

と、読み終って、五十嵐が、誰にともなくいった。

早川は、暗い顔で、

「こんなことになるとは思わなかったし、こんな山奥にあるホテルでは、冬場はお客がないものですから、つい、引き受けてしまったんですが、皆さんは、本当に、この手紙に心当りはありませんか？」

と、京子たちの顔を見廻した。

「四谷操なんて変な名前の人、あたし、知らないワ」

亜矢子が、叫ぶようにいった。

「さっきもいったように、この名前は偽名ですよ」

と、五十嵐が、落着きを取り戻した声で、ゆっくりといった。京子は、「あたしも」と、短くいった。また、煙草を取り出したが、今度は火をつけて、美味そうに吸った。

「恐らく住所もインチキだと思う。ところで、この筆跡だが、見覚えがありませんか？」

「あのカードと――」

京子が、低い声でいった。五十嵐が、肯いた。

「そうです。あのカードの字と同じですよ。つまり、この四谷操という人間は、僕たちを殺すために、このホテルに集めたということです」

「何故、そんなことをするの？」

亜矢子が、ヒステリックな声をあげた。五十嵐は、肩をすくめて見せた。

「こちらは見当がつかないが、向うさんには、ちゃんと、理由があるんだと思いますね」

「私への疑いは、これで消えたでしょう？」

早川がきくと、五十嵐は、くびを横にふった。

「まだですよ。この手紙も、あなた自身が出したのかも知れない」

「馬鹿な。消印をよく見て下さい。東京の消印ですよ」

「そんなものは、東京へ行って投函すればいいんだから、あなたでないという証拠にはならない」

「じゃあ、どうすれば、疑いを解いて下さるんです？」

「筆跡を調べれば、わかるかも知れない」

と、五十嵐はいった。

「ここにいる全員の筆跡を、この手紙と比べてみるんです」

「あたしも？」

不審そうに亜矢子がきくと、五十嵐は微笑して、

「この四谷操というのは女性かも知れませんからね」

「筆跡は、ごまかせるんじゃないかしら？」

京子が、口をはさむ。五十嵐は、くびを横にふって、

「ごまかせると思いがちですが、自然に癖が出てしまうものなのですよ。それに、僕は、筆跡鑑定にも、かなりの自信を持っています」

「それで、何を書けばいいんです？」

早川がきいた。五十嵐は、一寸考えてから、

「短いものより長い文章がいいな。この手紙の通り書くことにしようじゃありませんか。一字一字比べられますからね」

市販の便箋と、ボールペンが用意され、京子たち四人は、神妙に手紙の文章を書き始めた。

自分が書いたものではないと、京子にはわかっているのだが、それでも、試されているという気持はいやなものだった。ひょっとして、筆跡が似ていると判定されてしまったらどうしようという不安もあった。偶然ということだってあり得るのではないか。もし、偶然、似てしまったら、みんなは、あたしのことを犯人扱いするかも知れない。三人もの人間が死に、雪に閉じ込められて殺気だっているのだ。弁明など聞こうとしないだろう。そんなことを考えると、自然に筆が重くなってしまう。その気持を見すかしたように、五十嵐が、誰にともなく、

「無理に変な字を書いても無駄ですよ。そんなことをすればかえって自分の癖が出てしまいますからね」

と、いった。

四人が書き終ると、それを一人ずつ、問題の手紙の文字と比べていった。京子の素人眼にも、似たような筆跡はなかった。

「おかしいな」

と、暫く眺めていた五十嵐が、肩をすくめた。

「てっきり、この四人の中に犯人がいると思ったんだが、僕の思い違いだったらしい」

「ということは、筆跡は全部違っていたということですか？」

早川が、ほっとした表情できいた。五十嵐は肯いた。

「完全に違っていますよ。僕たちを、ここへ集めた人間は、ここにいないことになる。わからなくなってしまったな」

「わからなくなったって、何が？」

亜矢子が、ボールペンを握りしめていた指を、曲げたり伸ばしたりしながら、五十嵐を見た。五十嵐は、新しい煙草に火をつけてから、

「もう三人の人間が殺されているんです。そして、犯人は、殺すたびに、復讐した、という妙なカードを残している。どう考えても、犯人が、この中にいると考えざるを得ませんよ。それなのに、僕たちをここへ集めた人間の筆跡とあのカードの筆跡が、僕たちのものと違う。つまり、筆跡から考えると、この中に犯人はいないことになってしまうのです。変じゃありませんか」

「それは、説明がつくじゃないの」

亜矢子が、あっさりといった。

「三人が殺されたと考えるから変だと思うのよ。みんな自殺か事故で死んだんだと考えれば、別に犯人なんかいなくたって構わないじゃないの」

「しかし、それじゃあ、あの妙なカードのことが説明がつきませんよ。殺人だからこそ、犯人は、あんな復讐という言葉を残したんだと思いますがね」

「一寸待って下さい」

と、早川が口を挟んだ。

「五十嵐さんは、今、殺人だからこそ、犯人は、復讐という言葉を残したんだといわれましたね？」

「そう。いいましたよ。犯人は、復讐のための殺人であることを、僕たちに示そうとしているんです」

「しかし、そう考えると、少しおかしいことになりませんか」

「何がです？」

「三人の死が他殺だとしますよ。そうなると、犯人は、自殺か事故死に見せかけようとして、いろいろ細工をしていることになります。それなのに、一方では、他殺なのだといいふらすというのは、犯人としたら、ずい分矛盾した行動じゃありませんか？それに、矢部さんの場合は、自殺としか考えられないし、他の二人の場合は、事故死としか考えられませんがねえ」

「なかなか面白い指摘です」

五十嵐は、微笑した。

「確かに、犯人の行動は矛盾しているように見えます。それで、僕もいろいろと考えてみました。あなたのいうように、これは殺人ではないのではないかとね。だが、僕の考えは変りませんね。これは殺人事件で、犯人がいるのです。ただ、犯人は、何故か一方で、殺人であることを示しながら、一方では、自殺か事故死に見せかけようとしているのです。理由は僕にもわからない。だが、この矛盾した行動の中に、犯人像がかくされていると思っているのですがね」

「でも、筆跡の上から考えると、この中に、犯人はいないことになるんでしょう？」

と、京子がいった。彼女の理性は、五十嵐の考えに賛成だったが、感情的には反撥を覚えていた。森口の死も、単なる事故死だと考えたい気持がある。その方が、気持が安らぐからである。

「だから、不思議だといっているのです」

五十嵐は、京子にいい、その視線を早川に移した。

「この近くに、人の泊れるような山小屋はありませんか？」

「ありませんよ。一体、何を考えていらっしゃるんです？」

「ひょっとすると、僕たちをここへ集めた人間が、近くの山小屋にでも泊って、監視しているのかと考えたんですが、これは違ったらしい。となると、鍵は、やはり、この手紙ということになりますね」

五十嵐は、問題の手紙を取り上げた。

「この追伸のところに書いてある、食堂のテーブルを丸テーブルにしておけというのは、どういう意味かな？」

「私にもわかりませんが、とにかく、その指示どおりに、丸テーブルに変えたんですがねえ」

と、早川も、くびをかしげていう。京子は、森口の言葉を思い出して、「それは――」と、二人にいった。

「死んだ森口がいっていたんですけど、あのカードのマークと同じじゃないでしょうか？　丁度、画鋲の刺さっていたところに、テーブルの場合は登山ナイフが刺さっていました」

「確かにそうだ」

五十嵐が、大きな声で合槌を打った。

「あのマークと同じなんだ。犯人は、僕たちに、何かを示そうとしているんですよ。このマークに見覚えがある筈だと」

「見覚えなんかないワ」

亜矢子が、吐き出すように口をゆがめていった。

「あたしもありません」

京子も合槌を打った。五十嵐は、「あなたは？」と、早川にきいた。早川は、テーブルに、円を指で描きながら、

「まさか、円と直径と中心というわけでもないでしょうね」

「いや。これは何かを象徴しているんだと思いますね」

五十嵐は、断定するようにいった。

「通行止の標識と同じだが、あれとは違う。まん中にナイフと画鋲が刺さっていましたからね。何か、例えば地図のようなものを、図式化して、ナイフと画鋲で、その位置を示しているのかも知れません」

「何処の位置をです？」

早川がきいたが、五十嵐は、くびを横にふった。

「それはわかりません。地図ではないかも知れませんからね。それからもう一つ、皆さんにききたいことがある。犯人は、僕たちを恨んでいる。だから、招待状を使って、ここへ集められ、そのうちの三人が、自殺や事故に見せかけて殺されたのです。この中で、誰かに深い恨みを持たれている人は？」

五十嵐は、三人の顔を見廻した。亜矢子が、まっ先に、

「毎日、男性を喜ばせてあげてるんだから、恨まれる筈はないワ。女性には恨まれるかも知れないけど」

と、いった。普通なら笑いを誘う言葉だったが、誰も笑いはしなかった。

京子は、どういったらいいのか、わからず、

「あたしは、平凡なＯ・Ｌです」

と、小さな声でいった。

「たいしていいこともしませんけど、悪いことだってしていない積りです。死んだ森口さんだって同じ筈です」

「僕も同じだな」

と、五十嵐が自分のことをいった。

「犯罪学の研究をしているけれど、実際の犯罪にタッチしてるわけじゃないから、悪人に恨まれる筈もないし、毎日毎日、家と学校の間を往復している生活で、人に恨まれるような大それたことの出来る筈がないと思うな」

あとは、早川の番だったが、彼は、すぐには口を開かなかった。

京子たち三人は、早川の言葉を待つ表情になって、彼の顔を見守った。

「僕も、平凡な人間ですよ」

と、早川は、間を置いてから、生真面目《きまじめ》な口調でいった。

「この小さなホテルの持主にしか過ぎません。たいして財産もありません。いい人間か悪い人間か、自分自身にもわかりませんね」

「人を傷つけた覚えは？」

五十嵐がきいた。早川は、くびを小さく横に振ってから、

「それもわかりませんね。知らずに他人を傷つけていることもありますから」

「そんなことにまで、あたしたちは責任を持たなければならないの？」

亜矢子が、ヒステリックに叫んだ。五十嵐は、くびをすくめて、

「僕たちみんなが、人に恨まれる覚えがないとすると、気がつかずに、誰かを傷つけていたのかも知れませんからね。犯人は、そのことで、僕たちを殺そうとしているのかも知れない」

「でも――」

京子は、控え目に、五十嵐の考えに異議をはさんだ。

「あたしは、五十嵐さんも、太地亜矢子さんも、早川さんも、ここに来て初めて知ったんです。死んだ矢部さんも同じです。気がつかずに誰かを傷つけたとしても、あたしたちが、同じ人を傷つけたなんてことがあるでしょうか？」

「本当に、僕たちは、初めて会ったのかな？」

五十嵐が、腕を組み、自分自身に問いかける調子で呟いた。

「早川さんは、犯人にホテルを利用されたのかも知れないから別にして、僕たちは、みな東京の人間だ。何処かで一緒になったことがあるかも知れない。そのときに、誰かを傷つけて、それを犯人が恨んでということも考えられますよ」

「偶然、会ったことがあるかも知れないけど、覚えてないくらいだから、誰にも恨まれるようなことはしてない積りだけど」

亜矢子が、不満そうに、口をゆがめて見せた。

京子も同じ気持だった。いくら考えても、他人に恨みを受けるような覚えはない。自分を、飛び抜けて立派な人間とは思わないが、悪人でもないと思っている。

「誰も、何にも覚えがないとすると、僕たちは、わけがわからないままに殺されていくことになるのかな」

五十嵐が、肩をすくめた。亜矢子が、

「冗談じゃないワ」

と、甲高い声で叫んだ。

「わけもなく殺されるなんて、まっ平よ」

「それなら、もう一度、みんなで考えてみようじゃありませんか」

五十嵐は、京子たちの顔を見廻した。

「同じ犯人に狙われているとすれば、僕たちには、何か共通点がある筈です。それを探してみようじゃありませんか」

「東京の人間だという点は、共通していると思うけど」

と、京子は、いってから、早川の顔を見た。

「早川さんは、東京へ行ったことは？」

「残念ですが、一度もありません。宮城県から外へ出たことがないのですよ」

「それにしては、殆ど訛りがありませんね？」

五十嵐が探るような眼できいた。早川は、微笑した。

「そういって頂くと嬉しいんです。こういう仕事をしていると、訛りのない方が有利ですから、標準語を喋るように、努力しているんです」

「成程ね」

と、肯いたが、五十嵐は、何となく不審気な表情を残していた。京子には、五十嵐が、何を気にしているのかわからなかった。

「早川さんを除外して考えてみましょうよ」

と、京子は五十嵐にいった。わけもわからずに殺されるのは嫌だった。犯人が、何故、「復讐」とカードに書くのか、その理由を知りたい。

「東京の人間というだけの理由で狙われる筈はないんだから、もっと他の共通点がある筈だと思うんだけど」

「確かにそうです。毎日の生活に共通点があるのかも知れない。貴女は確か、O・L

だといいましたね？」

「ええ」

「死んだ森口さんは？」

「サラリーマンでした」

「首を吊った矢部という人も、確か平凡なサラリーマンだった。僕自身はサラリーマンと一寸違うが、毎日、自宅と大学の研究室を往復しているんだから、似たような生活だといえる」

「あたしは違うワ」

亜矢子が、異議を唱えた。三人が彼女を見る。確かに、トルコ風呂で働いている彼女は、O・Lとはいえないだろう。

「トルコ風呂の前は、何処かの会社で働いていたんじゃないんですか？」

五十嵐がきくと、亜矢子は「ええ」と、簡単に肯いた。

「九ヵ月だけ、O・Lのときがあったワ。でも退屈だから止めたのよ」

「止めたのは、いつです？」

「一年ばかり前」

「どうやら、僕たちは、核心に近づいているようだ」

五十嵐は、眼を輝やかせた。

「だが、同じような仕事というだけでは、殺人を引き起こすような共通点とはいえない。他にもっと的をしぼれる強い共通点がある筈だ。例えば、働いている会社が同じ場所にあるといったような――」

「あたしと、死んだ森口さんとは、同じ方向に勤め先がありましたワ」

と、京子がいった。

「それで、中央線で一緒でした。あたしの会社が八重洲口にあって、森口さんの会社は神田にありましたから」

「それだ」

五十嵐が、大きな声で肯いた。

「僕の通っている大学の研究室もお茶の水だから中央線を利用している。太地さんも、O・Lだった頃は、中央線を利用していたんじゃありませんか？」

五十嵐が亜矢子を見ると、彼女も、「ええ」と、小さく肯いた。

「有楽町のフードセンターで働いていたから、中央線で通っていたワ」

その答に、五十嵐は、満足そうな表情を見せた。

「これで決った。矢部さんも恐らく同じだったろうと思う。僕たちは皆、中央線を利用して、お茶の水や東京方向に通っていた。その間に何かがあったんだと思う」

「あたしがO・Lだった時だとすると、一年前の半年間のことね」

　亜矢子がいった。

「正確にいうと、一昨年の四月から十二月までだったけど――」

　その間に何があったろうかと、京子は考えてみた。が、すぐに思い出せそうな事件はないようだった。森口と知り合ったのは、その頃だが、それが他人を傷つけたとは思えないし、二人だけのことだから、他の人たちとの共通点とはいえないだろう。

「何にもなかったみたい」

　亜矢子が、考えあぐねたように、小さな溜息をついた。が、五十嵐は、腕を組んで、

「いや、何かがあった筈です」

　と、いった。

　それまで、黙っていた早川が、遠慮がちに、五十嵐に、

「面白い考えだと思いますが、一寸、おかしい点があるような気がするんですが」

「何処がおかしいんです？」

　五十嵐は、心外そうに早川を見た。早川は、相変らず遠慮がちに、

「今、五十嵐さんは、みんな、といわれたでしょう？　でも、一人だけ違う人がいるんじゃありませんか？」

「誰が？」

「タクシーの運転手の田島信夫という人です。ここに来たのは、ニセモノでしたが、この手紙の主は、本物の田島信夫さんを呼ぶ積りだった筈です。タクシーの運転手は、普通の意味のサラリーマンとはいえませんよ。住所にしても、東京のことはよく知りませんが、中央線の沿線じゃないんじゃありませんか？」

確かに、田島信夫の住所は、池袋で、中央線沿線ではなかった。だが、五十嵐は、自分の考えに固執するように、

「それなら、タクシー運転手になる前のことかも知れない。その前は、中央線沿線の会社でサラリーマンだったかも知れませんからね」

「それは違うワ」

と、今度は亜矢子がいった。

「テレビで見たんだけど、田島という人は、三年間もタクシーの運転手を続けていたといったワ。もし、その前ということになったら、今度はあたしが、違って来ちゃうワ」

「本当に、三年間タクシーの運転手を続けていたって？」

「本当ですわ。あたしも、そのテレビを見ました」

と、京子がいった。

五十嵐の顔に、当惑の色が拡がっていった。「わからない」と、何度も呟いてから、

「すると、手紙の主が呼びたかったのは、ニセモノの田島の方だったのかな？」

「そうじゃないでしょう」

と、早川がいった。

「この手紙を私が受け取ったのは、消印を見て頂けばわかりますが、去年の十一月です。運転手が殺されたのは、その後です。ですから、手紙の主が呼びたかったのは、本物の田島信夫の方ですよ」

「しかし、そうだとすると、推理がガタガタになってしまう」

五十嵐は、眉をしかめた。

「折角、共通点を見つけ出せたと思ったのに、一人の人間のために、それが共通点でなくなってしまうんだ」

五十嵐の声は、悲し気でさえあった。だが、京子にも、どう解釈したらいいのかわからなかった。亜矢子と早川も、同じだとみえて黙っている。

五十嵐は、暫くすると、気を取り直したように、

「ゆっくり考えれば、何処かに突破口がある筈だ」

と、自分自身にいい聞かせていた。

推理が行き詰り、四人が疲れた顔で食堂を出ると、亜矢子はバーへ行って飲み始めた。早川が、その相手をしていた。

京子は、酒を飲む気にも、テレビを見る気にもなれず、部屋に引きさがる積りで階段をのぼりかけると、五十嵐が追いついてきて、

「戸部さん」

と、彼女の耳元でささやいた。「え？」と、京子がふり向くと、五十嵐は、ニヤッと笑って、

「二時に、僕の部屋に来て下さい」

と、小声でいった。

「二時？　夜中の？」

京子は、驚いて五十嵐の顔を見つめた。五十嵐は、また、ニヤッとした。

「そうです。鍵はかけずに置きますからね」

「何故、そんなことを？」

「来た方がいいですよ。みんなの前では黙っていましたが、貴女の筆跡は、例の手紙の筆跡とそっくりなんですよ」

「そんな馬鹿な」

「僕は犯罪学の研究家ですよ。もし僕が、あの二人に、それを喋ったらどうなると思います？　三人もの人間が死んで、気が立っている時だから、貴女をリンチにかけるかも知れませんよ」

「――――」

「じゃあ、二時に。待ってますよ」

五十嵐は、またニヤッと笑ってから、バーの方へ姿を消した。真面目な研究者というイメージであったのに、それが、ガラリと崩れてしまった感じだった。平凡な女好きの男でしかないのだ。いや、小悪党といった方がいいかも知れない。

京子は、自分の部屋に入ると、ドアの鍵をかけた。

ベッドに腰を下したが、五十嵐の言葉を思い出して胸がむかむかした。あの男は、脅せば、彼女がいいなりになると思っているのだろう。

（でも、五十嵐が、あとの二人に、筆跡のことで、デマを飛ばしたらどうなるだろう？）

そう考えると、自然に、京子の顔が蒼ざめてきた。

京子がいくら否定しても、早川や亜矢子は、五十嵐の言葉の方を信じることだろう。何故なら、五十嵐には、犯罪学の研究者という肩書きがあるからだ。それに、誰もがいらいらして、犯人を見つけたがっているのだ。犯人を見つけて安心したがっているのだ。喜んで、京子を犠牲《いけにえ》に選ぶだろう。五十嵐は、リンチにかけるかも知れないと脅したが、その可能性はある。

ベッドに横になったが、眠れそうもなかった。時間ばかりが気になった。夜半から風が強くなり、粉雪が窓ガラスを断続的に叩き始めた。

すぐ二時になった。だが、京子は、毛布にくるまったまま、じっと天井を見つめていた。五十嵐の部屋に行くのも怖いし、行かずにいるのも怖い。そうしている中にも、時間は容赦なく経《た》っていく。夜が明けたら、五十嵐は、京子をものに出来なかったことを怒って、手紙の筆跡は彼女だと、あとの二人に喋るかも知れない。

京子は、蒼ざめた顔でベッドを降りた。もう四時に近かった。ガウンを羽織ってノロノロとドアに近づいて鍵をあけた。とにかく、五十嵐に、詰らないことをいわないでくれと頼もう。誤解から殺されるのは真平だ。

廊下に出て五十嵐の部屋の前まで行った。

ホテルの中は、静まり返っていて、風の音だけが聞こえてくる。

京子は、そっと、ドアのノブを回した。五十嵐は、鍵をかけずに置くといったが、その言葉どおり、ドアはすぐあいた。

部屋には明りがついていた。

五十嵐は、ベッドの上に半裸の姿で俯伏せに横たわっていた。毛布は床に落ちている。セントラルヒーティングのせいで、部屋は暖かいが、それにしても異様な寝姿だった。

いや、寝ているのでないことは、すぐわかった。剝き出しの背中の肩に近いあたりに、ナイフが突き刺さっていたからである。血はあまり流れていなかった。

見覚えのあるナイフだった。最初の日に食堂のテーブルに突き刺さっていた登山ナイフと同じものだった。

ふいに、血の匂いが、身体を押し包むのを感じて、京子が悲鳴をあげかけたとき、

「あんたが殺したの？」

背後で、乾いた太地亜矢子の声がした。

第八段階《ステップ》

一日たったが、弟の小柴利男は新宿のKホテルを動こうとしなかった。時々、正月気分の抜け切らない街に出て行くが、六回目の強盗を働く気配はなかった。

兄の小柴勝男の方も、池袋のマンションで大人しくしている。

その間、宮地たちは、兄弟の筆跡を集めてきて、捜査本部宛に届けられた妙な手紙の筆跡と比べる作業を急いでいた。

専門家の鑑定結果は、筆跡が違うというものだった。

主任の工藤警部は、その報告を受け取ると、難しい表情で、

「やはり、兄弟以外の第三者ということか」

と、宮地の顔を見た。

宮地にも、それが何を意味するのか、はっきりとはわからなかった。

「第三者の手紙となると、その人間は、これと同じものを小柴兄弟に渡して、強盗を

けしかけたということになるんですかね？」

「手紙の文章の調子からみると、そんな風にも考えられるが、そうだとすると、何故、警察に、それをバラすような手紙を送って来たのか、それがわからんな」

「仲間割れじゃありませんか？」

と、宮地は、誰でも考える線を口に出した。

「頭のいい奴がいて、小柴兄弟に、双生児であることを利用した強盗をやらせた。だが、兄弟の方が分け前を渡さない。それで参謀格の人間が腹を立てて、強盗計画をこちらに送って来たんじゃないでしょうか」

「まあ、そんなところかも知れないが、そうだとしたら、何故、強盗計画の全部を送って来なかったんだろうね？　尻切れトンボで、思わせぶりに、以下次便なんて赤で書いてある理由がわからん。これだけでは、あの兄弟を逮捕する決め手にならんからね」

「そうですな」

宮地も、くびをひねった。もし、仲間割れからの密告でないとすると、この手紙を送ってきた人間の目的は一体何だろうか。それに、この手紙の主は、一体、どんな人間なのだろうか。男なのか女なのか。そうした興味もわいてくる。

予告された「次便」が捜査本部に届いたのは、その日の午後だった。

表に書かれた「連続強盗事件捜査本部・捜査主任殿」の文字を見ただけで、例の手紙と同じものだとすぐわかった。前のものと同じように、差出人の名前はなく、消印は、中央郵便局だった。

工藤は、部下の宮地たちが緊張した表情で見守る中で、封を切った。前と同じ便箋。そして、いきなり、前の終ったところから言葉が始っていた。


〈――奪った金は、札束だけを前と同じように封筒に入れ、近くのポストに投函するとよい。

ただし、宛先は、マンションやホテルにしてはならない。理由は書くまでもない。警察が、届けられる手紙を監視しているに決っているからである。

では、宛先は何処にしたらよいか。何処かに隠れ家を借りておいて、そこに送ったらよいか。

不可である。何故なら、警察は必死で尾行するであろうから、取りに行った途端に逮捕されてしまうからである。

宛先は、デタラメな住所と名前を書くべきである。

そして、差出人のところに、マンションの住所を書いておくのである。この結果どうなるか。封筒は、確実に宛先不明でマンションに返送される。この場合、最低四日かかる。この最低四日という日数が重要なのである。警察は、郵便を利用するなら、直接、宛先へ金を送ると考えるに違いないからである。だから、翌日か、おそくとも翌々日には届いていなければならないと考える。だが、封筒は来ない。それに、前に書いた芸術写真《ポルノ》を使っての悪戯が重なれば、警察は、今度は郵便は利用しないと考える筈である。警察の眼が、他へ移ったところへ、タイミングよく封筒に入った札束が届くというわけである。

第七段階

第六段階までは、いわばトレーニングといってよい。これからがいわば本番である。大きく狙うことにする。大仕事をするだけの自信は、ここまでの段階で十分についている筈である。狙う相手は銀行。

ビクつく必要はない。準備さえしっかりしていれば、こんな簡単な相手はいないのである。それに、この場合も、双生児であることを百パーセント利用できるのである。まず、狙う銀行を決める。近くの市中銀行でいい。

決めたら、普通預金の口座を作る。最初の金額は多くなくてもいいが、あまり少くてはいけない。一万円ぐらいが適当だろう。兄か弟の片方が行って口座を作るのだが、その時、本名で口座を作って構わない。肝心なのは、そのあと、何回か預金して、実績を作っておくことである。窓口の娘と顔なじみになっておくのも悪くはない。相手に名前を覚えさせることが出来れば最上である（普通の銀行強盗の場合、してはならないことが、双生児であることによって逆に、有利に働くのである）。

さて、いよいよ実行である。

銀行は、普通の日なら三時に入口を閉め、その上、シャッターまで降ろしてしまう。だが、銀行というのはおかしなところで、支払いの方は三時過ぎには受けつけないが、預金の方は、三時過ぎであっても、預金者を脇の入口から入れて受けつけるのである。恐らく、預金獲得競争が激しいためだろう。

そこで、三時一寸前に、電話をかける。大金が急に入ったのだが、手元に置いておくのが不安だから、今から預金したいというのである。名前を告げれば、相手は信用するだろう。向うは、大喜びで来て下さいという筈である。

出動。兄弟のどちらでもいい。但し、手袋をして、絶対に指紋を残さぬことが必要である。

銀行は、もうシャッターがおりているだろう。狭い通用門を通される。顔なじみになっている窓口の娘は、ニッコリとほほえみかけるだろう。他の行員たちは、金勘定をしている頃だ。

そこで、おもむろに強盗に変る。シャッターがおりているから、外のことに気を使う必要はない。近頃の銀行には、かくしカメラがあって、パチリとやるそうだが、そんなものはどうということはない。写させればいいのである。気をつけるのは、非常ベルだけである。

金を手に入れたら、通用門に鍵をかけてゆっくり逃げればいい。警察が駈けつけるだろうが、中に入るだけで相当時間を喰い、その間に、マンションまで帰れるだろう。帰ったら、何喰わぬ顔をしていればいいのである。

普通預金の口座を作るときの筆跡や、通帳についた指紋が心配になるかも知れないが、これは、別に心配する必要のないことである。勿論、警察は、行員たちの証言を聞いて、マンションに駈けつけ、口座の名前の兄なり弟なりを逮捕しようとするに違いない。

その時には、第六段階の兄弟喧嘩を始めればいいのである。弟の名前で口座を作っておいた場合は、兄は、弟の犯行だと主張し、弟は、兄が僕の預金を利用して強盗を働いたと主張するのである。結局、警察は、逮捕できないだろう。この仕事で手に入る金は、池袋あたりの銀行なら千万単位であろう。従って、郵便は利用できない。ポストに入らないからである。従って、隠し場所を考えておく必要がある〉

手紙は、そこで終っていた。読み終ると、工藤は、何となく宮地たちと顔を見合せた。

「次は銀行か」

宮地は、呟いてから、

「あの兄弟が、何処の銀行に預金しているか調べて来ますか？」

と、工藤にきいた。

「それも必要だが、その前に、四十五万円の札束の入った封筒を押さえられれば、あの兄弟を逮捕できるかも知れん」

工藤がいう。

「この計画どおりに実行しているとすれば、映画館を襲った直後に、封筒をポストに投函している筈だ。あれから今日が三日目か。もう、池袋局に戻って来ているかも知れんな」

「きいて来ましょう」

と、宮地はすぐ腰を上げた。

街に出ると、もう夕闇が近づいていた。歩きながら、宮地は腕時計を見た。四時半。まだ郵便局はひらいている筈だ。

郵便局につくと、宮地は、集配課長に会った。中年の温厚そうな男だった。彼は、宮地の話を聞くと、宛先不明で戻って来た郵便物の置いてある棚に案内してくれた。

そこには、三通の葉書があっただけだった。

「今あるのは、これだけですか？」

「と思いますが――」

「と思うというのは？」

「実は、係の者が、三時頃急に頭が痛いといって早退してしまったのですよ」

「成程」

と、宮地は肯いたが、ふと、不吉な予感に襲われた。いわれのない予感だということはわかっていた。郵便局員が一人早退しただけなのだから。だが、宮地は、何となくそれに拘《こだわ》って、

「係の人の名前を教えて頂けませんか？　出来れば住所も」

と、いった。

集配課長は、吉村という二十三歳の青年だと教えてくれてから、

「まじめな青年ですが、彼が何か？」

と、不安そうにきいた。宮地は笑って、

「ただ、この人に一寸聞きたいことがあるだけです」

と、いった。聞きたいことがあるのは本当だった。ひょっとすると、午前中に、問題の封書は戻ってきていたかも知れないと思ったからである。

吉村が、池袋西口の「みどり荘」というアパートに住んでいると聞いて、宮地は、そこへ廻ってみた。

モルタル塗りのありふれたアパートだった。管理人だという中年の女は、吉村の部屋は二階だといってから、

「でも、いませんよ」

「いない？」

宮地は、くびをかしげた。集配課長は、頭痛で早退したといった筈である。

「何処へ行ったかわからないかな？」

「休暇をとってスキーに行きましたよ」

「スキー？」

「ええ。これを預かったんです。明日、郵便局へ持って行ってくれって」

管理人は、紙片を取り出して宮地に見せた。休暇願で、五日間休暇をとりたいと書いてある。しかし、それなら、何故、頭痛といって早退したのだろうか。宮地が考えていると、管理人は、ひとりで勝手に喋り始めた。話好きなのだろう。

「何だか、急に大金が入ったみたいでしたよ。帰ってくるなり、近所の運動具店でスキー用具一式を買い込んで、その上、飛行機で北海道へスキーに行くっていうんですからねえ。二、三日前まで、給料日まで大変だって青い顔をしていたのに」

「――――」

宮地の胸の中で、不吉な予感が、前より色濃いものになっていった。ひょっとすると――。

「出かけたのは、何時頃？」

「ついさっきですよ。アパートの前でタクシーを止めて、羽田まで、ぱあッーと」

「何時の飛行機に乗るかわからないかな？」

「わかりますよ。ここの電話で切符の予約をしてましたからね。確か、八時二〇分の最終便だといってました」

宮地は、腕時計に眼をやった。まだ、十分間に合う。

「吉村君の写真があったら欲しいんだがね」

と、宮地は、管理人にいった。羽田でつかまえる積りになっていた。管理人は、自分の娘と一緒に撮ったものがあるといって、手札型の写真を出してくれた。ひょろりとした、現代風な若者である。宮地はその写真を持って羽田へタクシーを飛ばした。

空港へ着いたのは、七時前だった。国内線のロビーを調べてみたが、吉村の顔はなかった。食事でもしているのか。それとも、大金が入ったので、途中でカメラでも買っているのか。

八時近くなったとき、写真の青年が現われた。真新しいスキーウエアを着、肩には、新品の高級カメラをぶら下げている。

宮地が近寄って、警察手帳を示すと、とたんに相手の顔が真っ青になった。どうやら予感が当ったらしい。

「聞きたいことがあるんで、一緒に来て貰いたいんだがね」

宮地が、ゆっくりした口調でいうと、吉村は、ふるえ声で、

「どうしてわかったんです？」

と、きいた。

「偶然にね。それに、君は、急に金を使い過ぎた」

「そうですか——」

「それで、君が盗んだ封筒には、いくら入っていたんだね？」

「数えてみませんでした。でも、ずい分入ってましたよ。これが残りです」

吉村は、ポケットから札束を取り出して、宮地に差し出した。二、三十万円はあるだろうか。

「それで、封筒はどうした？」

宮地は、肝心のことをきいてみた。もし、その封筒の差出人のところに、小柴兄弟の名前があれば、証拠か、悪くても、とっちめる材料にはなる筈である。

だが、吉村は、肩をすくめると、

「あんなもの、燃やしちまいましたよ。当然でしょう。残してたら足がつきますからね。見つかる筈はないと思ったんだがな」

「あんなものだと？」

宮地は、相手を睨みつけた。肝心の封筒がなければ、どうしようもない。小柴兄弟が、映画館から強奪した金だと証明することは不可能だからである。

「封筒に書いてあった差出人の名前を覚えているかね？」

「小島とか、小西とか書いてあったなあ」

「小柴じゃないのか？」

「そうかも知れません」

吉村のいい方は頼りなかった。宮地は、これでは証人にならないなと思った。それに、たとえ、この青年が、差出人の名前は小柴だったと証言してくれても、それだけでは、小柴兄弟を逮捕はできない。郵便を出した覚えがないと主張すれば、証拠はないのだ。

宮地は、吉村を捜査本部へ連行した。

宮地は、工藤に事情を説明してから、

「この男のおかげで、妙な具合になりました」

と、案外ケロリとした顔をしている二十三歳の若者を見やった。罪の意識はあまりないらしく、連れてくる途中でも、金を全部使い切れずに捕ったのが残念そうな口ぶりをしていた。

「まあいいさ」

工藤が、慰めるように宮地にいったときふいに、吉村が、「あッ」と、馬鹿でかい声をあげた。

「何だ？」

と、宮地が睨むと、吉村は、妙に真剣な眼で、

「僕のこと、誰かが密告したんじゃありませんか？」

「密告？」

「そうじゃなきゃ、こんなに早く見つかる筈はないんだ。きっと、あいつだ」

「あいつというのは誰のことだ？」

「刑事さん。僕だって、最初からあんなことをする気はなかったんですよ。けしかけられて、ついやっちゃったんです」

「どういうことだね」

「今日の午前十時頃、電話が掛って来たんです。宛先不明で戻ってくる郵便物のことでっていうんで、僕が出たんです。そしたら、今日あたり、部厚い封書が戻ってくる筈だが、中身は札束だから、気をつけてくれっていうんですよ」

吉村の話に、宮地は、工藤と顔を見合せた。

「だから、つい、変な気を起こしちゃったんですよ」

「電話の相手は、男か？」

「ええ。男の声でした。かすれた声で若いのか年寄りかわからなかったなあ。あいつが密告したんでしょう？」

「違うよ」

宮地は、そっけなくいった。吉村が留置場に連れて行かれたあと、宮地は、工藤の顔を見て、

「電話の主は誰ですかね？　小柴兄弟だとしたら、藪蛇をやったことになりますが」

「違うだろう。そんなことをすれば、郵便局の人間に変な気を起こさせるだけだということは、わかる筈だからね」

「とすると、例の手紙の主ということになりますか？」

「他には考えられないが、何故、そんなことをしたのか、その理由がわからん。手紙の主は、相当頭の切れる人間だ。あの手紙を見て、警察が郵便局へ封書を取りに行くことぐらい推測がつく筈だ。まるで、それに先手を打ったようなやり方だ。あの手紙では、小柴兄弟を逮捕させようとしているように見えるのに、今度は逆のマネをした。その理由がわからん」

「仲間割れが納ったんで、今度は、あわてて、あの兄弟を助けたんですかね？」

「本当に助けたいんなら他の方法を取ったんじゃないかな。とにかく、この金を、わ

れわれが押さえたことは、小柴兄弟にとって痛手の筈だからね」

「兄弟も、当てにしていた金が手に入らんとなると、第六回目の強盗をやらざるを得なくなりますね」

「そうだ。あの手紙のとおりだとすると、今度狙うのは銀行ということになる」

「兄弟が、何処の銀行に預金しているかわかりましたか？」

「鈴木君に調べて貰った。池袋駅前のR銀行だ。弟の小柴利男名義で、普通預金の口座を持っている。最初が一万円。それから五千円ずつ四回預金して、窓口の女事務員とも顔見知りになっている。面白いことをいって笑わせるそうだ」

「あの手紙の通りを忠実に実行しているわけですな」

宮地は、苦笑した。この調子なら、あの兄弟は、必ずR銀行を襲うだろう。問題は、何時《いつ》かということである。

「この金が手に入らなくなったとわかれば、その時期は早いとみた方がいいな」

と、工藤はいった。

宮地も肯いた。今度こそ、あの兄弟も年貢の納めどきになるだろう。

（だが、あの手紙の主は、捕えられるだろうか？）

「違う。あたしじゃない」

京子は、大きな声で叫ぶようにいった積りなのに、その声は、ひどくかすれていた。

「じゃあ、誰が五十嵐さんを殺したの？」

亜矢子の声は、相変らず詰問するような調子だった。京子は、血の気の失せた顔で、ベッドの上の死体を見、亜矢子を見た。

「知らないわ」

「じゃあ、何故、今頃、この部屋に来てるの？」

「それは――」

とまでいってから、京子は、どういって良いかわからなくなって、黙ってしまった。筆跡をタネに五十嵐に脅されたと本当のことをいったところで、亜矢子が信じそうになかったたし、たとえ信じたとしても、だから殺したんだろうといわれかねない。

二人の女は、しばらくの間、黙って睨みあっていた。その重苦しい沈黙が、長く続いたら、京子は耐え切れなくなって、何か馬鹿なことを大声で叫んでいたかも知れないが、それを救ってくれたのは、早川だった。

早川は、ナイトガウンを羽織った恰好で階段を上ってくると、

「何かあったんですか？」

と、部屋をのぞき込んだ。その言葉で、京子は、救われた感じになり、

「五十嵐さんが――」

と、ベッドの上の死体を指さした。

早川は、黙って、ベッドに近づくと、蒼ざめた顔で死体を見下した。

「五十嵐さんまで――」

早川は、低い声で呟いてから、京子と亜矢子を振り返った。

「誰が殺したんですか？」

「彼女よ」

亜矢子が甲高い声でいった。京子は、必死で、早川に向って、くびを横に振って見せた。

「あたしじゃありません。信じて下さい。寝苦しくて廊下に出てみたら、この部屋のドアがあいて、明りが洩れていたんです。それでのぞいてみたら、五十嵐さんが死んでたんです」

「嘘だワ」

亜矢子が、叫んだ。早川は当惑した表情になって、京子を見、それから、亜矢子を

見た。

「この人が殺すのを見たんですか？」

と、早川は、亜矢子にきいた。

「見ないワ。でも、彼女よ」

「証拠がないのに、決めつけるのはよくありませんよ」

早川は、難しい顔で亜矢子をたしなめた。

京子は、ほっとするのを感じた。早川が亜矢子の言葉を信じてしまったら、この閉ざされたホテルで、何をされるかわからなかったからである。

早川は、また、死体に視線を戻した。

「このナイフは、食堂のテーブルに突き刺さっていたものです。事務室にしまっておいたのが、一昨日から失くなっているんで、気にしていたんですが――」

早川は、それを話すと、京子たちが不安がるといけないと思って、黙っていたのだともいった。

「また、この人の身体も雪の中に葬らなければいけませんね」

早川が、小さな溜息をついたとき、亜矢子が、「あッ」と、叫び声をあげた。彼女は、ふるえる指先で、部屋の壁を指さしていた。

そこに、あのカードが、画鋲で止めてあった。

奇妙なマークも、画鋲の位置も、前の三枚と全く同じだった。そこに書かれてある言葉も。

〈かくて第四の復讐が行われた〉

「またか――」

と、早川は舌打ちをして、そのカードを引き剝がした。

京子は、気持が悪くなってくるのを辛うじてこらえながら、五十嵐のいった言葉を、切れ切れに思い出していた。五十嵐は、前の三人が、自殺や事故死ではなく殺されたのだといった。京子は半信半疑だったが、今は彼の言葉を信じる気持になっていた。五十嵐の死は、まぎれもなく殺人だからである。

背中に突き刺ったナイフは、肉が収縮してなかなか抜けなかった。だが、こんな姿で雪に埋葬は可哀そうだということで早川が柄に布を巻きつけて、強引に引き抜いた。ナイフが抜けると、止っていた血がまた溢れ出て、シーツを赤く染めた。

早川が、素早く死体を毛布で包んだ。

早川が、頭の方を持ち、京子と亜矢子が足の方を持って、五十嵐の死体を、ホテルの裏の、三人の死体を埋めた場所まで運んで行った。

やっと、夜が明けようとしていた。まだ吹雪いていたが、京子は寒さを感じなかった。ただ、気分が悪かった。

早川が、死体を埋める穴を掘っている間、京子は、とうとう雪の上に吐いてしまった。

五十嵐の死体を埋め終ると、三人とも疲れ切った表情になっていた。

ホテルに戻り、入口で、のろのろと三人が身体についた粉雪を落していると、奥で、金属的な音がした。一瞬何の音だかわからなかったが、早川が、ぱッと顔を輝やかせて、

「電話だッ」

と、大声で叫んだ。

「電話が通じたんだッ」

確かに、電話の鳴る音だった。間違いなく電話のベルの音だ。

京子は、疲労が消し飛ぶのを感じた。

三人は、物すごい勢で、電話の置いてあるロビーに駈け込んだ。

黒塗りの電話は、奇跡のように、乾いたベルの音を立てていた。

京子が、受話器をつかんだ。その彼女の耳に、「もしもし――」というのんびりした男の声が聞こえた。

「こちらは、駅前の食堂ですがね。ずい分、電話が通じませんでしたねえ」

あの食堂の主人の声だった。

「大変なの。警察に、すぐここへ来るようにいってッ」

京子が叫ぶようにいった。向こうは、「警察?」ときょとんとした声になっている。

「私が説明しましょう」

と、早川が、受話器を受け取った。京子と亜矢子は、両側から顔を押しつけるようにして、聞き耳を立てた。

「観雪荘の早川だが、こちらで大変な事件が起きたんだ。それで、至急、警察に来て貰いたいんだ」

「一体、何が起きたんです? 雪崩ですか?」

「客が四人死んだんだよ。それも、殺人の疑いがあるんだ。その上、雪上車やスキーまで、誰かがこわしてしまった。だから警察へ知らせてくれ」

「本当ですか?」

「本当だ。すぐ警察へ知らせてくれ」

「わかりました」

「それから、ここに来ているお客さんの名前と住所をいうから、東京の家族の方へ知らせるようにして貰いたいんだ。予定の日が過ぎても、帰らないので、心配なさっているといけないからね」

早川は、泊り客全部の名前と住所を、何回も繰り返した。

「警察に話したら、いつここへつけるか、電話で知らせてくれ」

早川は、それだけいって、受話器を置いた。

「もう心配はいりませんよ」

と、早川は、笑顔を見せて、京子と亜矢子にいった。

第九段階《ステップ》

「東北で変な事件が起きたようですね」

宮地は、配られた夕刊に眼を通しながら、工藤にいった。

〈雪に閉ざされたホテルで連続殺人？〉

社会面のトップ記事だった。宮城県の山奥のホテルで泊り客六人の中四人が死に、それが殺人らしいという。地元の警察は、すぐ急行することになったが、運悪く、ホテルまでの間で雪崩があり、自衛隊の力を借りてもホテルに到着するまでに二日はかかりそうだと書いてあった。

「死んだ泊り客の中に、東京のタクシー運転手殺しのホシがいたようですな」

「それで、沢木刑事が、K町へ飛んだよ」

と、工藤は、いった。沢木刑事なら、上手くやるだろうと、宮地は思った。若いが優秀な刑事だ。

「まあ、この事件のおかげで、われわれは、マスコミに叩かれずにすむのは有難いがね」

工藤は、ニヤッと笑ってから、腕時計に眼をやった。もう六時に近い。

今日はもう、小柴兄弟は、銀行を襲わないだろう。

三時間ほど前のテレビのニュースで、郵便局員の吉村が、逮捕されたと伝えていた。小柴兄弟も、あのニュースは見たことだろう。もしテレビを見なかったとしても、明日の朝刊には載る筈だから、いやでも知ることになる筈だ。

折角、奪い取った四十五万円がふいになったとわかれば、彼等が、新しい犯罪を犯すことは眼に見えている。

「明日にも、銀行を襲うかも知れないな」

工藤は、いくらか楽しそうにいった。

警視庁捜査一課の沢木刑事は、その夜おそくK町についた。

雪が降っていた。沢木は、白一色の世界に眼をしばたたきながら、東京を発つときに、工藤警部から、「雪景色が見られていいな」と、ひやかされたのを思い出した。雪も、こんなに多いとうんざりする。

観雪荘の泊り客の家族も、次々に到着してきた。すでに死亡したと伝えられた五十嵐哲也や、矢部一郎や、森口克郎の家族は、暗い表情を作っていたし、戸部京子や太地亜矢子の家族は、不安気ではあったが、何処かに明るさがあった。当然のことだろう。

東京の新聞記者たちも、猟奇的な事件ということで、どっと繰り出してきた。沢木と、顔見知りの記者もいた。

家族は、駅近くの旅館に収容されたが、記者たちには部屋がなく、町民会館が、彼等のために開放された。

記者たちは、そこで、例によって、沢木刑事に記者会見を要求してきた。沢木は、あまり好きな仕事ではないのだが仕方がない。古ぼけた石油ストーブの燃えている部屋で彼等に会った。

「妙なところで一緒になりますね」

といった笑い話から始って、

「ホテルに電話を入れたいんですが、通じないというのは、どういうことなんですか？」

　と、切り込んできた。

　沢木は、煙草に火をつけてから、

「実は、僕も連絡を取りたいと思ってるんですが、通じなくて困っているんです」

「原因は？」

「わかりません。雪崩で電話ケーブルが切れたんじゃないかという話ですがね」

「電話以外に、ホテルに連絡する方法はないんですか？」

「泊り客の家族の方からも同じ質問を受けたんですが、地元の話では、ないようですね。ただ、仙台放送が、この事件を取りあげて放送していますから、ホテルの方には、助けに向うことがわかっている筈です。テレビとトランジスタラジオは向うにあるようです」

「それで、われわれは、いつ出発できるんです？」

「明日の朝です」

「今すぐ出発できないんですか？」

「このあたりはそうでもないが、登りになると、二メートル以上も積雪があるそうです。それに、雪崩も起きているということですから、夜は危険ですよ」

「雪上車はないんですか？」

「残念ながらありません。ただ、近くの駐屯地から、自衛隊員が何人か応援に来てくれることになっていますから、何とかホテルまで行かれる筈です。それで、皆さんのためにカンジキを用意させますから、それをはいて下さい」

「カンジキとは、えらいことになったものだね」

記者たちは、顔を見合せたが、結構楽しそうだった。

「ところで、運転手殺しのホシが、本当にホテルにいて、死んだと信じているんですか？」

「可能性があるから、こうしてやって来たんです」

と、沢木は、笑って見せた。

沢木が、記者会見を終って町民会館を出ようとすると、若い記者の一人が追いかけてきて、

「沢木さん」

と、呼び止めた。チョビ髭を生やしたその顔に見覚えがなくて、「え？」とくびをかしげていると、相手はニヤッと笑って、

「僕ですよ。中央新聞の西崎です」

と、いった。確かに、そういわれれば、顔見知りの西崎という記者だった。

「その変な髭で、わからなかったんですよ」

と、沢木は、笑った。

「おかしいかなあ」

西崎は、髭を手で触ってから、

「自分では、結構似合うと思ってるんですが、さっきも、記者仲間にからかわれましてね」

「いや、よくお似合ですよ」

沢木は、おどけた声でいってから、

「ところで、何です？」

「沢木さんは、本当に、山の上のホテルで、連続殺人事件が起きたと信じているんですか？」

西崎は、まっすぐに沢木を見つめた。沢木は、一寸、ひるんだような表情になって、

「ホテルからの電話では、そう伝えて来たことになっているし、新聞記者の諸君も、信じたからこそ、こんな田舎町にやって来たんでしょう？」

「まあそうですがね。ここに来て、のんびりした空気を眺めていたら、疑いを持ち始めたんですよ。どうも、ふに落ちないところが多過ぎますからねえ」

「例えば、どんな点です？」

「もしホテルで、次々に泊り客が殺されているのだとしたら、犯人は、まず、ホテルを外部から切り離す努力をする筈だと思うんです」

「それは、しているようですよ。電話では、雪上車やスキーがこわされて、ホテルは外部と孤立した状態におかれているようですからね」

「それは、僕も知っています。僕のいいたいのは電話のことですよ。僕が犯人なら、まっ先に電話線を切りますね。そうでしょう？　雪上車なら、警察へ連絡するまで何時間もかかるが、電話なら一瞬の中ですからね。電話が今まで通じなかったのは、犯人が切ったんじゃないかとも思ったんですが、突然、通じたというのがわからない。そのおかげで、われわれや警察が駈けつけることになったんですからねえ」

「おかしいといえば、おかしいですがねえ」

沢木は、あいまいないい方をした。彼にもその理由はわからないからだ。というより、西崎にいわれるまで、気がつかなかったことだった。

「だから、息せき切ってホテルへ着いてみたら、みんなピンピンしていて、ニヤニヤ笑っているなんてことになるんじゃないかって、気がするんですがねえ」

と、西崎がいう。沢木は、笑って、

「それならそれで、あんた方は、ちゃんとニュースにしちゃうんじゃないかな」

といい、西崎が、頭をかいている間に、町民会館を出た。

沢木は、駐在所に戻って、もう一度、地元の警官二人と、打ち合せをした。

「ホテルにつくには、自衛隊の協力があっても、丸一日以上かかりそうです」

というのが、雪に慣れた警官の意見だった。どうやら雪上車のないのが致命傷らしい。

「向こうのホテルに、雪上車があるんですから皮肉な話です」

と、もう一人の警官が笑った。

ホテルと連絡を取ろうとする努力は、その夜ずっととられたが、電話は一向に通じなかった。

電話がまた通じなくなったとわかっても、京子は、それほど狼狽は感じなかった。彼女の持っているトランジスタラジオは、K町に、警察や新聞記者や、それに、彼女らの家族たちが集って来ていることを告げていたからである。その中には、京子の両親の名前も入っていた。

ロビーのテレビも、ニュースで、そのことを報道していた。

食堂での夕食は、たった三人に減ってしまったが、久しぶりに、明るさを取り戻していた。

「もう大丈夫ですよ」

と、早川は、笑顔を見せて京子と亜矢子にいった。

「警察や、みなさんのご家族も町へ着いていますからね」

京子は、早川のその言葉に肯いた。が、亜矢子は、疑わしそうに、

「それはどうかしら。犯人は、警察が近くに来たことで、焦って、もっと残酷なことをするんじゃないかしら」

と、いい、まるで、京子がその犯人であるかのように、ジロリと、京子を見た。

京子は、また暗い不安に襲われた。亜矢子の眼つきは気に喰わないが、彼女の言葉は当っていると思ったからである。

犯人がいるのだ。四人もの人間を殺した犯人が。

京子は、怯えた眼で、亜矢子を見、早川を見た。太地亜矢子が犯人かも知れないし、早川が犯人かも知れない。或は、犯人は、雪の中に、じッと身をひそめて、皆殺

しのチャンスを狙っているのかも知れない。

亜矢子の言葉で、夕食は、また暗い雰囲気のものになってしまった。

早川が、あわてて、二人を安心させようと努めたが無駄だった。一度、不安のタネが芽生えると、それは、いくらでも広がって行く。

京子は、途中で箸を置くと、二人を食堂に残して、二階の自分の部屋に閉じ籠ってしまった。

ドアには鍵をかけ、ベッドにもぐり込み、トランジスタラジオに耳をすませた。

警察や家族たちは、夜が明けるのを待って、ホテルに向ってK町を出発するという。

死にたくなかった。彼等が到着するまで、殺されたくなかった。

九時頃、ふいに、部屋の明りが消えた。思わず、京子が、「あッ」と、悲鳴をあげた。が、数分して、階下のロビーの方で、

「助けてえッ」

という亜矢子の悲鳴が聞こえた。

京子の顔から血の気がひいた。一体、何が起こったのだろう。

続いて、階段をのぼってくる乱れた足音が聞こえ、京子の部屋のドアが激しく叩か

れた。

「戸部さんッ。戸部さんッ」

と、亜矢子の声が叫んでいる。

「一緒に来てッ。早川さんが大変なのよ」

「どうしたの?」

と、ベッドの上からきいたが、上手く声にならなかった。

亜矢子は、まだドアを叩いている。

「いないの? 京子さん。早川さんが殺されちゃったのよ」

(殺された——)

暗闇の中で、京子の顔が引き攣った。早川が殺された。五人目の犠牲者が出たのか。

京子は、暗闇が怖かった。

亜矢子は、京子がいないと思ったのか、また階段を降りて行った。

京子は、手さぐりで、非常用のローソクを探し出すと、火をつけた。ぼうッとした明りが、部屋を照らし出した。

ロビーでは、まだ、京子を探している亜矢子の声が聞こえている。

京子は、ローソクを手に持って、ドアをあけて、廊下に出た。

ロビーは、ぼうッと明るかった。亜矢子が、何本もローソクを立てたためだった。

京子の姿を見ると、亜矢子が、

「何処にいたのよ。一体？」

と、嚙みつくような顔でいった。

「二階の自分の部屋にいたわ」

「うそッ。あたしがあんなに呼んだのに、返事しなかったじゃないの」

亜矢子は興奮していた。彼女の手に持ったローソクがゆらゆらして、その度に、彼女の顔が気味悪く歪んだ。

「早川さんが死んだって、本当なの？」

「こっちへ来てッ」

亜矢子は、京子を、ダイニングキッチンに引っ張って行った。

その一隅を、ローソクの火が照らし出したとき、京子は、悲鳴をあげた。血の海だった。その海の中に、早川が、俯伏せに倒れていた。

京子は、眼をそむけた。全身が、ガクガクとふるえて、それが止ってくれない。

「電気が消えて、それを直しに早川さんが行って、なかなか戻らないから変だと思って来てみたら、こんなだったのよ」

亜矢子の説明も、京子の耳には、切れ切れにしか入って来ない。

突然、亜矢子が、きっとした眼で、京子を睨んだ。

「早川さんを殺したのは、あんたじゃないの？」

「何ですって？」

「五十嵐さんを殺したのも、あんたなんでしょう？　そして、今度は早川さんを殺したのね？　次には、あたしを殺す積りなんじゃないの？」

亜矢子の眼には、明らかに憎しみの表情があった。

京子は、自然に後ずさりした。あたしが犯人ですって？　亜矢子こそ怪しいではないか。水商売の女なんか何をするかわからない。五十嵐が殺されたときだって、彼女は、何故あの部屋に入って来たのだろう？　きっと殺しておいて、様子を窺っていたに違いない。早川だって、本当にヒューズを直しにダイニングキッチンに入ったのかどうかあやしいものだ。何か口実を作って、行かせて、亜矢子が後から殴りつけたのではないのか。そして、亜矢子こそ、最後にあたしを殺す積りでいるのではないのか。

「あたしは、そう簡単には殺されないわよ」

亜矢子がいった。それは、京子のいいたいことだった。

亜矢子は、死体の傍にしゃがんで、

「とにかく、他の人と同じように雪の下に埋葬してあげるんだから、手伝ってよ」

と、京子に、命令口調でいった。早くしろといわんばかりに、両手で、もう死体の頭の方を持っている。手が血で汚れるのに、平気な顔をしている。そんな亜矢子の顔が、ゆらゆらとゆらめくローソクの炎の関係もあって、鬼女のように見え、京子は、また大きく後ずさりした。

（この女が平気な顔をしているのは、自分が殺したからだ）

と、京子は思った。きっと、次には、あたしを殺す気なのだ。

京子は、また後ずさりし、ロビーから逃げ出した。ローソクを持つ手が、小刻みに震えている。階段を駈け上がるとき、ダイニングキッチンの方で、ずるずると、死体を引きずる音が聞こえた。その陰気な音が、一層、京子を恐怖にかりたてた。

京子は、自分の部屋に戻ると、すぐ、鍵をかけた。

亜矢子が犯人なのだ。京子は、そう確信した。五十嵐を殺したのも、森口を殺したのもあの女に違いない。ただ、何故、彼女が、泊り客を殺して行ったのかわからなかった。

そして、京子自身も、何故、自分が狙われるのか、その理由がわからなかった。

京子は、トランジスタラジオのスイッチを入れた。

ニュースは、相変らず、K町に、警察や家族が集っていることを伝えている。

だが、ホテルに辿りつくまで一日以上かかることもアナウンスしていた。

京子には、その一日以上という時間が、あまりにも長く思えた。

すでに、五人もの人間が、死んでいるのだ。警察や家族が到着するまで生きていられるだろうか。

ニュースが終ってしまうと、何の関係もない陽気なディスクジョッキーが始まった。

その漫談調のアナウンスが、京子の神経をいらだたせ不安にさせたが、スイッチを切って、沈黙の中に取り残されるのも怖かった。

京子は、怯えた眼で部屋の中を見廻したが、その視線が、テーブルの上の便箋に止った。

京子は、便箋を引き寄せ、ペンを取り上げた。何もせずにいることが不安だったということもあったし、自分が殺されてしまったとき、何故、そうなったかを、警察や家族の者に伝えたいということもあった。

だ。

京子は、ローソクの明りの下でペンを取った。手がかすかにふるえて、字がゆがん

〈私は、このホテルの泊り客の一人である戸部京子です。

私が、このホテルに来ることになったのは、去年の末に、奇妙な招待状を受け取ったことからです。その招待状は、ここにあります。

私と結婚する予定の森口も、同じ招待状を受け取って、このホテルに来ました。あたしたちが駅につくと、ホテルから、主人の早川さんが、雪上車で迎えに来てくれて――〉

第十段階《ステップ》

午後二時五十七分。

池袋駅前のR銀行池袋支店は、緊張に包まれていた。

五分前に、小柴利男から、銀行に、不意の金が入ったから、時間が遅いがこれから預金に行くという電話があったからである。

銀行からの連絡で、宮地刑事たちが急行した。

宮地たちは、着くとすぐ支店長室に入った。前から話を聞かされていた中年の支店長は、さすがに、緊張し、蒼ざめた顔で宮地たちを迎えた。

「本当に、強盗をするんでしょうか？」

「確実です」

と、宮地は、はっきりした口調でいった。

小柴兄弟は、今までのところ、あの手紙のとおりに動いている。そのとおりに行動すれば、大金が手に入ると確信しているからだ。先日の郵便では失敗したが、あれは、偶然の事故と考えていることだろう。

「来るのは、三時に、表のシャッターをしめるときでしょうね」

宮地は、腕時計に眼をやりながら、支店長にいった。今頃は、銀行の近くまで来て、シャッターが閉まり始めるのを待っているかも知れない。

「だから、時間になったら、普段どおりに表のシャッターを閉めて下さい」

「来たらすぐ、捕えるというわけにはいかないんですか？」

「それは出来ません。電話どおり預金に来たのだと主張すれば、こちらでは、どうしようもありませんからね。普通預金の口座は、もっているのだし。ですから、前にも申し上げたとおり、金を出せといったら、大人しく渡して欲しい。われわれは、通用門を出たところで逮捕します」

「しかし、相手はピストルを持っているんじゃないんですか？」

「恐らくね。だが、抵抗しない限り彼が使うことはないと思います。今までも使いませんでしたからね。その点は大丈夫です」

宮地は、時計を睨みながら、刑事三人を、通用門の方に廻した。

三時になった。

守衛が、いつものように、表のシャッターを閉め始めた。

行員たちは、札を束にして数え始めている。その顔が、緊張しているのは、支店長からあらかじめ、事件が起きることを知らされているからだろう。宮地は、それに小柴が気づくのが心配だった。気づいて、預金して帰ってしまえば、逮捕はできない。

シャッターが下り切ったとき、狭い、行員専用入口から、小柴が入ってきた。

宮地には、やはり、兄の方か弟の方か判断がつかなかった。が、現行犯で捕えれば、それは問題ではなくなる。

「どうも、こんな時間にすいません」

小柴は、愛想よく、そんなことをいいながら、カウンターに近づいた。例の茶色の半オーバーを着て、白い手袋をはめている。

宮地は、支店長室のドアの隙き間から、小柴の動きを観察していた。彼は、ポケットから預金通帳を取り出して、女事務員に小声で何か話しかけている。その顔が笑っているところを見ると、冗談でもいっているのか。

(気づいて、やめたのか？)

と、宮地が舌打ちしたとき、小柴は、いきなり、ピストルを取り出して、

「静かにしろッ」

と、行員たちに向って、低い声で怒鳴った。

「動くと殺す。大人しくしているんだ」

その言葉は、落着き払っていた。過去に何度もスーパーマーケットや映画館を襲って慣れていることと、今まで成功してきたことの自信だろう。

行員たちは、一斉に両手を上げた。小柴は、満足そうに、ニヤッと笑ってから、折りたたんだバッグをカウンターの上に放り投げた。

「そこのお嬢さん。その辺にある札束を、全部詰め込むんだ」

ピストルの銃口を向けられた女事務員は、まっ青な顔で、あわてて、札束を、そのバッグに押し込み始めた。

バッグが一杯になると、小柴は、「もういい」と女事務員から、それを引ったくった。そして、守衛から鍵を奪うと、

「おれが外へ出るまで、動くんじゃないぞ。そのあとは、警察へ知らせようとどうしようと自由だがね」

小柴は、もう一度、ニヤッと笑ってから、ピストルを構えたまま後ずさりして行った。

（イキがってやがる）

と、宮地は苦笑した。そのイキがれるのもすぐ終りだ。

通用門から外へ出ると、小柴は、ドアを閉めて、外から鍵をかけた。

そのとき、待ち伏せていた三人の刑事が、飛びかかった。

札束でふくらんだバッグが、小柴の手から離れて転がった。

小柴は、組み伏せられながら、ピストルを一発射った。凄まじい爆発音が路地にひびき渡った。が、彼が射つことができたのは、その一発だけだった。次の瞬間には刑事の一人が、ピストルを叩き落し、他の二人が小柴の手をねじ上げて、手錠をかけていた。

支店長室から出て来た宮地は、刑事たちに取り押えられた小柴を見て、満足そうに肯いた。

「悪運つきたというやつだな」

と、宮地は、笑ったが、何気なく、路地の反対側に眼をやって、はッとなった。
十二、三メートル離れた場所に、七、八歳の女の子が倒れているのが眼に入ったからである。
宮地は、あわてて駈け寄った。抱き起こすと彼の手にベッタリと血がついた。小柴の射った弾があたったのだ。子供は、ぐったりとしている。宮地の顔から血の気が引く。

「救急車を呼んでくれッ」

と、宮地は怒鳴った。

警察関係者、新聞記者、それに、泊り客の家族たちは、朝八時に、慣れないカンジキを足につけて、K町を出発した。

付近の駐屯地からは、四人の自衛隊員が応援に来てくれた。

町の近くは雪も踏み固められていて、歩くのも楽だったが、道が登りにかかると、二メートルを越す積雪のため、カンジキをつけていても、膝頭近くまで、ズブズブと沈んでしまう。歩くスピードも急激に落ちてきた。

唯一の救いは、雪が止んで、青空がのぞいていることだった。

自衛隊員が先頭に立ち、そのあとを、沢木たち警官と新聞記者が続く。年寄りも混えた家族たちは、自然に少しおくれる形になった。

昼を少し過ぎたところで、雪の中で小休止ということになった。沢木が、昼食のにぎりめしを食べていると、チョビ髭の西崎記者が、ズボンについた雪を叩き落しながら近寄ってきた。K町へ来てから、これで半日、記者連中と行動を共にしたわけだが、それでも、西崎記者のチョビ髭を見ると、何となく可笑《おか》しくなってくる。

沢木が笑うと、西崎の方でも、気になるとみえて、髭に手をやって、

「まだ可笑しいですか？」

「何となくね。ところで、何の用です？」

「この調子で、いつ頃、ホテルに着けるのか、みんな心配してるんで、代表して聞きに来たんです」

「僕も、この付近の地理には不案内なんだが、明日の午前中には着けるんじゃないかという話でしたね。夜は危険なので、テントを張って、休むそうだから」

「雪崩のことはどうなんです？」

「この先に、雪崩の箇所があるそうだが、そこは、迂回して行くらしい。それも、時間のかかる一つの理由だと思いますがね」

「これは、僕個人の質問なんですが、電話にあったように、ホテルで連続殺人があったとすると、僕たちが、こうしている間にも、殺人が続けられているとは思いませんか？」

西崎の質問に、沢木の表情が堅くなった。今、同じことを考えていたところだったからである。沢木が、黙っていると、西崎は、言葉を続けて、

「確か電話が通じたときは、三人が生き残っていたということでしたね？」

「そうです。ホテルの主人と、泊り客の女性二人です」

「もし、その中に犯人がいたら、警察が来るまでに、残りの人間も殺してしまおうと考えるんじゃありませんかね」

「そういうことは、考えないことにしているんですがね。家族の方も同行していますから」

「しかし、可能性は否定できないでしょう？」

「まあ、可能性はありますね」

「それなら、何か手を打てないんですか？　こうしている間にも、残りの誰かが殺されているかも知れないんだから」

「しかし、われわれに今、何ができます？　これ以上早く進むことは不可能ですよ」

「しかし、天気が回復したんだから、ヘリコプターは、飛ばせるんじゃないんですか？」

「それは、僕も考えましたよ」

と、沢木は、微笑した。

「午後には、自衛隊のヘリが飛んでくれることになっています」

「飛ぶんですか。何故、われわれに知らせてくれなかったんです？」

「飛ぶには飛んでも、あまり期待が持てないからです。ホテルの周囲には、着陸できる場所がないことと、気流の関係で、あまりホテルに近づけないということですからね」

「そうですか」

西崎は、一寸、考え込む表情になったが、

「だが、ヘリが飛べば、残っている人たちに勇気を与えるでしょうね」

「われわれの狙いも、そこにあるわけです。それに、上手くいけば、ホテルの状態がわかるかも知れませんからね」

沢木は、空を見上げていった。山の気象は変化が激しい。吹雪にでもなったら、ヘリコプターは飛べなくなる。

昼食がすみ、再び、雪の中の行進が始まったが、幸い天気は崩れなかった。

午後二時頃、上空にヘリコプターが現われた。

二、三回、沢木たちの頭上を旋回してから、ヘリコプターはホテルの方へ消えて行った。

沢木は、先頭にいる自衛隊員の傍へ、雪煙りをあげて駈けて行った。ヘリとの間に、無線連絡が取れる筈だったからである。
　十二、三分して、ヘリから連絡が入った。
〈今、ホテルの上空に到着した。気流の関係で、あまり低くまで近づけない〉

〈何か見えるか？〉

〈二階の窓から、誰かが手を振っている。若い女だ。顔はよくわからない〉

〈他には〉

〈一寸待ってくれ。今、誰か玄関から飛び出してきた。こちらに向って手をふっている。これも若い女だ〉

〈他には？　電話では、三人生存者がいる筈だが〉

〈いや。見えるのは、その二人だけだ。他には、人影は見えない〉

〈ホテルの様子はどうだ？〉

〈雪に埋っていて、何事もないように見える。いや、あれは何だ？〉

〈何だ？〉

〈ホテルの裏手のところに、何か並んでいる。墓のようなものだ〉

〈墓？〉

〈墓のようにそこだけ長方形に雪が盛り上っている。それが、一つ、二つ、三つ、全部で、五つ並んでいる〉
〈他には？〉
〈他に異状は見えない。二人の女性は、まだ手を振っている〉
〈誰かが、ホテルから出たり、入ったりした気配はないか？〉
〈ない。周囲の雪には、足跡もスキーのシュプールもついていない。今、気流が悪くなって、ガタガタ揺れ始めた。これから、引き返す〉

このヘリコプターからの連絡は、すぐ、新聞記者や家族たちに伝えられた。

沢木は、連絡の会話を、何度か繰り返して考えてみた。

ホテルで、惨劇があったことは確かだと思った。もし、泊り客が全部生きているのなら、ヘリコプターに向って、全員が手を振るのが自然だからである。

若い女が二人だけ手を振っていたとすると、もう一人生きている筈のホテルの主人はどうしたのだろうか？　殺されたのか。沢木は、殺人がまだ続いているのじゃないかという西崎記者の言葉を思い出した。電話のあとで殺されたとすると、犯人は、残る二人の女のどちらかということになるのだろうか。

それに、墓みたいなものが並んでいるというのも気になった。ホテル観雪荘にいる人間は、ホテルの主人を入れて七人だと聞いている。墓のようなものが五つに、手を振っていた女が二人となれば、数は合う。その合うことが、沢木を不安にさせた。墓らしきものがもう一つ増え、残った人間が一人になっても数は合うのだ。

（ホテルで、一体何があったのだろうか？）

沢木は、東京の運転手殺しの関係で、ここに来たのだが、今は、連続殺人の方が気になっていた。

ヘリコプターが飛び去ってしまってからも、京子は、しばらくの間、手を振り続けていた。

きっと、救いの手は、すぐ近くまで来ているのだ。

そう思うと、彼女は、勇気づけられた。が同時に、不安も増してきた。亜矢子はきっと、警察や家族が到着するまでに、あたしを殺そうとするだろう。

京子は、ドアに眼をやった。鍵はかけてある。しかし、安心はできなかった。最初に首吊り自殺した矢部も、殺されたのだと、五十嵐はいっていた。もしそうなら、鍵はかけてあっても、何の役にも立たないのだ。

（死にたくない）

その思いが、ヘリコプターを見たことで、いやが上にもかりたてられた。

京子は、またドアに眼をやる。今にも、亜矢子が、登山ナイフを手に押し込んでくるような恐怖に襲われる。

（逃げ出そう。このホテルから逃げだそう）

京子の心が叫ぶ。きっと、救いの手は、ついそこまで来ているのだ。雪は深いが、何とかそこまで辿りつけるのではないだろうか。そうすれば、完全に助かるのだ。

京子は、テーブルの上の封筒に眼をやった。その部厚い封筒には、このホテルでの出来事を、細大もらさず書いた二十枚あまりの便箋が入っている。昨夜、ほとんど一睡もせずに書いたのである。

書いている中に、気がついたこともあった。森口が、何故、乾燥室で死んでいたかということだった。森口は、きっと、折角作った板カンジキが犯人にこわされるのを心配して見に行き、犯人に殺されたのだ。危険を承知で夜更けに見に行ったのは、あの夜中のボウリングの音が気になったのかも知れない。そうだとすると、犯人は、ボウリングの音で京子たちを怖がらせ、その中の一人の森口を、乾燥室におびき寄せたことになる。

どうしてもわからないこともあった。ニセの田島信夫が、夜中に、乾燥室で話していた相手だった。あれは一体、誰だったのだろう？

「お前は、おれが雪上車の方へ行くのを知っていて止めなかった」

と、田島は怒鳴っていたのだ。彼が、ホテルを出て行くのを見る位置にいたのは一体誰だろうか？　考えたがわからず、わからないままに書いておいた。

京子は、もう一度、それを読み返し、最後に、次のように書き足した。

〈ヘリコプターが来ました。私は、これからホテルを逃げ出す積りです。今、二時四十六分です。皆さんのところに無事に辿りつけますように〉

京子は、また封筒に戻し、表に「警察の方へ」と書いた。もし自分が上手く逃げられずに殺されたとしても、警察が、この手紙を読めば、きっと犯人の太地亜矢子を逮捕してくれるだろう。

京子は、しばらく考えてから、その封筒をベッドの下にかくし、そっと、部屋を出た。

ロビーに人影はない。京子は、裏口からホテルを脱け出した。

五つ並んだ雪の墓の傍を通るときは、慄然とした。自然に足が早くなった。深い積雪が、彼女の足を奪おうとする。それでも、京子は、必死に前へ進んだ。胸も、顔も、たちまち、雪で汚れてくる。少しでもホテルを離れたい。少しでも救いの手に近寄りたい。

だが、ズブズブと雪にもぐり込んでしまう足が、だんだんもつれてきた。疲労が襲いかかってくる。太股の近くまで雪に埋ってしまった足が、次第に抜けなくなってくる。動悸が激しくなる。

京子は、いつか、疲れ切って、雪の上に俯伏せに倒れてしまった。

その時、人影が、背後から近づいて来た。が、京子は、それに気がつかない。

京子が気がついたとき、何か堅い鈍器が、彼女の頭めがけて振り下された。

第十一段階《ステップ》

「もう観念して、何もかも喋るんだな」

と、宮地は、眼の前にいる小柴を睨んだ。

逮捕してから、丸一日が過ぎている。

「お前の指紋から、お前が弟の小柴利男だということもわかってるんだ。もう、双生児は利用できんぞ」

「じゃあ、さっさと起訴したらいいでしょう」

小柴利男は、ふてくされたように、荒い語調でいった。眼がまっ赤なのは、流石に、留置場では眠れなかったのだろう。

「どうせ、刑は軽いんだ。人間は一人も殺してないんだから」

小柴利男が、肩をすくめて見せたとき、鈴木刑事が調室に入ってきて、宮地の耳に何かささやいた。

宮地の表情が険しくなった。

「今、人間を殺してないんだから、刑は軽い筈だといったな」

宮地は、激しい声で、小柴利男にいった。

「だが、お前は人殺しだ。お前の撃った弾丸《たま》で、子供が一人死んだぞ。今、病院から知らせが入った。今、息を引き取ったんだ。強盗が六件。それに殺人が加わるとどういうことになるかな。まあ死刑は確実だな」

「死刑？」

ふてくされていた小柴利男の顔から、すっかり血の気が引いてしまった。

「死刑になるなんていやだ。死にたくないんだ」

「今頃になって、泣きごとをいうんじゃない。一人で六軒も襲った悪党じゃないか」

「全部おれがやったわけじゃないんだ。三つは兄貴がやったんだ」

「それは確かだな？」

「ああ。兄貴と交代でやろうと約束してあったんだ。確かだよ。三つなら死刑にはならないんだろう？　え？」

宮地は、返事をせずに立ち上がると、調室の外に待機している刑事に、オーケイの合図をした。

兄の小柴勝男の方も、昨日、殆ど同時に共犯容疑で逮捕したのだが、弟の利男が六件の強盗を自分一人の犯行と主張する限り、共犯の証拠がないのだから、四十八時間を過ぎれば、釈放しなければならないところだった。

宮地は、ほっとして、また小柴利男と向い合った。

「ところで、黒幕は誰だ？」

「黒幕って、何のことです？」

「お前たち兄弟に、妙な手紙で、犯行をそそのかした人間のことだよ」

「何故、そんなことを知ってるんです？」

「頭の悪い男だな。どうしてわれわれが、R銀行に待ち伏せしていたと思うんだ？」

「じゃあ――」

「そうさ。密告があったんだ。お前たちが受け取った犯行計画の手紙も一緒だったよ」

「畜生ッ」

小柴利男は、醜く顔をゆがめて唸った。

「誰だ？　あの手紙の主は？」

宮地がきく。だが、相手は、くびを横にふった。

「それが知らないんです」

「知らん？　そんな馬鹿なことがあるか？」

「本当に知らないんですよ。去年の暮に、あの手紙が来たんです。差出人の名前はなかったんです。読んでいる中に、何だか、上手く行きそうな気がして来たんですよ。それに、おれも兄貴も前科者で、ぶらぶらしてたから金も欲しかったですからねえ。ピストルが手に入ったもんだから、手紙に書いてあった通り、最初に酒屋を狙ってみたんです。そしたら上手く行っちまったもんだから」

「六件も強盗を働いたというわけか？」

「ええ、あの手紙を読んでいると、妙に強盗をしてみたくなるんですよ」

「そんなことは、いいわけにはならん」

「わかってますよ。ところで、おれには、どうしてもわからないことがあるんです。刑事さん」

「何がだ？」

「手紙の主は、何故、今頃になって、急におれたちを裏切りやがったのか。それがわからないんだ」

「警察にもわからんさ」

宮地は、そっけなくいった。彼にも、それは一つの謎だった。最初から裏切るつもりで、手紙で小柴兄弟をそそのかしたのか。それとも、何かの理由で、急に、裏切る気になったのか。第一、相手が、どんな人間なのかさえわからないのだ。

宮地は、調室を出ると、工藤警部に、小柴利男の自供の模様を伝えた。

「手紙の主について、何も知らないというのは、本当のようです」

「兄の小柴勝男の方も、同じような自供をしたようだよ」

「あの兄弟を起訴しても、そそのかした手紙の主をそのままでは、画竜点睛を欠くの感じがしますね」

「そうだな。子供も死んでいるし――」

工藤の顔が曇った。

「あの件では、マスコミに叩かれる覚悟をしていた方がいいぞ。勿論、君たちの責任じゃないが」

「いや。私の責任です。万全を期したつもりでしたが、子供が飛び出してくるのを計算に入れなかったのは、私の責任です」

「まあ、そんなに自分を責めるなよ」

工藤は、微笑してから、宮地の気をまぎらわせるように、

「ところで、K町へ行った沢木刑事は、どうしてるかね」

と、話題を変えた。

「今日中には、観雪荘へ辿りつくらしいが」

「本当に、連続殺人が起きているんですかね？」

「ヘリコプターから見たところでは、二人しか見えなかったということだから、何か起きていることだけは確からしい」

「もし、本当に連続殺人が起きているとすると、沢木君の名探偵ぶりが発揮できるというわけですね」

宮地は、微笑した。こちらとは関係のない事件なのだという思いが、彼の口を軽くしていた。

誰も彼も、深い積雪との格闘で疲れ切っていたが、観雪荘ホテルが見えたとたんに、その疲れが吹き飛んだ表情になった。

誰かが大声で叫んだ。が、ホテルからは、何の応答もない。地元の警官が腰に下げていた拳銃を引き抜いて、宙に向って引金を曳いた。

静寂な周囲の空気を引き裂いて、ビリビリと爆発音がひびき渡った。

だが、誰も、ホテルの玄関から顔を出さない。窓も閉ざされたままだった。

一瞬の沈黙。だが、次の瞬間には、誰も彼もが、雪煙りをたててホテルに向って駈け出していた。

新聞記者は、一刻も早くニュースをつかみたいと思い、家族たちは、肉親がどうなったかを知りたくてである。

沢木刑事は、制止しようとして諦めてしまった。一人で制止できるような勢いではなかったからである。そして沢木も、駈け出した。

沢木は、駈けながら、ホテルの方を注視していた。連続殺人があったのなら当然、犯人がいる筈だし、その犯人が、どんな行動に出てくるか予測できなかったからである。

だが、ホテルの入口に到着しても、何事も起きなかった。不気味なほど、静まり返っている。

新聞記者と、家族たちは、もう、ホテルの中に、なだれ込んでいた。家族たちは、甲高い声で、肉親の名前を呼んだ。が、答える声はなかった。

沢木が、ロビーに入ったとき、奥で、女の悲鳴があがった。

沢木は、悲鳴の聞こえた方に走った。食堂だった。

木製の丸テーブルに、若い女が、もたれるように俯伏している。その周囲を、新聞記者や家族たちが取り囲み、家族の中の三十歳くらいの女が、俯伏している女に取りすがっていた。

(死んでいるな)

と、直感した。

新聞記者連中は、盛んにカメラを向けて、フラッシュを焚いた。

沢木は、死んでいる若い女の右手にサインペンが握られていること、テーブルの上に、一枚の便箋があって、それに、サインペンで字が書いてあるのを見た。大きな字なので、離れた場所からも、簡単に読むことができた。

〈私が間違っていました。太地亜矢子〉

ホテルの便箋に、そう書いてあった。

沢木は、泊り客の中に、太地亜矢子という名前のあったことを思い出した。女は二人で、もう一人は、戸部京子という名前だった。

私が間違っていた、というのは、どういうことなのだろう？

取りすがっていた女が、しばらくして顔を上げた。その眼が、涙で濡れていた。

「この人は、太地亜矢子さんですか？」

と、沢木が念を押すようにきくと、相手は、涙でくしゃくしゃになった顔で肯いた。

「妹です。妹に間違いありません。何故、妹は死んでしまったんです？」

「それは、僕にもわかりませんが、この字は、妹さんの字ですか？」

「ええ。妹の字です」

沢木は、死体に顔を近づけた。どうやら毒死らしい。恐らく、青酸死だろう。頬のあたりが、青酸死特有の薄桃色に染っている。テーブルの下に、コーヒーカップが転がっているのを見つけて、沢木は、手袋をはめた手で拾い上げ、テーブルの上に、そっとのせた。コーヒーの残滓は、もう乾いている。青酸反応が出れば、毒物死が確認できるのだが。

太地亜矢子の姉は、また、低く押さえた声で、嗚咽しはじめた。

沢木は、食堂を出た。太地亜矢子以外の他の泊り客は、一体どうしたのだろうか。

スキーの乾燥室にも、二階の寝室にも、遊戯室にも、バーにも、泊り客の姿はなかった。そして、ホテルの裏に廻ったとき、沢木は、ヘリコプターの知らせてくれた、雪の墓にぶつかった。

異様な眺めだった。長方形に盛り上った雪は、確かに墓だった。ヘリコプターの連絡では五つだったが、眼の前には、六つ並んでいる。あれから一つ増えたのか。それに、墓の上には、まるで墓標のように、ボウリングのピンが一つ一つ突き刺してあった。

新聞記者や家族たちも、呆然として、眼の前に並ぶ墓の列を眺めている。この雪の中に、本当に死体が埋っているのだろうか。

「掘り起こしますか?」

と、スコップを手にした自衛隊員が、誰にともなくきき、家族たちが、黙って肯いた。

かたずを呑んで見守る中で四人の自衛隊員は、一番右端の墓から、慎重に掘り始めた。スコップがザクザクと雪に突き刺さる音が、不気味だった。

最初に、男の足が現われた。見守る人々の間に、ざわめきが生れた。新聞記者たちのフラッシュが、また、ひとしきり点滅した。自衛隊員の手つきが、一層、慎重になった。

足からズボン、上衣も現われてくる。若い男のようだ。が、その顔が雪の下から現われたとき、「わッ」というどよめきが起きた。家族の中の女性が、悲鳴をあげて顔をそむけた。

遺体の顔が、見るも無残に叩き潰されていたからだった。ぐしゃぐしゃに潰れた顔に、血と雪がこびりついている。すぐには、家族にさえ、それが誰なのかわからなかったほどだった。

その遺体が、矢部という泊り客の一人とわかったのは、しばらくしてからだった。母親だという初老の女性が、ハンカチを取り出して、息子の痛々しい顔にかぶせた。

沢木は、手帖につけてあった泊り客の名前の、矢部のところに、ペンで丸をつけた。これで、太地亜矢子と二人の死体が見つかったことになる。

二番目の墓も、若い男だった。同じように、その顔も、無残に叩き潰されていた。家族が名乗り出ない。沢木は、屈んで、上衣のポケットを調べてみた。田島信夫の運転免許証が出てきた。

(この男が、東京でタクシー運転手を殺した犯人なのか)

だが、こう顔が潰れてしまっていては、どんな男だったのかわからなかった。指紋を採《と》って、それで調べるより仕方がなさそうだ。

三つ目、四つ目と、次々に雪の墓が、掘り起こされて行く。みな同じだった。若い男の死体が出てくるのだが、どれもこれも、顔が潰されていた。沢木は、次第に吐気がしてきた。家族の中の一人が、実際に雪の中にしゃがんで、苦しそうにゲエゲエやり始めた。

(一体、これは、何の積りなのだろう?)

沢木には、犯人の心理がわからなかった。激しい憎しみの表現なのか。それとも、他に何か意味があってやったことなのか。

顔が潰されているために、本人かどうかの確認に手間どった。が、それでも、三番目が森口克郎、四番目が五十嵐哲也と、家族の証言でわかった。

五番目の墓の若い男は、家族が名乗り出ないところを見ると、このホテルの主人の早川らしかった。その顔も、同様に、無残に叩き潰されている。

六番目の墓からは、若い女の死体が現われた。何故かその顔だけは傷一つなくきれいだった。何故、彼女だけ顔が潰されなかったのかわからなかったが、沢木は、ほっとするものを感じた。彼女の名前は、戸部京子とすぐわかった。

全ての墓が掘り起こされたあと、その場には、深い疲労と、陰惨な澱んだ空気が支配した。

頑健な身体つきの自衛隊員たちも、スコップを放り出して、その場に座り込んでしまった。

家族たちは、肉親の死体のまわりにしゃがみ込んでしまっている。新聞記者たちでさえ、しばらくは、呆然としていたくらいだった。彼等の殆どが、連続殺人を期待していただろうに、七つもの死体、その上、五体は顔を潰されているのを眼にすると、気持が悪くなってしまったらしい。

「誰が、こんなひどいことを――」

家族の一人が、うめくような声を出し、それが、沢木の気持を立ち直らせた。警察の人間として、犯人を見つけ出さなければならない。

沢木は、同行した地元の警官二人を呼んだ。中年の警官は、かなり落着いた表情をしていたが、若い方は、まっ青な顔になっている。

「県警の応援が欲しいですね」

と、沢木は、乾いた声で二人にいった。

中年の警官が、肯いた。

「電話が通じるといいんですがね。それに雪上車が直ると助かりますね。県警には、雪上車がありませんから」

「貴方は、自衛隊員と、修理してみてくれませんか。僕は、ホテルの中を調べてみます」

沢木は、若い警官にアシストを頼んだ。

新聞記者たちが、ぞろぞろとホテルに戻ってきたが、沢木は、彼等を、ロビーに集めて、

「写真を撮るのは自由ですが、やたらに、荒さないで下さい。指紋もつけないように気をつけて」

と、釘をさした。記者たちは了解したが、

「犯人は一体、誰ですか？」

と、性急に、質問する者もあった。

「犯人は、太地亜矢子という娘じゃないんですか？　ホテルには、七人の人間がいた。その中六人が死体で雪に埋められていて、最後の一人が、毒を飲んで死んでいるとなれば、他に考えられんでしょう？　あの、私が間違っていましたと書いてあったのは、殺したのが間違っていたという意味の遺書なんじゃないですかねえ」

と、断定的にいう者もあった。沢木は、苦笑してから、

「調べがすむまでは、何ともいえませんね」

と、慎重ないい方をした。

沢木は、まず、ホテルの事務室を調べてみた。特に荒された様子はない。金庫が眼に入った。中型の何の変哲もない金庫だった。

机の引出しを探して鍵を見つけ出し、手袋をはめた手で、慎重にあけてみた。

最初に、三十万円ほどの現金が眼に入った。が、今の沢木には興味のないものだった。

大きな茶封筒が、札束の横にあった。取りあげると、ずっしりと重い。封をあけて、逆さにすると、この辺の地図と登山ナイフと、白い封筒が床に落ちた。

沢木の眼が光った。ナイフには、はっきりと、どす黒く乾いた血痕が認められたからである。

「血ですね」

と、横にいた若い警官が、緊張した声でいった。

「誰の血かな？」

沢木は、自問の調子でいってから、白い封筒の方に眼を移した。宛名は、このホテルになっている。差出人の名前は、東京新宿四谷の四谷操とあった。

(四谷に住む四谷操か)

沢木は、苦笑しながら、中の便箋を取り出して、眼を通した。最初は、何気なく読み始めたのだが、途中から、顔が緊張してきた。

〈突然、お手紙を差し上げます。実は、あなたのホテルに、私の友人六人を招待して、東北の冬を楽しんで貰いたいと考えているのです——〉

で始まる手紙は、友人六人の名前として、戸部京子、森口克郎、太地亜矢子、田島信夫、五十嵐哲也、矢部一郎と書いてある。

沢木は、その名前と、「追伸」に書かれた、丸テーブルを用意してくれという言葉の両方に注意を引かれた。

「この手紙を持って行って、家族に見せて来て欲しい。泊り客の誰かが書いたに違いないと思うんだが、それが誰か知りたいですからね」

と、沢木は、若い警官に、手紙を渡して頼んだ。

沢木は、事務室を出ると、乾燥室をのぞいてみた。そこで見たのは、粉々になったスキーの残骸だった。誰かが、雪上車を故障させ、スキーをこわして、このホテルを雪の孤島にしたのだろう。

沢木は、二階にあがった。新聞記者たちが、ぞろぞろと後についてくる。彼等が、時おり焚くフラッシュの閃光に眉をしかめながら、沢木は、一人でも生きていてくれたらと思った。ここで、連続殺人があったのはわかっても、肝心のその経過がわからないからである。沢木は、それを一番知りたかった。

各部屋のドアには、名前を書いた小さな紙片が貼りつけてあった。矢部とあるのは、矢部一郎に当てられた寝室ということであろう。

どの部屋にも鍵は、かかっていなかった。

沢木が、最初の部屋に入ったとき、若い警官が、階段を駈け上ってきた。「沢木さん」と、ひどく張り切った声で呼んでから、

「この手紙を書いたのは、太地亜矢子です。筆跡を見て姉が間違いなく妹の字だと証言しました」

と、さっきの手紙を、沢木に返した。忽ち、記者たちが、沢木の手元をのぞき込んだ。

「これで、太地亜矢子という女が犯人と決ったようなものじゃないですか」

「男の死体が、全部顔を潰されていたのに、戸部京子という女だけが、きれいだったのが、女の犯罪だという何よりの証拠じゃないかなあ」

「こんな陰惨な犯罪は、どう考えても女の手口だな」

記者たちの意見は、前よりも一層、太地亜矢子犯人説に傾いてきたようだった。

が、沢木は黙っていた。彼自身も、太地亜矢子が犯人かも知れないという気持になってはいたが、断定をためらわせるものが、いくつかあったからである。

(まだ、何もわからないのと同じだからな)

と、沢木は、慎重に自分にいい聞かせていた。

肝心の動機がわからない。

犯行経過もわからない。誰が最初に殺されたかさえ、まだわかっていないのである。

最初の部屋を調べ終って、沢木が、新聞記者たちと廊下に出たとき、電話と雪上車の故障を調べて貰っていた中年の警官が、ゆっくりと、二階に上ってきた。

「電話の方は、どうも、専門家に来て貰わんと、故障箇所はわからんようです」

「雪上車の方はどうです?」

「自衛隊員が調べてくれましたが、エンジン部品さえ届けば動くそうです。その部品は無線で連絡した結果、すぐ、ヘリコプターで運んでくれるそうです」

その言葉で、沢木は、ほっとした。とにかく、ここでは雪上車が唯一の足なのだから、それが動いてくれないことには話にならない。これで県警の応援を頼むことが出来る。

新聞記者たちも、ほっとした顔をしている。これで、原稿が運んで貰えると思ったからだろう。早速、原稿を書くために、ロビーへ降りて行く記者もいた。

沢木は、知らせに来てくれた中年の警官にも手伝って貰って、各部屋の調査を続けることにした。

沢木が欲しいと思うものは、なかなか見つからなかった。死んだ泊り客の所持品の中には、ここでスキーを楽しむ積りだったらしく、スキー靴や、スキーウエアが多かった。彼等は、スキーを楽しむ時間があったのだろうか。沢木は、つい、そんなことを考えてしまったが、こうした所持品は、事件の解明には何の役にも立たないものだった。家族に渡すだけのことになるだろう。

所持品の中に、このホテルからの招待状も入っていた。

〈突然の手紙で、驚かれたことと思います。

当ホテルは、開店三周年を迎えますが、これを機会に、東京にお住みの方数人を

――〉

で始まる招待状は、いかにも、受け取った人間の食欲をそそるものだった。金庫にあったあの手紙を受けて、ホテルの主人が六人に出したものであることは確かだった。

沢木は、その招待状は、ポケットに納めた。この事件の参考資料の一つにはなると思ったからである。だが、まだ、肝心のことは何一つわからない。

沢木が、窓をあけて、気持を落ち着けるために煙草をくわえたとき、「沢木さんッ」と、大声で呼ぶ声がした。

声は、ドアに「戸部様」と書かれた部屋からだった。沢木が入って行くと、中年の地元警官が、興奮した顔で、

「これを見て下さい」

と、部厚い便箋の束を、沢木に突き出した。

「この封筒に入って、ベッドの下にかくしてあったんです」

沢木は、その封筒にまず眼をやった。表には、「警察の方へ」と書いてある。沢木は、便箋に眼を移した。このホテルのマークの入った便箋には、細かい字が、びっしりと書き込んであった。

〈私は、このホテルの泊り客の一人である戸部京子です。

私が、このホテルに来ることになったのは、去年の末に、奇妙な招待状を――〉

沢木は、読んで行くうちに、この手紙が、自分の探していたものであることがわかってきた。

戸部京子という一人の女の眼から見たものであるにしろ、彼女が招待状を受け取ってから、このホテルで連続殺人が起きるまでが、順を追って書いてある。これで、事件の経過はわかる。

〈――今、二時四十六分です。皆さんのところに辿りつけますように〉

最後の、その言葉まで読み終って、沢木は、何となく、小さな溜息をついたが、手紙の中に、二ヵ所だけ、おかしいところがあったことにも気がついていた。おかしいというよりも、前後が上手くつながらないのである。明らかに、便箋が何枚か、そこだけ抜けているのだ。

沢木が、それを口にすると、発見者の警官も、

「私も気がつきました」

と、いった。

「戸部京子、森口克郎、太地亜矢子の三人が、早川の運転する雪上車でホテルに着いてすぐのところが、一寸抜けている感じです。それと、戸部京子、太地亜矢子、五十嵐、早川の四人が、連続殺人の犯人について考え合うところも、一枚か二枚、抜けている感じがします」

沢木も、同じ意見だった。何故、その二ヵ所が、抜けているのか。これを書いた当人の戸部京子が、書き終ったあとで、何枚かの便箋を破り棄てたのだろうか。それとも他の誰かが、沢木たちより先に、この手紙を発見して、自分に都合の悪いところだけ破り棄てたのか。

「ところで――」

と、警官が、遠慮勝ちに沢木にいった。

「この手紙の中にあるカードは、一体、何処にあるんでしょうか？　妙なマークのついた復讐のカードですが」

「探してみましょう。私も、実物を見たいですからね」

二人は、部屋を出た。

他の部屋からは、目ぼしいものは発見できなかった。

最後の部屋を調べ終って、沢木たちが廊下に出たとき、ロビーに降りて原稿を書いていた新聞記者たちが、何か騒いでいるのが耳に入った。

沢木は、階段を降りていった。

記者たちは、ロビーの壁にかかっている額を外そうとしていた。よく見ると、額には、絵ではなく、カードが入っていた。

カードは、六枚だった。


〈かくて第一の復讐が行われた〉


一番上のカードには、そう書いてあった。そして、六番目のカードには、「第六の復讐が――」となっている。例の妙なマークもあったし、マークの中心には、画鋲を刺した痕があった。

手紙にあったカードだと、沢木には、すぐわかった。

（復讐か――）

だが、何のための復讐なのだろう？

ヘリコプターの爆音が聞こえた。沢木は、窓のところへ行って、空を見上げた。暮れ始めた空に、ヘリコプターが近づき、やがて、小さな荷物を投下するのが見えた。雪上車の部品らしい。

雪上車が動けば、新聞記者たちの書いた原稿が町に運ばれ、明日の朝刊を賑わすことになるだろう。恐るべき連続殺人事件として。

雪原は、もう暗くなっていた。遠くにある雑木林は、黒いかたまりに見える。

一人の人間が、深い積雪に足を取られながら、西に向って、必死に歩いていた。一メートルでも遠く、観雪荘ホテルから離れようとして。

目的の地点まで逃げられるかどうかわからなかった。夜になると気温は急激に低下し、手足が少しずつ疲れてくる。だが、逃げなければならない。発見されたら、全てが終ってしまうからだ。

第十二段階《ステップ》

捜査本部は、奇妙な雰囲気に包まれていた。

小柴兄弟は逮捕され、二人は自供した。だが、工藤警部や宮地刑事には、まだ、事件が全部終っていないという不満感があった。

兄弟をそそのかした手紙の主が、まだ見つかっていないからである。それに、手紙の主について、今のところ何の手掛りもなかった。

「どうしても、そいつを捕えてやりたいと思うんですが、実際に捕えても、たいした罪にならないような気がするんですがね」

宮地が口惜そうにいうと、工藤は、苦笑して、

「私も、今、同じことを考えていたところさ。共犯として起訴できるかどうか難しいところだな。ただ、悪戯に、あんな手紙を書いて、兄弟に送ったという弁明もできるわけだからね」

「一体、どんな奴ですかね？」

「わからんね。まあ、頭の切れる人間だとは思うが」

工藤は、難しい顔でいってから、

「ところで、今朝の新聞を見たかい？」

と、手に持った朝刊を、宮地に示した。宮地は、肯いた。

「やはり、連続殺人事件は、本当だったんですな」

「ホテルにいた人間七人が、全部死んだというのは、一寸例がないんじゃないかな。今頃、沢木刑事は、てんてこまいしてるぞ」

「そんな事件に当てられなくて、幸いでした」

宮地が、冗談とも本心ともつかずにいったとき、部屋に若い警官が入ってきて、工藤に、

「警部に手紙です」

と、封筒を渡した。

「連続強盗事件責任者殿」と書いてあるから、確かに自分宛だと、工藤は、思った。消印は中央郵便局になっているが差出人の名前はなかった。

封を切った。中から出て来たのは、一枚のカードだった。

〈かくて全ての復讐が終った〉

カードには、横書きで、そう書いてあった。そして、カードの右下隅には、⦸の奇妙なマークが書き込んであった。マークの中心には、小さく点が打ってある。

工藤は、そのカードをテーブルに置いてから、自然に宮地刑事と顔を見合せた。

二人とも、顔色が変っていた。

「これは――」

宮地が、思わず絶句した。

「そうだよ。新聞に載っている、観雪荘ホテルで見つかったカードと同じものだ」

工藤が、大きな声でいった。そして、もう一つの発見が、工藤を驚かせた。

「このカードの筆跡が、あの妙な手紙の筆跡に似ていると思わないかね？」

「そういえば、似ていますね」

と、宮地も、眼を輝かせた。素人眼にも似ているのがわかるのだ。

「東京の連続強盗事件と、東北の雪山で起きた連続殺人事件は、結びついているんだ」

工藤は、そう結論した。

「どうします？」

宮地がきく。工藤は、厳しい表情でいった。

「決っているじゃないか。われわれも、問題のホテルへ行くんだ」

電話は、朝にはもう通じていた。修理した電話局員の説明によると、回線の切断箇所は、ホテルの近くで、明らかに、人間の手で切断されたものだという。

「それに、もう一つおかしいことがあるんです」

と、その電話局員は、くびをひねりながら沢木にいった。

「どんなことです？」

「切断してから、誰かが一度、一時的に修理した形跡がありますね」

「ほう」

沢木の眼が動いた。電話が急に通じたことがあり、そのおかげで、事件のことがわかったのを思い出したからである。

電話局員の話が本当だとすると、急に通じたのは、偶然ではなくて、誰かが修理したことになるのだが、この結論は、沢木を緊張させると同時に当惑させた。

もし、修理したのが犯人だとすると、犯人の行動が、どうにも不可解に見えるからである。まず、電話線を切ってホテルを外部から遮断した。この行為はよくわかる。だが、一時的に継いだ理由がわからない。そんなことをしなければ、あと二、三日は警察も気がつかず、その間に、犯人は悠々と逃走できた筈だからである。

沢木を当惑させる報告は、もう一つあった。それは、雪上車で到着した県警の刑事たちとの朝の検討のときに行われたものだった。

ホテル内を、殆ど徹夜で調べ廻っていた県警の鑑識課員が、

「どうも、妙です」

と、当惑した顔で、刑事たちに報告したのである。

「指紋が全く検出できんのです」

「それは、どういうことですか？」

沢木が、きいた。突嗟に、相手の言葉の意味が理解できなかったからである。

犯人の使用した兇器から指紋が検出できないというのはよくあることだ。だが、このホテルから、指紋が一つも検出できないというのは、一体、どういうことなのか。

「文字通り、検出できないということです。食堂のテーブルからも、金庫からも、二階の寝室からもです。やっと、検出できた指紋は、泊り客の家族が、ここに来てから

つけたものでした」

「つまり、死んだ七人の指紋は、何処にもついていないということですか？」

「その通りです。勿論、太地亜矢子の握っていたボールペンと、彼女の前に置かれた、例の、私が間違っていたという遺書からは、彼女の指紋が出ましたが、他の、当然、指紋がついている筈の所は、全然、ついていないのです。誰かが、ホテル中の指紋を消して廻ったとしか考えられません」

誰かがということは、犯人がということになるだろう。だが、犯人は、何故そんな面倒なことをしたのだろうか。犯人が太地亜矢子だとしたら、彼女の心理が、沢木にはわからなかった。

だが、検討会では、太地亜矢子犯人説をとる県警の刑事が多かった。

理由は、大体次の四点だった。

①六人の死体が埋葬され、太地亜矢子だけが食堂で毒死していたという状況から、彼女が犯人としか考えられない。

②「私が間違っていました」という遺書は、六人もの人間を殺したことへの後悔であろう。そのために自殺したに違いない。筆跡が彼女のものであることは、姉が証

明している。
③事務室の金庫から発見されたホテル宛の手紙も、彼女の筆跡と証明された。彼女は、何かの復讐のために、相手をこのホテルに集めたに違いない。招待者の中に自分の名前も入れてあるのは、疑惑をそらすためであろう。
④戸部京子の遺書も、犯人は太地亜矢子と指摘している。またこの遺書は、二ヵ所抜けているが、その二ヵ所には、いずれも太地亜矢子のことが書かれていたと推測できる。だから、亜矢子が、自分に都合の悪い頁だけ抜き取ったに違いない。

沢木も、その四点については、原則的に同意することが出来たが、それでも、簡単に、犯人を太地亜矢子と断定できないものが、心の隅にあった。

肝心の動機がわからないことが、沢木の胸に、わだかまりを作っていた。それがわかれば、彼も、太地亜矢子犯人説をとったかも知れない。

検討会が終ったのは、夕方だったが、沢木が一息ついたとき、K町から電話で、工藤警部と、宮地刑事が着いたのを知らされた。

二人が、何のために、K町へ来たのか、沢木にはわからなかったが、雪上車でホテルにつき、事情を説明されて驚いてしまった。

「東京の連続強盗事件と、こちらの事件が関係があるというのは驚きですが、これで、ますますわけがわからなくなりましたよ」

沢木は、当惑した顔で、工藤警部にいった。

「こちらの事件だけでも、不可解なところがやたらに多くて頭が痛かったんですから」

「犯人は誰だということになったんだね？」

工藤がきいた。

「太地亜矢子ではないかという意見が多いんです」

と、沢木は、検討会の空気を話した。

「すると、小柴兄弟に妙な手紙を送ったのも、太地亜矢子ということになるんですかね？」

宮地が口を挟んだ。工藤は、一寸考えてから、くびを横にふった。

「太地亜矢子だとすると辻褄が合わなくなるよ」

工藤は、ポケットから、今朝、捜査本部宛に送られてきた封筒とカードを取り出して、沢木にも見せた。

「この封筒の消印は東京中央郵便局で、日付は昨日の午後一時になっている。つまり、昨日、誰かが、中央郵便局に投函したということだ。太地亜矢子は、そのときには、このホテルで、もう死んでいたんだからね」

「それに――」

沢木がいった。

「同一犯人だとすると、何故、小柴兄弟だけこのホテルに呼ばなかったのか、その理由がわかりませんね」

「だが、同一犯人だよ」

工藤は、カードをひらひらさせた。

「このカードは、こちらで発見されたものと同じだろう？」

「確かに同じです。妙なマークも。筆跡も同じですね。何だか頭が痛くなってきましたよ」

「第三者がいたということは考えられないのかね？」

「第三者ですか？」

「このホテルには、七人の人間がいたわけだろう。他にもう一人いて、それが犯人で、太地亜矢子を犯人に仕立てあげてから逃げたとは考えられないかね？」

「無理ですね」

沢木は、あっさりと、工藤にいった。

「八人目の人間がいたとしたら、戸部京子の遺書に出てくる筈ですし、このホテルには、人間が一人、何日間も隠れていられるような秘密の部屋はありません。それに、このホテルから逃げたとすれば、雪の上に外へ向って足跡かスキーのシュプールがついている筈ですが、それがありません。裏に十メートルばかり足跡がついていましたが、これは、戸部京子が逃げようとしたときのものです。それも、十メートルのところで終っています。恐らく、そこで、ホテルから追いかけてきた犯人につかまって殺されたんだと思います。明らかに、死体を引きずってホテルに戻った跡もついていますから」

「すると、誰も、このホテルから脱け出さなかったわけか」

「その通りです」

「私も頭が痛くなったね」

工藤が苦笑した。

新聞記者たちが、工藤たちの来たことを不思議がって集ってきた。工藤が事情を説明すると、記者たちは、一斉に色めき立った。これで、明日の新聞は、ますます賑やかなことになりそうである。

記者会見が終ると、宮地は沢木と二人で、家族たちに会って、殺された肉親のことをいろいろと聞いてみた。犯行の動機について、何か手掛りでもつかめればと思ったからである。

家族の答は、殆ど同じだった。

戸部京子の両親は、平凡で大人しい娘で、人に恨まれるようなことはない筈ですといった。

森口克郎の兄は、弟は平凡なサラリーマンで、人に恨まれるような悪いことの出来る人間じゃありませんといった。

五十嵐哲也の妹は、こういった。兄は犯罪学の研究をしていましたが、根は善良で平凡な青年でした。そんな兄が他人に恨まれる筈がありません。

太地亜矢子の姉も同じだった。妹は、トルコで働いていたので変な眼で見られがちですが、本当は気の弱いいい娘《こ》なんです。他人に恨まれる筈もありませんし、まして他人を殺したりなんかする筈がありません。

矢部一郎の両親も同じことをいった。息子は平凡なサラリーマンです。人様に恨まれるなんて、とんでもないことです。

二人の報告を聞いて、工藤は、苦笑せざるを得なかった。

「誰も彼も、平凡で、善良で、他人に恨まれる筈はないか」

「嘘ではないようです」

宮地は、家族の話しぶりを思い返しながら工藤にいった。

「悪いこともしない代りに、いいこともしないといった平均的な人間だったようです」

「彼等の関係はどうなんだ？」

「それがどうも、はっきりした答が出ないのです。戸部京子の遺書にも、自分たちが何故選ばれたかを考えたところがありますが、結局、共通点は発見できなかったと書いてあります」

「家族たちは、どうなんだ？」

「誰も彼も、初めて会ったといっています」

「結局、何もわからずということか」

工藤は、小さく溜息をついた。

「ところで、例の妙なマークだが、何かわかったかね？　私は、どうも、何処かで同じものを見たような記憶があるんだが」

「そのことで、一寸面白い発見があるのです」

と、沢木がいった。

「あのマークのことで、ここにいる全員にきいてみたのです。答は見つかりませんでしたが、家族や新聞記者の中には、今、警部がいわれたように、何処かで見たような気がするという声がありました。勿論、交通標識をのぞいての話ですが」

「それが、どう面白いのかね？」

「そのあとで、県警の刑事や地元の警官の意見を聞いたんですが、こちらは一人として、記憶にあるという答が出て来ないのです」

「ということは、あのマークは、東京に関係があるということか」

工藤の眼が光った。八方塞がりの暗闇にちょっぴり光が射した感じだった。沢木は肯いた。

「犯人も、マークの意味が相手にわかると思っていたんじゃないかと思います。いや、わからせようとしたといった方がいいかも知れません。戸部京子の遺書によると、犯人は食堂の丸テーブルのまん中に登山ナイフを突き刺して、あのマークと同じものを作ったそうですから」

「確かに、この犯人には、妙に挑戦的なところがあるね。このカードにしてもそうだ。こんなものを残さなければ、われわれはもっと混乱した筈だし、犯人にもそれはわかっていたと思う。それなのに、犯人は危険を犯して残している。そんなことまでして、犯人は、自分の行為の正当性を主張したかったんだな」

「その点で、どうも、太地亜矢子犯人説に疑問を感じてしまうのです。第一に、カードの文字が、彼女の筆跡と違うような気がするのです。勿論、筆跡鑑定の結果を待たなければ断定はできませんが」

「私もそれは同感だ。だが、カードは、誰かに書かせたのかも知れない。どうも、カードは、あらかじめ用意されていた感じだからね」

「共犯がいたということですか？」

「断定はしないが、その可能性を考えていたところだ。共犯がいたと考えると、今朝、私が受け取った手紙に、中央郵便局の消印があったことの説明がつくからね。太地亜矢子は、ここで殺人を引き受け、もう一人は、東京に残って、小柴兄弟の逮捕されるのを見届けて、最後のカードを送って寄越したのかも知れない」

「例えば、彼女の姉ですか？」

「太地亜矢子の姉は、いつここへ着いたんだ？」

「一昨日の夕方です」

「すると彼女じゃないな。昨日、東京で投函しているのだからね。こちらへ来てから出せば、K町郵便局の消印がついてしまう」

「しかし、あの姉妹は、両親に早く死別して、二人だけだったそうですから、姉以外に共犯者がいるというのは、一寸考えられないんですが」

「そうか――」

工藤の顔が、難しいものになった。が、すぐ、気を取り直した表情で、

「太地亜矢子ではなさそうだという理由は、他にもあるんだろう？」

と、沢木にきいた。沢木は、肯いた。

「警部のいわれたように、犯人は、非常に自己を主張しようとしているところがあります。もし、太地亜矢子が犯人だとすると犯人像にズレが生じてしまうような気がするんです。復讐の理由でも書いた遺書でも残していれば、ぴったりと合ってくれるんですが」

「だが、彼女が犯人でないとすると、私は間違っていましたという遺書はどういうことになるのかね？　あれは、このホテルの便箋だからここに来てから書いたものであることは確かだよ」

「実は、その解釈で弱っているのです」

沢木が、当惑した表情になって頭をかいた。

工藤は、黙って宮地と顔を見合せた。

「どうも、わからないことが多過ぎますね」

と、宮地が肩をすくめて見せた。

宮地は、何か自分たちが、犯人の仕掛けた罠の中で堂々めぐりをしているような気がしてならなかった。太地亜矢子を犯人と考えると、不自然な点が出てくるし、彼女が犯人ではないと考えても、辻褄が合わなくなってくる。そこに何か、この事件の謎があるように思うのだが、それが何なのかわからないのだ。

今、はっきりしていることは、二つしかなかった。

連続殺人事件と、連続強盗事件があったこと。犯人は復讐を成し遂げたに違いないことの二つである。

雪上車は、夜に入ってもフル運転で、ホテルとK町の間を往復していた。木の棺が運ばれてきて、七つの遺体が納められた。

明日の朝、遺体は家族と一緒に下山するが、殺人事件のため、すぐ、仙台での司法解剖に回される筈だった。

夜半近くに、工藤を中心にして、県警の刑事を混え二回目の検討会がひらかれた。

県警の刑事は、いずれも、太地亜矢子犯人説を主張した。理由は、一回目のときと同じだった。また、男の死体の顔が潰されているのに、戸部京子だけが無傷だったのは、太地亜矢子が、同性を傷つける気になれなかったからに違いないとも付け加えた。

それに対して、沢木が、疑問をぶつけた。それも、第一回目のときと同じだった。また堂々めぐりである。

実りのない検討会が終ったのは、午前二時を過ぎていた。誰もが疲れ切っていた。

――疲れ切っていた。

もうどの位、ホテルから離れたろうか。追いかけてくる人間の影がないところを見れば、脱け出したことに、まだ誰も気がついていないのだ。

もう少しだと自分にいい聞かせる。もう少しで県境を越えられるぞ。だが、越えて、何処かの部落に辿りつけたとして、それが何になるだろうかという気もする。

もう全てが終ったのだ。

この降り積った雪の中で、誰にも知られずにひっそりと死んでいった方が、幕切れにふさわしいのではないかという気もする。

雪が重い。次第に重くなってくる。身体が動かなくなってくる。

立ち止まり、雪の中にうずくまるようにして、夜空を見上げた。星がきれいだ。何故、あんなにきれいなんだろう。

(やはり、死ぬことが、この事件の幕切れにふさわしいのかも知れない)

第十三段階《ステップ》

朝が来て、棺に納められた遺体は、二体ずつ雪上車に積まれて、K町へ運ばれて行った。家族たちも、それに付き添って下山して行ったが、見送っていた沢木は、工藤に、

「気がつきましたか？」

と、相手の顔を見た。工藤は肯いた。

「家族の間に、何となく険悪な空気が生れているね。どうやら、みんな、太地亜矢子が犯人と決めてしまっているらしい」

「そうです。針を刺すような眼で、彼女の姉を見ていますよ。早く何とかしないと、ごたごたが起きるかも知れません」

「家族の間で、新しい事件でも起きたらかなわんな」

工藤も、難しい顔でいった。だが、どんな形で、この事件が終るのかも、まだわか

らなかった。というより、事件が終ったのかまだ続いているのかさえ、わからないのである。

新聞記者たちも、下山して行った。

工藤たち三人は、最後に下山することに決めて、ホテルに残った。

今まで、がやがやとしていたのが、三人だけになると、流石にひっそりとしてしまった。

「もう一度、ホテルの中を調べてみよう」

と、工藤が、疲れのみえる声でいった。

ボウリングレーンの前で、三人は、最初に立ち止った。

ピンが二本だけ、ポツンと立っている。

「もう一本はどうしたんだろう?」

工藤が、ぽつんといった。何気ないいい方だったので、沢木も宮地も、一瞬、きょとんとした顔になって、工藤を見た。

「戸部京子の遺書によると、ピンは、最初九本だったわけだろう」

工藤は、一本のピンを手に取って、眺めながら二人にいった。

「六つの墓に一本ずつ墓標みたいに突き刺してあったと、新聞に出ていた」

「確かにそうです」

と、沢木が肯いた。工藤は、ピンを元に戻してから、

「ここに二本だと一本足らないじゃないか。あとの一本はどうしたんだ？」

「さあ」

沢木は、くびをひねった。

「実は、ピンにはあまり注意を払わなかったんです。しかし、私が、このホテルに着いたときには、ここに三本あったような気がしますが」

「それは確かかね？」

「戸部京子の遺書を読んだとき、墓標と両方で九本で合っていると思った記憶がありますから、間違いないと思いますが」

「墓標の六本はどうしたんだね？」

「さっき家族が、乾燥室で燃やしていました」

と、宮地が答えた。

「その時、一緒に燃やしてしまったということはないかな？」

「ない筈です。一緒に燃やすのなら、全部燃やしてしまうでしょう」

「すると、誰かが一本、持ち去ったということだな」

「家族じゃありませんね。墓標に使われていたと同じものを持っていく筈はありませんから。恐らく新聞記者でしょう。彼等は油断がなりませんからね。きっと、墓標代りのボウリングのピンとでも書いて、写真を新聞にのせる積りじゃありませんか」

宮地が、笑いながらいった。

「そんなところかな」

と、工藤もいい、それでピンのことは話題から外してしまった。

工藤は、実は別のことを考えていたのだが、宮地の考え方の方が妥当なような気がしたからだった。犯人は、ピンを墓標代りに使った。とすると、新しくピンが一本消えたということは、新しい犠牲者が生れる前兆ではないのか。工藤は、ふとそう思ったのだが、よく考えてみると、犯人は、「全ての復讐が終った」と書いてよこしたのだから、新しい犠牲者が出ることはなさそうだ。

三人は、他の部屋も調べ直してみたが、新しい発見はなかった。

工藤たちは、ロビーのソファに腰を下した。雪上車が迎えに来るまでには、一時間近い時間があった。

「もう一度、今度の事件を考え直してみよう」

工藤は、煙草に火をつけ、ゆっくりと煙を吐き出してから、二人にいった。

「今度の事件には、不自然なところがいくつかある。それで、妙に謎めいてしまっているのだが、私は、こう考えるのだ。いくつかの不自然さは、犯人が罠を仕掛けたのではなくて、犯人に、不自然な行動を取らざるを得ない事情があったに違いないとね。謎めいたところに、逆に解決の鍵があると思うのだよ。だから、不自然に見える点をあげて検討してみようじゃないか」

「第一は、このホテルで連続殺人が行われながら同時に、東京で小柴兄弟が連続強盗事件を起こしていたということですね。犯人が、兄弟に復讐するために、巧妙に悪の道に誘い込んだとすると、何故、そんなまだるっこしいことをしたのか。何故、このホテルに誘って、他の人間のように殺さなかったのか、それがわかりません」

まず、宮地がいうと、工藤は、肯きながら聞いてから、

「それを、犯人は、あの兄弟だけは、ここに呼べない事情があったと考えたらどうかね」

「部屋は、二階に八部屋ありますから、収容人員の都合じゃありませんね」

「考えられるのは、恨みの度合が違うから一緒にできなかったということかな。他の者は殺した上に、顔を叩き潰すほど憎んでいたが、小柴兄弟は、警察の手で刑務所へ送ることで満足できる程度の憎しみだったというような」

工藤は、自分でそういってから、「いや」と、小さくくびを横にふった。

「他にもっと大きな理由がありそうだな」

「ここに来た連中は、犯人の顔を知らなかった。だが、小柴兄弟は知っていたとは考えられませんか？」

「つまり、自分が、誰に、どんな理由で恨まれているか知っていたということかね？」

工藤がきき返すと、宮地は、「そうです」といったが、あまり確信があるようではなかった。これは、東京に戻って、小柴兄弟に聞けばわかるだろう。

「第二は、電話ですね」

沢木が、腕を組んだ姿勢でいった。

「何故、一時的に通じたのか、それが不思議で仕方がないのです。電話局員の話では、切断したのを、もう一度継いだ形跡があるということです。もし、それをやったのが犯人だとすると、どうにも不可解です。まるで、強盗が仕事の途中で非常ベルを鳴らしたようなものですからね」

「ストレートに考えれば、犯人は、われわれに来て貰いたかったということだな」

「しかし、何故、そんなことを、犯人は望んだんでしょう？」

「連続殺人の結果を、われわれに誇示したかったのかも知れない。それとも、妙なマークや、復讐の言葉を残して、われわれにその謎を解いて貰いたいのかも知れんな。つまり、これが、単なる殺人ではなくて正当な復讐だということを、知らせたかったんじゃないかね」

「何のための復讐か、それがわかればいいんですがね」

「それは恐らく、あの妙なマークに隠されている筈だよ」

だが、工藤にも、まだマークの意味はわからなかった。

「第三の不可解な点は、指紋ですね」

沢木が、工藤と宮地の顔を等分に見るようにしていった。

「何故、犯人は、全部の指紋を消してしまったのか、その理由がわからんのです。もし、太地亜矢子が犯人なら、罪を認めて自殺したことになって、ホテル中の指紋を消す必要はないわけですから」

「彼女が、最初は逃げる積りだったらどうだろう？　自分の指紋だけ消すわけにはいかないから、全部の指紋を消してしまった。だが、逃げる寸前になって、自分のしたことが恐しくなって自殺の道を選んだ。この考えはどうかね？」

「しかし、その場合でも、彼女には、指紋を消す必要はなかったと思うんです。彼女は、本名でここへ来ているし、家族の者は、彼女がここへ来たことを知っています。彼女が消えれば、指紋を消したところで、すぐわかってしまう筈です。だから、太地亜矢子が犯人なら、指紋を消す筈がないと思うんですが」

「確かにそうだ」

工藤は、苦笑して肯いた。が、指紋で思い出したことがあった。宮地刑事も、同じことを考えたらしく、

「東京の連続強盗事件を思い出しますね」

と、工藤を見た。あの事件で、小柴兄弟が注意したのは、現場に指紋を残さないことだった。指紋さえ残さなければ、安全だったからだ。

だが、その類似点が、こちらの事件で、一体どんな意味を持っているのだろうか。それがわからない。この連続殺人事件にも、双生児が関係しているのだろうか。だが、そんな匂いは、まだ嗅ぐことができない。

「他に何があるかね？」

工藤は、二人の刑事の顔を見た。沢木が一寸考えてから、

「戸部京子の遺書の内容についてなんですが、その中で、いくつか気になった点があるのです。書かれた順序に従っていいますと、最初に殺された矢部一郎は、密室殺人

ということになっていますが、あの部屋は、内側から鍵が掛っていれば、絶対に入れません。密室殺人などは信じられないんですがね」

「それは、矢部一郎の家族にきいてみればいいさ。もし、彼に自殺するような理由があったとすれば、密室殺人ではなくて、自殺の可能性がでてくる」

「ただ、その場合、何故犯人が、第一の復讐が行われたというカードを壁に貼りつけたかが問題になりますね」

「他には？」

「夜半に、ニセの田島信夫が、誰かを難詰しているのを聞いたと書いてあります。スキーをこわしたのは、おれじゃなくてお前だと、田島はいっていたと。この相手は誰でしょうかね？」

「雪上車を田島がこわすと知っていて、わざと見逃した人間とも書いてあるな。一寸わからんな。その場にいれば、わかったかも知れないが」

「それから、彼女の遺書には、死体の顔が叩き潰されたという記述は一言も出て来ないのです。わざと書かなかったとは思えないのですが」

「私もそう思うね。だから、最初、死体は、そのまま雪の墓に埋められたのだ。それを、犯人は、わざわざ、もう一度、掘り起こして顔を叩き潰したのだ」

「何故、そんな面倒なことをしたんですかね？」

「わからんね。新しく憎しみが燃え上ったかも知れないし、顔を叩き潰すことで、犯人に何か利益があるのかも知れない。人違いさせたりするような」

「しかし、ニセの田島信夫と、ホテルの主人の早川以外は、家族が、本人だとちゃんと確認しましたが」

「家族が嘘をついたのかも知れない」

「え？」

「その可能性はあるわけだろう？」

工藤は、微笑した。

「顔が潰されているのを幸いに、息子や弟でもないのに、自分の肉親だと証言した。その可能性はゼロじゃないだろう？」

「確かに、そういわれればそうですが——」

沢木の声が弱々しくなった。そこまでは考えていなかったからである。

だが、工藤の言葉は本当だった。考えてみれば、このホテルで発見された七つの死体が、それぞれ本人だという確証は、家族の証言だけしかないのである。その証言さえない死体もある。

雪上車が迎えに来て、三人は乗り込んだ。外は粉雪が舞い始めていた。

雪上車が走り始めると、白い観雪荘ホテルの建物は、忽ち、粉雪の中にかき消されてしまった。


粉雪が、舞い始めた。

まだ、部落の明りは見えない。もう、手も足も、疲れ切って動かなかった。

死。確実に死がやってくるだろう。

死が怖いという気はしない。全てが終ったという満足感があるからだ。それに、凍死というのは気持のいいものだと聞いている。

左に、深い谷が口をあけていた。

最後の力を振りしぼって、深い雪の中を、谷に向って這って行った。谷底に落ちれば、雪が身体を蔽い、その雪は根雪となって、何年も、死体をかくしてくれるかも知れない。

傾斜が急になった。もう、這い進む必要はない。身体が、ずるずると谷に向って滑り落ちて行く。やがて、そのスピードが大きくなる。

深い谷と、深い雪が身体を呑み込む。口元にふと微笑が浮んだ。これでいいんだと思う。一人の死が一人の生につながっているのだから。

第十四段階《ステップ》

宮地刑事だけ先に東京に帰し、工藤は、沢木刑事と二人で、K町に残った。

ホテルの主人の早川には、まだ家族が来ていなかった。ニセの田島信夫の場合は、彼自身が運転手殺しの犯人なのだから、家族が現われないのも当然だが、早川の場合は気になって、工藤は、地元の警官にきいてみた。

「私自身、早川さんをよく知らんのです」

中年の警官は、小声で工藤に答えた。

「K町の生れじゃないんですか？」

「違います。仙台だということです。三年前に、K町に来て、あそこへホテルを建てられたんです。どうも、巻き添えにされてお気の毒だと思います」

「巻き添え？」

「違いますか？」

「成程。巻き添えねえ」

そういう考え方もあるんだなと、工藤は思った。犯人は、殺人の場所にあのホテルを選んだだけで、主人の早川は、ただその巻き添えにされただけなのかも知れない。

そういえば、戸部京子の遺書にも、泊り客は皆、早川が初対面だったと書いてあった。

工藤は、新聞記者たちだけに、集ってもらった。

「君たちにききたいことがあるんだがね」

工藤は、記者たちの顔を見廻していった。

「ホテルのボウリングレーンから、ピンを一本失敬した人が、この中にいないかね？」

工藤の言葉に、記者たちは、お互に顔を見合せた。

「ピンが紛失したんですか？」

チョビ髭を生やした中央新聞の西崎が、きいた。

「そうです。三本あったものが二本になっていた」

「何故、われわれが失敬したと思うんです？」

他の記者が、眉をしかめて、工藤を見た。

「君たちと決めてるわけじゃない。それに窃盗だというんでもない。恐らく、新聞記事に使う気だと思う。もし、いたら、手をあげてみてくれないかね？」

だが、記者たちは、黙って顔を見合せているだけで、手をあげる者はなかった。身体検査をするわけにもいかないので、質問を切上げると、今度は逆に、記者たちの質問が工藤に集中した。

「犯人は、太地亜矢子なんでしょう？」

「連続殺人の動機は一体何です？」

「連続殺人事件と、東京の事件は、本当に同一犯人の仕業なんですか？」

「何故犯人は、死体の顔を叩き潰したんです？」

「あの妙なマークは、何の意味かわかりましたか？」

「一寸待ってくれないか」

工藤は、苦笑して、質問の洪水をさえぎった。

「正直にいって、われわれには、まだ何もわかっていないんだ。もちろん、動機もわからん。それから、一見、太地亜矢子が犯人のように見えるが、私は、断定は危険だと思っている。彼女が犯人とすると、どうにも説明のつかないことが出て来てしまうのでね。それで、君たちにお願いしたいんだが、臆測で記事を書かないで欲しいのだ。これは殺人事件だからね」

「わかっていますよ」

と、記者たちは肯いた。


翌朝の八時四十六分に、宮地は、上野駅に着いた。

やはり、東京は暖かいなと、改札口を出ながら思った。それに雪が降っていないのもありがたかった。もう雪はうんざりだ。

駅の売店で、朝刊を何種類か買い求めた。新聞記者たちが、どんな記事を送ったか、興味があったからである。


〈犯人いまだ不明〉

〈不可解な事実が続々と。犯人は何故、連続殺人を行ったか、動機は不明のまま〉

〈犯人は死んでいるのか、まだ生きているのか、それさえ不明〉


そんな見出しが、どの新聞にも並んでいる。不明とか不可解という言葉が多いのは、そのまま、今度の事件の複雑さを示しているようだった。

だが、最後の新聞を拡げて、宮地は、呆然となった。

〈犯人は太地亜矢子。警察当局が断定〉

ズバリと、そう書いてあったからである。

中央新聞だった。

(何だ？　これは――)

宮地には、わけがわからなかった。宮地が東京に帰って来ている間に、工藤警部が、何か証拠を摑んで、太地亜矢子を犯人と断定したのだろうか。だが、もしそうなったら、中央新聞以外の新聞も、同じ記事を書く筈ではないか。

宮地は、警視庁につくと、すぐK町へ電話を入れた。電話口へ出た工藤は、宮地の報告に、

「驚いたね」と、声をあげた。

「実は、昨日も、新聞記者の諸君に、臆測で記事を書かないでくれと、釘をさしておいたんだがね。何故、中央新聞だけ、そんな記事をのせたのかな」

「特ダネをつかもうという焦りじゃありませんか。県警の刑事は、亜矢子犯人説でしたから、先走った記事にしたんだと思います」

「しかし、警察当局も断定というのは困るな。それに、太地亜矢子の家族が怒るだろう」

「中央新聞の方に抗議しておきます」

「頼むよ。私も、中央新聞の西崎記者に注意しておこう」

宮地は、電話が切れると、今度は、中央新聞社会部に電話を入れた。

電話口には、デスクが出た。最初は、自信満々の調子だったが、宮地の言葉に、段々、不安気な口調になっていった。

「しかし、K町へ行っている西崎君からは、工藤警部が、犯人は太地亜矢子だと断言したと送って来ていますがねえ」

「警部は、今、電話で、そんなことをいった覚えはないといっていましたよ。むしろ、臆測で記事を書かないで欲しいと、記者諸君に頼んだぐらいだと。あんな記事をのせて、太地亜矢子の家族に告訴されたらどうするんです？」

「告訴されますか？」

「するでしょうね」

「弱ったな」

「すぐ、然るべき措置をとった方がいいですな」

それだけいって、宮地は、受話器を置いた。西崎記者の気持はわからないではないが、今度の場合は、少し勇み足が過ぎるような気がする。よほど、焦りがあったのだろう。

宮地は、外へ出た。これから、観雪荘ホテルで殺された人達の、共通点を見つけ出す仕事が待っていた。犯人が復讐という以上、被害者は何処かで誰かを傷つけているに違いない。それを探し出さなければならない。

まず、サラリーマンだったという森口克郎と、矢部一郎の会社をたずねて、二人の評判を聞くことにして、有楽町の駅まで歩いて行った。平凡なサラリーマンだったと、両方の家族がいった。平凡なサラリーマンが、他人を傷つけるとしたら一体、どんな場合だろうか。

森口克郎の会社は、神田にあった筈だった。何気なく、切符売場の上に掛っている料金表に眼をやって、宮地は、思わず低い呻き声をあげた。近くにいた中年の女が、不審そうに宮地の顔を眺めたが、彼は、しばらくの間、その場に立ちつくしていた。

彼や工藤警部や沢木刑事を悩ました奇妙なマークが、眼の前にあったからである。

もし、切符を買って電車に乗る日常だったら、いやでも、眼に入っていた筈である。だが、定期で通う毎日では、眼のふちにしか入らない。だから、宮地は、あのマークが、何処かで見たように思いながら、思い出せなかったのだ。

恐らく、ホテルで殺された人々も、同じだったに違いない。

宮地は、森口克郎の会社を訪ねることをやめてしまった。もう行く必要がなくなったと思ったからである。

被害者たちの共通点は、この図の中にあるに違いない。犯人は、それを被害者たちに思い出させようとした。丸テーブルに、登山ナイフを突き刺してまで。

犯人は、マークの中心に画鋲を突き刺している。それは、丸テーブルの中心にナイフを突き刺したのと同じ行為だ。恐らく犯人は、その地点で何かあったこと、それが、復讐につながっていることを示したかったに違いない。

宮地は、料金表を見つめた。中心といえば、環状線（山手線）ではない。斜めに走っている中央線の何処かだ。

市ケ谷駅あたりだろうか。恐らく、そこで何かがあり、その事件に、被害者全部が関係しているのだ。

宮地は、近くの空《す》いた喫茶店に入って、自分の考えをまとめようと努めた。

例えば、市ケ谷駅で、ある時間に、偶然、被害者全部が一緒になる可能性があるだろうか。

宮地は、警察手帳を開いた。そこには、観雪荘ホテルで、家族から聞いた被害者たちの略歴が書いてあった。

森口克郎は、中野のアパートから神田の会社へ通うサラリーマンだった。中央線を利用するから当然、市ケ谷は通る筈だ。

戸部京子も問題はない。彼女は、森口と通勤電車の中で知り合って婚約したのだから。

矢部一郎も、東京駅近くの鉄鋼会社へ通うサラリーマンだった。住所は荻窪だから中央線を利用していたことは十分考えられる。

五十嵐哲也は、お茶の水の大学の研究室に通っていた。だから、彼も問題はない。

だが、そこで宮地の考えは停止してしま

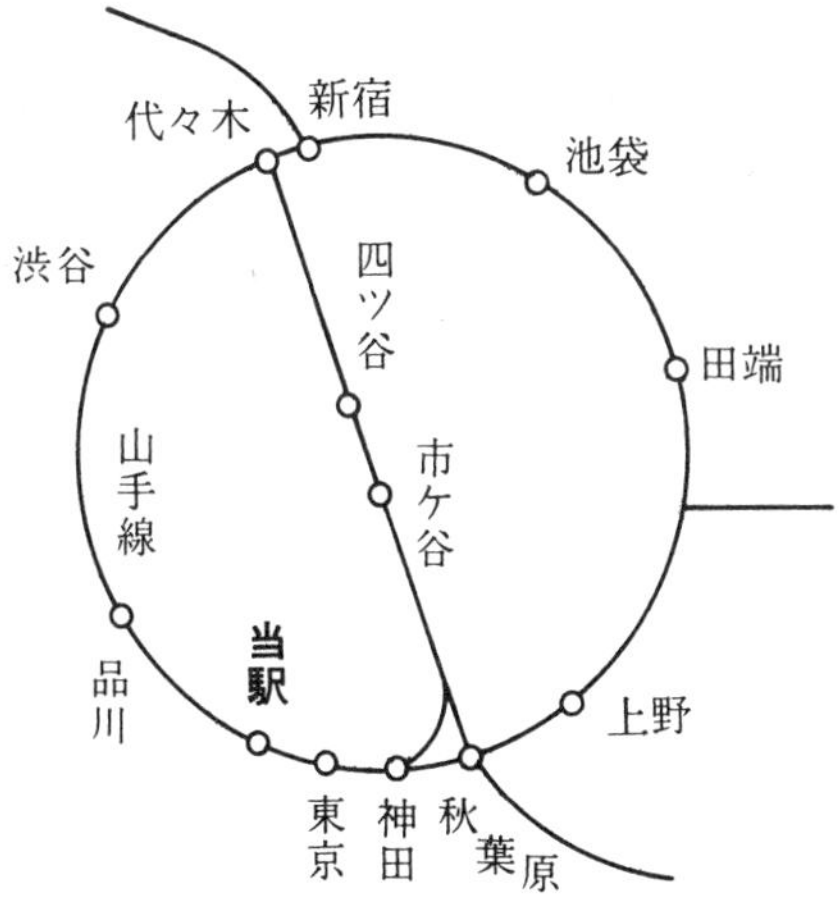

った。

太地亜矢子は、池袋のトルコで働いていた。中央線を利用するO・Lではない。観雪荘ホテルの早川も、この枠から外れてしまう。

タクシー運転手の田島信夫も同じだ。彼は、三年も運転手をしていたのだ。中央線を利用するサラリーマンという枠から外れてしまう。

それに小柴兄弟がいる。あの二人は、定職というものを持ったことのない人間だ。

宮地は、喫茶店を出ると、警視庁に戻り、もう一度、K町にいる工藤警部に電話をかけた。

宮地が、有楽町駅で発見したことを伝えると、工藤が、電話口で小躍りするのがわかった。

「成程ね。環状線と中央線とは気がつかなかったな」

「しかし、今いったように、壁にぶつかってしまったのです。太地亜矢子が、トルコで働く前に、O・Lをしていたとすると、助かるんですが」

「それなら大丈夫だよ。彼女の姉からいろいろ聞いたんだが、彼女は、前はO・Lだったそうだ。有楽町近くのフードセンターで働いていていたらしい」

「いつですか？」

「一昨年の四月から十二月までの九ヵ月だ。大体一年前だ。給料が安かったのでトルコで働くようになったらしい」

「何処から有楽町に通ったんですか？」

「新宿からだ」

「助かりました」

と、宮地は、弾んだ声を出した。太地亜矢子に関する限り、障害ではなくなったのだ。それだけではない。太地亜矢子が、一昨年の四月から十二月まで、中央線で通うO・Lだったとすれば、問題の事件は、その間に起きた可能性が強くなるわけである。期間が限定できるのだ。

「早川はどうですか？」

と、きくと、工藤は、電話口の向うで笑った。

「ホテルの主人を、中央線のサラリーマンにするのは無理だね。少くとも、三年前には、もう、あのホテルを建てているんだ。たとえ、その前に、一時的に東京でサラリーマンをしていたとしても、太地亜矢子の九ヵ月と重ならなくなってしまうからね」

「わかりました」

と、宮地はいった。早川の他に、田島信夫も外れているのだ。だが、何処かで、枠の中に入る筈だと思う。もしそうでなければ、宮地の推理は、崩壊してしまう。

「ところで、中央新聞の件だがね」

今度は、工藤の方からいった。

「西崎君に注意しておいたよ」

「それで、どうでした？」

「彼は、自分から希望して、この事件の取材に来たらしい。それで、功を焦せったんだと思うね。本社の方からも叱られたらしくて、深刻に考え込んでいたよ」

「太地亜矢子の姉は、告訴しそうですか？」

「それはまだわからないな。だが、中央新聞の宮城版を読んだとき、顔色を変えていたから、恐らく告訴するだろうと思うね。告訴しなければ、認めてしまうことになるからね」

そのあと、工藤は、ニセ田島信夫の指紋を、県警の方から電送して貰ったから、わかったら教えてくれといって、電話を切った。

宮地は、もう一度有楽町駅に行き、そこから、市ケ谷駅へ向ったが中央線に乗ってから、中央線は、朝夕のラッシュ時には、通勤快速電車が走り、市ケ谷には停まらなかったのを思い出した。

森口克郎の会社のある神田や、五十嵐哲也の大学のある御茶ノ水はいずれも快速の停まる駅である。とすれば、彼等はみな、快速電車で通っていた筈だ。

宮地は、車内にかかっている案内図を見た。中心に一番近くて、快速電車の停まる駅は四ツ谷駅だった。

宮地は、四ツ谷で降りた。駅長室に行き、事情を説明して協力を求めた。

「どんな小さな事件でも、一昨年の四月から十二月までの間に、この駅で起されたことは全部教えて貰いたいんですが」

「最近は、いろいろと事件がありましてね」

駅長は、笑いながら、その年の業務日誌を出して、宮地の前に広げて見せた。

「五月二十六日に、ホームで喧嘩があって、一人がナイフで刺されています」

「死んだんですか？」

「いや。腕に怪我をしただけです。時間は、午後十一時です」

「違いますね。他には」

「六月五日の昼頃、三歳の女の子がホームに落ちて、入って来た電車にはねられました。これは即死です」

「原因は？」

「母親の不注意です」

「違いますね」

「十月十六日の午後九時。これは奇妙な事件で、ホームに、百二十万円の札束が、むき出しで落ちていました。これは、未だに落し主が現われません。一年以上たったので、国庫に納められてしまいましたが、呑気な人もいるもんですな」

「それも違いますね」

「あとは、十二月九日の午後六時半頃、下りホームで、ラッシュで押し出された老婆が、転んで怪我をしていますね。打ちどころが悪かったのか、病院に運ばれる途中で死亡と書いてあります」

「ラッシュ時にですね？」

「そうです。四月から十二月までというと、この事件で終りですね」

「その老婆の名前は？」

「わかりません」

「じゃあ、誰が病院に運んだんですか？」

「老婆と一緒にいた若い男です。死んだというのも、後で、聞いたのです」

「誰からです？」

「その若い男から電話がかかって来たんです。確か翌日でしたね。母は、病院に運ぶ途中で死にましたと、そういう電話でした」

「母といったんですね？」

「ええ。そういいましたよ」

「何故、わざわざ、電話で、そんなことを知らせて来たんですか？」

「私にもわかりませんが、駅員の一人が、駅の外まで付き添って行って、タクシーに乗せてあげたからではないですかね」

「タクシーにね」

宮地の眼が光った。田島信夫はタクシーの運転手だった。

「その駅員の方に会えますか？」

宮地がきくと、駅長は、三十歳くらいの小柄な駅員を連れて来てくれた。誠実そうな男で、その時のことを可成りよく覚えていた。

「私が気がついたとき、二十五、六の男の人が、お婆さんを抱えて蒼い顔をしていたんです。聞いたら、押されてホームに転がったとき頭を打ったというんです。それで、私も一緒に抱えて、病院に運ぼうと思いましてね」

「タクシーに乗せたんですね」

「ええ。でも、最初に停めたタクシーに、例の乗車拒否をやられましてね。病人で、その上近くの病院ということで、いやがったんでしょう」

(そのタクシーだ)

と、宮地は、心の中で叫んだ。その乗車拒否をした運転手が田島信夫だったに違いない。

「死んだ老婆と一緒だった男の顔を、覚えていますか?」

「それが、何分にも冬の寒い日でしてね。男の人は、風邪でもひいているらしく、大きなマスクをしていたので、顔は、はっきり見えなかったんです」

「言葉に訛りはありませんでしたか? 例えば東北訛りのようなものが」

「ありませんでしたね。普通の言葉でしたよ」

「運んだ病院はわかりませんか?」

「一寸わかりませんが、ここから一番近い外科病院だと思いますね」

宮地は、一番近い病院の名前を調べて貰ってから、礼をいって駅長室を出た。

その病院は、四ツ谷駅から新宿方向に五百メートルほどのところにあった。この距離で、その上、病人を乗せるとなると、嫌がるタクシーの運転手がいるかも知れない。

宮地が、一昨年の十二月九日の日付をいうと、医者は、その親子のことを思い出してくれた。

「ここへ来たときは、もう手遅れでしてね。手は尽くしたんですが」

「死因は？」

「脳内出血です。よほど強く頭を打ったんだと思いますね」

「もう少し早く連れて来ていたら、助かったと思いますか？」

「助かったかどうかはわかりませんが、何か打つ手があったことだけは確かです。一、二秒の差が、生死を分けることがありますからね」

「それを、付き添ってきた男にいいましたか？」

「ええ。いけませんでしたか？」

「いや」

宮地は、小さくくびを横にふって見せた。医者がそれをいわなかったとしても、男は、復讐を決意したかも知れない。

「それで、その親子の名前は、何というんですか？」

「わかりません」

「何故です？」

「ここには、山田太郎二十五歳、徳子五十六歳と書いてあります。しかし、これは、恐らく偽名ですよ」

「何故、偽名とわかります？」

「名前をきいたとき、しばらく考えてから答えましたからね。それに、山田太郎などというのは、いかにも変名くさいじゃありませんか。私としては、偽名でしょうとはいえませんから、その名前で死亡診断書を書きましたが」

「死体は、どうなったんです？」

「翌日、車で引き取りに来ましたよ。その後のことは知りませんね」

「男の顔に、何か特徴は？」

「それが、風邪をひいているらしくて――」

「大きなマスクをしていたというわけですか？」

「ええ」

医者は、肩をすくめた。

宮地は、病院を出た。とにかく、これで、連続殺人事件の動機だけはわかったと思った。あとは犯人だが。

第十五段階《ステップ》

受話器を置いた工藤が、沢木に、

「動機がわかったよ」

と、弾んだ声でいった。

工藤が、宮地からの報告を話すと、沢木の顔も明るくなった。

「すると、その男が、母を殺されたと思い、ホームに押し出した人間や、乗車拒否をしたタクシーの運転手に復讐を決意したということになりますね」

「そうだ。森口克郎や戸部京子たちは、そのとき、その親子の傍に乗っていて、押したと思われたんだろうと思うね」

「早川と小柴兄弟はどうなるんでしょう？」

「それを今、考えていたんだがね。小柴兄弟は、東京の人間だから、偶然、その電車に乗っていたということも考えられる。問題は、早川の方だな」

「早川が、その若い男だったんじゃありませんかね？　たまたま、母親を連れて東京見物に行って、そんな事故にあったとは考えられませんか？」

「そうだな」

工藤は腕を組んで考え込んだ。確かに、可能性はあるし、早川一人だけが、東京の人間でないことも説明がつく。だが、早川を犯人だとすると、いろいろと厄介な問題が出てくることも事実だった。

「だが、早川の死体があったのは、どう説明するね？」

「顔が叩き潰されていました。早川の死体だという確証はありません。他の死体も、同じですが、家族が確認しました。が、早川の場合は、家族がいませんから、誰も確認していないわけです」

「すると、あれは、誰の死体ということになるんだ？」

「それはわかりません」

「他にも問題はあるよ。太地亜矢子の筆跡の、招待要請の手紙や、私が間違っていたという遺書だな。それに、早川が犯人とすると、どうやって、森口克郎や戸部京子たちの名前を調べ出したかということも問題になってくる。時間のかかる仕事だからね。その間、東京にいたことになる」

「それを調べてみませんか」

と、沢木はいった。

二人は、K駅前の食堂「さのや」の主人に会った。戸部京子の遺書に、そこで、雪上車を待ったと出ていたからである。

食堂の主人は、ストーブの傍で、工藤たちに温い茶をすすめてから、

「あのホテルには、冬になると、毎年何人か客がありましたよ。たいてい十一月の末からですがね」

「一昨年も？」

「ええ」

「じゃあ、ホテルの主人が、十二月に、東京に出かけて留守だったということはないわけだね？」

「ありませんねえ。とにかく、何もかも、早川さん一人でやっていたようだから」

「一人というと、母親はいなかったのかね？」

「見たことがありませんねえ。もっとも、あのホテルは、ここから遠いんで、あまり付き合いはありませんでしたが、母親がいたんならわかるんじゃないですかねえ」

食堂の主人の返事は、二人を失望させた。どうやら、東京の四ツ谷駅で起きた事件

に、早川は、関係がないらしい。とすると、早川は、ただ単に、犯人がホテルを利用するために、その巻き添えになったのだろうか。

「巻き添え説には、どうも賛成できませんね」

と沢木はためらいを見せた。「私もだよ」と、工藤もいった。

「それでは、あまりにも偶然すぎるからね。この犯人は頭のいい人間だし、何よりも、自分の復讐が正当なものであることを、主張したがっている。もし、早川を巻き添えにして殺したとすると、自分の主張が崩壊することになるんだからね」

「早川のことを、もう少し調べてみますか」

「確か、彼は、仙台の生れということだったね」

二人はK駅から仙台へ向った。家族たちは、肉親の司法解剖に立ち会うために、すでに仙台に移っていて、新聞記者たちだけが、工藤たちに同行したが、中央新聞の西崎記者の姿だけは見えなかった。

「彼は辞表を出したそうですよ」

と、他の社の記者が、気の毒そうにいった。

「少し、張り切りすぎたんだよ。少し異常だったからな」

と、あまり同情のない口調でいう者もあった。沢木は、チョビ髭を生やした西崎記者の顔を思い出したが、すぐ忘れてしまった。事件の謎を解かなければならなかったし、一人の新聞記者の失敗に感傷的になってはいられなかった。

仙台に着くと、すぐ県警に行き、そこで、解剖結果を聞かせて貰った。

その報告書は、ほぼ、工藤や沢木の想像していたとおりのものだった。

顔を叩き潰されたのは、死後数時間以上たってからである。

雪に埋められていたため、死亡時間を推定するのは困難である。

死因は次のとおりである。

矢部一郎（頸部圧迫による窒息死）

(偽）田島信夫（打撲・頭部骨折・脳内出血）

森口克郎（右に同じ）

五十嵐哲也（刺傷・傷は背中から心臓に達している）

早川　謙（打撲・脳内出血）

戸部京子（右に同じ）

太地亜矢子（青酸カリによる毒死）

「一寸気になるのは、矢部一郎の死因だな」

工藤は、読み終ってから、沢木にいった。

「殺されたあと、自殺に見せかけるために犯人が吊したのだと思っていたんだが、これによると、本物の自殺らしく思えるね」

「私は、その方が、すっきりすると思いますね」

沢木は、微笑して見せた。工藤は、くびをかしげて、

「何故だ?」

「戸部京子の遺書によると、完全な密室の中で死んでいたとあります。あの部屋を調べたんですが、内側から鍵をかければ、トリックをつかって密室を作るわけにはいかない構造なのです。矢部が、自分で鍵をかけて自殺したと考えるのが妥当だからです」

「しかし、戸部京子の遺書には、その部屋の壁に、第一の復讐が行われたというカードがあったとも書いてあるがね」

「カードは、みんなが、部屋に雪崩れ込んだすきに、犯人が画鋲で止めたんだと思いますね。恐らく、犯人は、いつもあのカードを持っていたに違いありませんから」

「いや。私のいっているのは、そういうことじゃないんだ。相手が勝手に自殺したの

に、何故、犯人は、復讐を行ったなどと書いたかということだよ」

「それは、こう考えたらいいと思います。矢部が死ぬ前に、食堂の丸テーブルに、ナイフが突き刺さっていたという事件が起きています。犯人が、被害者たちに、一昨年の出来事を思い出させようとして、やったわけですが、矢部が自殺したのをみて、犯人は、自分のやったことが効果をあげて、矢部が、自責の念から死を選んだと思ったんじゃありませんか。だから、復讐したと」

「だがね、戸部京子の遺書をよく読むと、丸テーブルにナイフが突き刺されたとき、矢部は、睡眠薬を飲んで、自分の部屋で眠っていたんだ」

「そうです。だから、私は、犯人が錯覚したんだと思うのです。自責の念を起こさせ、自殺に追い込んだと。だが、矢部が自殺したのは、他の理由だったと思います。犯人は、間違ったのだと」

「犯人の間違いか」

「これから、矢部一郎の家族に会って、自殺するような理由がなかったかどうか、聞いてきます」

「そうしてくれ。私は、早川のことを調べてみる」

工藤は、沢木を見送ったあと、「犯人の間違いか――」と、口の中で何度か呟いた。その言葉が気になったからである。太地亜矢子の遺書にも、「私が間違っていました」とあったが、あれは、ひょっとすると、事件とは何の関係もない言葉なのかも知れない。関係がないとしたら、一体、何を意味しているのだろうか。

工藤は、県警で、早川が仙台にいたときの住所を聞いて、そこへタクシーを飛ばした。

仙台の北、青葉城跡の近くだった。寺の多い所で、恐らく、昔は、寺町とでも呼ばれていたのだろう。

工藤は、県警で聞いた番地に、「早川」という表札を発見して意外な気がした。狭い路地を入った奥の家だった。古い造りの家屋で、ガラス戸を叩いてみたが、返事がなかった。よく見ると、戸の桟に、埃がたまっている。長く留守にしている感じだった。

工藤は、路地の入口まで引き返し、角の煙草店で、早川家のことをきいてみた。元気のいい老婆で、

「早川さんとこなら、もう一年以上も留守なんですよ」

と、くびをすくめて見せた。

「引越したんじゃないのかね？」

「それは、息子さんですよ。K町の山の奥にホテルを作りましてねえ。そういえば、そのホテルで大変な事件があったそうじゃありませんか」

「まあね。すると、ここに残ったのは？」

「おふくろさんですよ。あんな山奥はいやだといって、ここに残ったんです。息子さんは毎月ちゃんとお金を送って来ていたから、生活に不自由はしていませんでしたよ」

「それから？」

「一昨年の末でしたかねえ。これから息子さんのところに遊びに行って来るといって、ニコニコしながら出て行ったんですけど、それっきりなんですよ」

「それっきりというのは、どういうことだね」

「きっと、居心地がいいんで、帰らないんじゃないですか」

「しかし、山奥のホテルは嫌で、ここに一人で住んでいたんじゃないのかね？」

「息子さんといっても、もう一人の息子さんの方ですよ。東京にいる」

「もう一人、東京に息子がいた？」

「ご存知なかったんですか？　早川さんには双生児の兄弟がいらっしゃったんですよ。ホテルをやっていらっしゃった謙さんと、もう一人、お兄さんの方の純さんと」

「双生児ね」

工藤は、何気ない様子で合槌を打ったが、顔色の変ったのが、自分でもわかっていた。ホテルの全ての指紋が消されているのを聞かされたとき、工藤は、反射的に、双生児の小柴兄弟のことを考えた。あの予感は、どうやら当っていたらしい。殺人事件と強盗事件という差はあっても、両方に双生児が絡んでいたのだ。

工藤の頭が忙しく回転した。これで、謎の一つが解決できたと思った。

犯人が、小柴兄弟だけを観雪荘ホテルに呼ばなかった理由である。犯人は呼べなかったのだ。もし呼んで、犯人もまた双生児の一人であることを見破られるのが怖かったからではないだろうか。

もし、この推測が当っていれば、連続殺人事件の犯人は、当然、早川と、東京にいるもう一人の兄弟ということになる。早川が、ホテルでの連続殺人を受け持ち、もう一人は、東京で、小柴兄弟を罠に落す役目を受け持ったのか。

そこまで考えて来て、工藤は、また一つの壁にぶつかるのを感じた。早川が犯人だとしたら、あの死体は一体誰なのだろう？　戸部京子の遺書にも、早川が血まみれで倒れているのを見たと書いてあるし、太地亜矢子が、「早川さんが殺された」といったとも書いてある。それを、どう解釈したらいいのか？

それに、早川が犯人で、太地亜矢子まで毒殺したのだとしたら、彼は、何処へ消えてしまったのか。あのホテルから脱け出した者は一人もいない筈なのだ。

工藤は、煙草屋の老婆に立ち会って貰って、早川の家を調べてみることにした。もし、東京に出たという息子から手紙が来ていれば、何かわかるかも知れないと思ったからである。

だが、家の中に入った途端に、工藤は、肩をすくめてしまった。誰かが、部屋中を整理してしまっていることが、はっきりとわかったからである。机の引出しをあけてみたが、中はからっぽだった。タンスも同じだった。手紙とかアルバムの類は一つも見当らなかった。恐らく、指紋もきれいに拭き取ってしまってあることだろう。工藤は、失望し、同時に、早川と、もう一人の双生児の兄が、事件の犯人だという確信を強くした。

工藤は、老婆に礼をいってから、県警本部に戻った。待ち構えていたように、沢木刑事が、

「わかりましたよ」

と、工藤にいった。

「矢部一郎は、東京で自動車事故を起こしていたんです。家族持ちのサラリーマンを

はねて、相手は即死です。裁判の結果は、八七〇万円の賠償です。それで、一寸ノイローゼ気味だったと、家族はいっています」

「自殺する理由は十分にあったというわけだな」

「そうです。犯人は恐らく、自分に対する罪に怯えて自殺したと、間違って解釈したんだと思いますね。だから、第一の復讐が出来たと」

「もう一人、間違えた人間がいたんだと思うんだよ」

「もう一人ですか？」

「そうだ。太地亜矢子さ」

工藤は、早川の家へ行ってわかったことを、手短かに沢木に話して聞かせた。

「犯人は早川兄弟だと思う。となれば、太地亜矢子は犯人ではないし、『私が間違っていました』という言葉は、罪の懺悔《ざんげ》である筈がないんだ。といって、脅かされて書いたものでないことは、しっかりした筆跡でわかる」

「矢部一郎に関係したことだと思われるんですか？」

「そうだ。戸部京子の遺書には、二ヵ所、犯人によって、破り棄てられたと思われる箇所がある。矢部が関係していると思われるのは、最初のところだ」

「戸部京子が、雪上車に乗ってホテルに着いてから二、三枚、抜けていましたね」

「そうだ。雪上車には、早川と、戸部京子と森口、それに太地亜矢子が乗っていた。そして、その時には、矢部はすでにホテルに来ていた」

「当然、矢部のことが話題になったでしょうね」

「その通りだ。早川は、矢部が暗い顔をして沈んでいると話したと思う。何故なら、犯人は、矢部が沈んでいるのを、一年前の事件の反省のためだと信じ、その事件を他の者に匂わせたがっていたからだよ。太地亜矢子が、この話に興味を持ったとしよう。二十四歳の若い女なら、若い男が沈んでいたら、何のためと思うだろう？」

「失恋ですか？」

「だろうね。早川は、そのとき、太地亜矢子を犯人に仕立てあげることを思いついたんだと思う。矢部一郎の沈んでいる理由を賭けたんだ。例えば太地亜矢子が当っていれば、金を与える。間違っていたら、貴女のサインを貰いたいといって」

「結局、彼女は負けた——」

「そうだよ。ホテルの便箋に、彼女にサインさせ、それへ、『私が間違っていました』と書かせるぐらいのことは簡単だったと思う。彼女は、まさかそれが、殺人事件に利用されるとは、夢にも思っていなかったろうからね」

「これで、一つ謎が解けましたね」

「同じように、太地亜矢子が書いたホテル宛の手紙も、説明がつく筈だ」

「犠牲者たちを、ホテルに招待してくれという手紙ですね」

「あれだ。戸部京子の遺書の、後の方の破り棄てられた部分が、あれに関係があると思うのだ」

「確か、早川、五十嵐、太地亜矢子、戸部京子の四人が生き残って、犯人は誰か考えようというところで、その後が破り棄てられていたんでしたが」

「誰が犯人か考えるとき、まず、どんな方法をとるね？」

「まずアリバイでしょうが、ホテルの中の事件だから、これはたいして極め手にならないとすると、筆跡鑑定ですか？」

「それだよ。特に五十嵐は、犯罪学の研究をしていた男だから、それを持ち出したと思う。犯人にとっては、願ってもないことだったと思う。それで、こんな手紙が来たから、皆さんを招待したのだと、あれと同じ手紙を持ち出したんだ。誰もが、手紙の主が犯人と思う。では、これと同じことを書いて、筆跡を調べてみようということになったんじゃないかな」

「成程。そして、他の者が書いたやつは焼き棄ててしまえば、太地亜矢子だけをクローズアップできるというわけですね」

「だから、太地亜矢子犯人説は、完全に消えることになる」

「早川が犯人だとすると、あの死体は、どうなります？」

「早川じゃないと思う。だから、顔を叩き潰して、見分けがつかないようにしたんだろう。一人だけでは、不審に思われるから、他の死体の顔も潰したんだ。戸部京子をそうしなかったのは、より一層、太地亜矢子を犯人らしく見せるためだったと思うね」

「顔は潰せても、指紋は消せませんから、早川かどうかはわかると思います。今、県警で指紋の照合をやっています。早川は、雪上車を運転していたくらいですから、免許証を持っていた筈だし、指紋は登録されている筈ですから」

その結果が出たのは、夕方になってからだった。

顔馴染みになった県警の刑事が、当惑した表情で現われると、

「驚きました。あの五番目の死体は、早川謙ではないようなのですよ」

と、いった。

工藤と、沢木は、顔を見合せて、肯き合ったが、それで全てが解決したわけではないことは、二人にもわかっていた。

県警の刑事が、二人の前から消えたあと、工藤は、難しい顔になって、沢木を見

た。

「早川は、何処へ消えてしまったんだ？　それに、早川でないとしたら、あの死体は一体誰なんだ？」

宮地刑事は、古本屋で買い求めたアガサ・クリスティの「そして誰もいなくなった」を、ポケットから取り出して、拾い読みしてみた。別に、急に読書欲が出たからではなかった。戸部京子の遺書の中に、ひんぱんに、この本の名前が出てくるからだった。

さっきの工藤からの電話では、犯人は、どうやら早川らしい。京子の遺書によると、早川も、この小説を知っていたらしいから、犯行の前に読んで、何かの参考にしたのではないか。それも、宮地を、久しぶりに活字に向かわせた一つの理由だった。

読み終ったあと、宮地は、確かに似ているなと思った。奇妙な手紙で、犠牲者が集められるのも似ているし、次々に殺されて行くところも似ている。

だが、違うところもあった。

小説の場合、犯人もまた、他殺に見せかけて自殺してしまうのだが、今度の事件で、犯人の早川は、何処かに消えてしまった。

小説の場合、十箇のインデアン人形が犠牲者のシンボルになるのだが、今度の事件では、それに当るボウリングのピンは、最初から九本しかなかった。

宮地が、そこまで考えたとき、鑑識から報告書が届けられた。タクシー運転手田島信夫を殺し、観雪荘ホテルへ逃げ込み、そこで殺された男の身元が、指紋照合の結果、前科三犯で、保釈中の男とわかったというものだった。が、宮地は、殆ど、興奮を覚えなかった。タクシー運転手殺しは、犯人が死んでしまった時点で、解決してしまったと同じだからである。

宮地は、腰を上げた。これから、拘置所で小柴兄弟に会わなければならなかった。あの兄弟が、四ツ谷駅で起された事件に、どう関係しているのか、それを知る必要があったからである。

廊下へ出たところで新聞記者の一人に会い、中央新聞の西崎記者が、正式に辞めたことを知らされた。が、これも、今の宮地には興味のないことだった。

東京拘置所で会った小柴兄弟は、流石に、蒼白い元気のない顔をしていた。

「もう、何もかもあきらめてますよ」

と、兄の勝男の方が、自棄気味にいってから、

「それにしても、おれたちをこんな目にあわせた奴は、まだわからないんですか？」

「少し、わかりかけて来たところだ」

「一体、どいつなんです？」

「まだわからん。それで、君たちに聞きたいんだが、一昨年の十二月九日に、四ツ谷駅に行かなかったかね？」

「一昨年なんて、そんな昔のことは、覚えてませんよ」

「是非、思い出して欲しいんだ」

「四ツ谷といやあ――」

弟の利男が、兄の顔を見た。

「あの近くの麻雀屋でずい分遊んだじゃないか。あれは、一昨年じゃなかったかな」

「そうだ」

兄の勝男も肯いた。

「千点百円でやってて、払う払わないで喧嘩になって、お前がナイフで刺されたことがあったっけな。あれは、十二月頃じゃなかったか？」

「刺された？」

宮地が、眼を光らせて、二人を見つめた。

「刺されて、どうしたんだ？」

「もちろん、病院へ行って手当てをして貰いましたよ」

「何処の病院？」

「あの近くの病院ですよ。名前は忘れちまったなあ」

「四ツ谷駅から、新宿の方へ、五百メートルほど行った、大通りに面した大きな病院じゃないか？」

「どうして知ってるんです？」

「時間は？」

「もう暗くなっていたなあ。だから、六時か七時頃じゃなかったかな」

「その病院で、老婆と若い男に会わなかったか？　老婆の方は、頭を打って運ばれたんだ」

「婆さんと若い男？」

きき返してから、二人は、急にニヤニヤと笑い出した。

「何がおかしい？」

宮地が、眉をしかめてきくと、兄の勝男の方が、笑いながら、

「だって刑事さん。大の男が、泣いてやがるんだ。お袋が死んだってさ。あれには、吹き出しちまったよ」

「――」

「あれが、どうかしたんですか？」

「いや。まだわからんさ」

宮地は、わざとはぐらかして、腰を上げた。この兄弟は、自分たちの行為が他人を傷つけたなどとは、夢にも思っていないだろう。もちろん、そのために、自分たちが狙われたなどということは、永久にわからないに違いない。

宮地は、警視庁に戻ると、仙台へ電話を入れて、小柴兄弟のことを、工藤に報告した。

「これで、動機に関する限り、全てわかったと思います。小柴兄弟だけが、殺されなかったのは、恐らく、母親が死んだあとのことだったからでしょう。それで、犯人は、死一等を減じたんだと思います。ところで、早川の写真は手に入りましたか？」

「それが、徹底的に焼き捨ててしまったらしい。ただ、一枚だけ、手に入りそうなんだが――」

工藤は、一寸言葉を切ってから、

「それが、運転免許をとるときの写真なんだ。こちらの警察にある筈なんで、探して貰っている。早川も、これだけは、焼き棄てるわけにはいかなかったからね。ただ、君も知っているように、小さい写真でね」

「それでも、東京にいるという双生児の兄弟を探す役には立ちますよ。東京の住所は、やはりわかりませんか？」

「いろいろと調べてみたがわからん」

「とすると、ただ、早川という名前だけでは、探し出すのは骨ですね」

宮地は、重い口調でいった。

電話を切ったあとも、宮地は、しばらく考え込んでいた。この東京に、早川という名前の男が、一体、何人いるだろう。早川純という名前と、二十五歳という年齢で限定できたとしても、この広い東京で探し出すのは大変だ。

宮地が、食堂からラーメンを運んで貰って、遅い夕食をとっていると、中央新聞の西崎記者が、一人で入ってきた。

「今度、新聞社を辞めましたので、ご挨拶に」

西崎は、流石に固い表情でいった。声の調子も何となくぎこちない。

「警察にも、ご迷惑をかけて、どうも――」

「いや、あれは、もうすんだことだから」

宮地は、あわてていった。

「それより、これからどうする積りです？」

「気晴らしに、旅行にでも行って来ようと思います。僕が辞めたことで、太地亜矢子の家族も、告訴を取りやめてくれましたから、気楽に旅に出られます」

「旅行とは、うらやましいな。こちらは、当分、あの事件に縛られそうだからね」

「犯人は、太地亜矢子じゃないと決ったそうですね？」

「ああ。その線は崩れたね」

「僕も、そうじゃないかと思っていました」

「しかし、君は、太地亜矢子が犯人だと――」

「功をあせって、ああ書いてしまいましたが、今から考えると、彼女が犯人では、あまりにもズバリすぎて詰りませんからね」

そのいい方が、何となくおかしくて、宮地は笑ってしまったが、笑ってから、西崎の顔がすっきりしているのに気がついた。

あの妙なチョビ髭がなくなっているのだ。

「髭がないね」

と、宮地がいうと、西崎は笑って、

「どうも、あれがケチのつき始めのような気がして、剃ってしまったんです。最初から、僕には似合っていなかったらしい」

と、いってから、宮地の傍に置いてある本に眼を向けた。

「例の、クリスティの『そして誰もいなくなった』ですね」

「ああ。今度の事件に似ているというので、古本屋で買って来て、あわてて読んだんだが、自分が刑事のせいか、私には、かえって違いの方が目についたね」

宮地は、先刻気がついた二つの違いを話して聞かせた。

西崎は、黙って聞いていたが、一寸間を置いてから、

「僕の意見をいってもいいですか？」

と、遠慮がちにいった。

「いいとも、遠慮なくいって欲しいね」

「新聞記者は辞めたんですが、やはり、何となく、事件のことが気になりましてね。第一の点は、僕も同感ですが、第二の点が違うんです」

「しかしね。この小説では、人形は十箇あったんだが、あのホテルでは、ボウリングのピンは、最初から九本しかなかったと、戸部京子は遺書に書いているからね」

「それは知っています。僕は、それがどうも不思議でならなかったんです」

「どう不思議なんだい？」

「ボウリングのピンは十本が普通だからです。もし、九人の人間が死ぬので、それを象徴させたいのなら、何も、十本あるべきピンを、わざわざ一本減らしてまで、使うことはないと思うのです。九が正常な何かを使えばいいんですから。例えば、九人で一チームの野球選手の人形でもいいし――」

「しかし、現実に、ボウリングのピンは九本しかなくて、犯人は、それを墓標代りに使ったんだよ」

「本当に、最初から九本だったんでしょうかね？」

「しかし、戸部京子の遺書には――」

「それは、早川が、いつの間にか一本失くなったと書いてあるんでしょう？」

「君は一体何がいいたいんだ？」

「もし、僕が犯人なら、十本あるべきボウリングのピンには、十人の人間を象徴させますね。だから、すでに九本になっていたということは、そのときにもう、誰かが一人、殺されていたんじゃないですか？」

「何だって？」

宮地が眼をむいた。

あの連続殺人の前に、あのホテルで、すでに一人の人間が殺されていたというのか。

「今、いったとおりですよ」

西崎は微笑した。

「そう考えた方が、ボウリングのピンが九本だったことが上手く説明つくんじゃありませんか」

第十六段階《ステツプ》

「これが早川謙ですか」

沢木は、小さな写真に眼をやった。運転免許の写真というのは、どうしてこう小さいのだろうか。それに、何となくピントがずれているような写真だった。

若い二十五、六の男の顔だった。

「何処かで見たような顔だな」

と、工藤は、腕を組んで写真を睨んだが、何処で見たのかすぐには思い出せなかった。

写真は、引き伸ばされたが、やはり、ピントがずれていたとみえて、伸ばすにつれて、輪郭が、ぼやけて来た。早川の免許が更新されたのが七ヵ月前だというから、東京の四ツ谷駅で事件があった後である。恐らく、すでに復讐を計画していたに違いない。となれば、わざとピントの外れた写真を使ったことが十分に考えられるのだ。

県警の専門家が、墨を使って、慎重に、ぼやけている部分を濃くしていった。四ツ切大の写真が、次第に鮮明になってくる。早川のピントをずらした苦心も、あまり効果がなかったようだった。

「これと同じ顔の男が、二人いるというわけですね」

沢木は、奇妙なものでも見るような眼で、修整された写真を眺めていた。すでに小柴兄弟にぶつかっている工藤は、簡単に、「そうだ」と、肯いた。

「もう一人は、ずっと東京にいた。その男が、母親と一緒に中央線に乗り、四ツ谷駅で事故を起こしたんだ」

写真は、すぐ、東京の宮地刑事にも送られた。

「ところで、さっきの宮地刑事からの電話ですが」

と、沢木が、話題を変えた。

「警部はどう思われますか？　ピンが九本だったのは、すでに一人、誰かが殺されて、復讐が行われていたのだという考えは」

「そう考えれば、早川だと誤認した男の死体の説明がつくな」

工藤は、早川の写真を見ながらいった。明るい、平凡な青年の顔だ。こんな男に、何人もの人間が殺せるのか。

「自分の代役を勤めさせる死体だからといって、死体がそう簡単に手に入るわけのものじゃないからね。犠牲者の中から、一人だけ先にホテルに呼んでおいて、殺して、雪の中に埋めておいたのかも知れない。雪の中なら冷蔵庫と同じだからね」

「しかし、戸部京子と太地亜矢子の二人が、早川の殺されたことを確認していますが。少くとも、戸部京子の遺書には、そう書いてあります」

「それは、私も読んだよ。だが、戸部京子は、血を見た途端に顔をそむけて、自分の部屋に戻ってしまっている。早川が本当に死んだのか、血だと思ったのが、本当は赤い絵具だったのかも知れないのに、それを確認していないのだ。それに、停電で、ローソクの火で見たのだ。問題は、太地亜矢子の方だ。彼女は死体に触れ、墓も作ったと、京子の日記に書いてある。となれば、死んだふりをして誤魔化すことはできなかったと思う」

「そこを、どう解釈されますか?」

「これは、想像するより仕方がないんだが、五十嵐哲也が殺されたとき、太地亜矢子は、戸部京子が殺したと考えた。これは、戸部京子の遺書に書いてある。恐怖と、猜疑心のかたまりになった人間を利用するのは、簡単だと思う。早川は、彼女を利用して一芝居打ったんだと思うね。戸部京子が真犯人かどうか確めるとでもいって」

「確かに、それで説明はつきますが――」

「何となく不満そうだな」

工藤は、笑った。沢木は、あわてて、「不満というわけではありませんが――」と、いった。

「それでも、まだ疑問が二つ残ると思うのです。一つは、例のボウリングのピンですが、早川の身代りの死体が、犠牲者の一人だとしても、死体は七つです。小柴兄弟を入れても九人。十人には一人足りません」

「もう一人ぐらい、何処かで死んでいるのかも知れないな」

工藤は、やや無責任ととれる答え方をした。七つも死体を見たあとでは、自然に、荒っぽい考え方になってしまう。

「もう一つは、最初からの疑問ですが、犯人の早川が、何処へ消えたかということです。あのホテルから脱け出すことは不可能です。秘密の隠れ場所もありません。一時的に洋服ダンスの中なんかに隠れたとしても、すぐ、見つかってしまいます」

「そのことは、私も、ずっと考えていたんだ。早川が何処へ消えたかがわかれば、この事件は、解決したと同じだからね」

「何か、ヒントがつかめましたか？」

「ヒントというより、この事件には、不可解な点がいくつかあったのを思い出していたんだ。そのいくつかは説明がついたが、まだ謎のままに残っているものがある。それが、或は、早川の消えた理由を説明してくれるかも知れないと思っているんだがね」

「電話の件が、まだ説明がついていませんね」

沢木が、ゆっくりと思い出しながらいった。

「電話線を切ったのは犯人の早川に間違いありません。ところが、わざわざそれを一時的につないで、警察に事件を知らせています。それが、犯人の心理として、どうにも解《げ》せない点なんですが」

「強いて考えれば、単なる殺人でなく、正義の復讐であることを、知らせたかったのだろうということになるが、それなら、無事に逃げのびてしまってから、匿名の手紙を警察に出せばいいのだから、これは、的を射ていないような気がする。となると、残る理由は一つしかない。犯人は、警察や、新聞記者や、被害者の家族に、来て貰いたかったのだ」

「犯人なら、普通、逆の考え方をするのが当り前だと思いますが？」

「その通りさ。だから、そこに何かあると思うのだ。これはあくまで推測にしか過ぎないが、早川の消えてしまった理由といったものがね」

宮城県警から、写真が届いたとき、宮地は、興奮を押さえながら、わざとゆっくり、その写真を見た。七人もの男女を殺した犯人は、どんな顔をしているのだろうか。

だが、写真を見たとき、宮地が最初に感じたのは当惑だった。

宮地は、仙台へ電話を入れて、工藤警部に出て貰った。

「あの写真は、何かの間違いじゃありませんか」

宮地は、当惑した表情のまま、電話に向っていった。

「間違い？」

「ええ。私が受け取ったのは、中央新聞を辞めた西崎君の写真です」

「――――」

電話の向うで、工藤が言葉をのみ込み、大きく息をつくのがわかった。甲高い声で、沢木刑事が何かいうのが聞こえた。「チョビ髭が――」といったようだった。

長い沈黙のあとで、工藤の声が電話口に戻ってきた。

「君のおかげで、事件は解決したよ」

第十七段階《ステツプ》

工藤と沢木刑事は、東京に飛んで帰った。もう、仙台にいても無意味とわかったからである。観雪荘ホテル事件の謎を解く鍵は、東京にありそうだった。

工藤は、上野駅で、迎えに来た宮地に会うと、

「西崎が何処にいるかわかったかね？」

と、真っ先にきいた。宮地は、くびを横にふった。

「電話でお話ししたとおり、私に旅に出るといって、何処かへ消えてしまいました。家には帰っていません」

「西崎のことは、調べたかい？」

「三年前に、西崎久子と結婚して、早川姓から西崎姓に変っています。養子の形です。ただ、一年前から事実上の別居生活に入っていますので、細君も、西崎の行先は知らんといっていました」

「その別居生活は、恐らく、彼が、細君に迷惑をかけまいとしてやったことだろう。つまり、その頃から、今度の事件を計画していたということだな」

「あのチョビ髭が――」

と、沢木が口惜しそうに口をはさんだ。

「あれがなければ、写真を見たとたんに、西崎の顔を思い出したんですが」

「君だけじゃなくて、K町の人たちが、西崎の顔を見たとたんに、ホテルの主人と瓜二つと気付いた筈だよ。髭がなければだ」

工藤は、沢木に向って苦笑して見せた。

「後になって考えると、何故あのとき、こんな簡単なことに気が付かなかったのだろうかと、自分が情けなくなってくるものだからね。双生児というので、兄の方も早川という名前だと考えていたのもミスだ」

「確かにそうです。K町へ新聞記者が集ったとき、西崎だけが、妙に議論を吹きかけてきましたからね。それも、今から考えると、チョビ髭を生やした自分の顔を、印象づけるためだったとしか思えません」

沢木が、頭をかいた。

「するとやはり、観雪荘ホテルで入れ替ったわけですか？」

宮地がきく。工藤が肯いた。

「七人の人間を殺した早川が、あらかじめ打ち合せておいたとおりの服装をし、つけ髭をつけて、警官や新聞記者や家族の到着するのを待っていたんだ。秘密の部屋はなくても、一時的にかくれる場所は、いくらでもあるからね」

「確かに、あのときの状態は、入れ替るのに絶好でしたね」

沢木は、悪戦苦闘をして雪道を辿りつき、ホテルを眼の前にしたときのことを思い出しながら、小さな溜息をついた。

「ホテルが見えたとたんに、誰も彼もが、われがちに駈け出したんです。家族は肉親のことを一刻でも早く知りたいし、新聞記者たちは、一刻も早く取材したいしですからね。止めようがありませんでした。ああなると、収拾がつきません。それに、誰が先頭で、誰が一番あとかもわかりません」

「早川兄弟は、そうなることを、ちゃんと計算していたんだと思うね。だから、一時的に電話を通じさせ、家族や新聞記者まで呼び寄せたんだ」

「そのとき、西崎はみんなとは逆の方向に逃げ出したというわけですね？」

宮地が、工藤を見てきいた。工藤が肯き、沢木が、

「ああいう状態では、誰も彼も、前方のホテルしか見ていませんからね。一人が、後《うしろ》

に向って逃げ出しても、わかるはずがありませんよ。足跡も重なってしまうし、第一、カンジキというやつは、前後の区別がないから、引き返した跡かどうかもわからなくなります」

と、苦笑した。

三人は、駅を出るとタクシーを拾ったが、警視庁へ着くまでの間も、地だんだ踏む話の続きだった。

「恐らく西崎は、ホテルをかなり離れるまで、登ってきたときの足跡の上を歩いて、それから、山形県側へ抜ける方向に向きを変えたんだと思う」

工藤がいった。

沢木は、深い積雪の中を、たった一人で歩いて行く西崎の姿を想像した。そのとき彼は、計画の成功を考えてニヤニヤ笑っていただろうか。

「果して西崎は、山形県へ出られたでしょうか？」

と、沢木はきいてから、自分が少し混乱しているのに気がついた。早川と西崎は、あのホテルで入れ替ったのだ。だから、今、西崎と思われる男は、早川ということになる。

工藤と、宮地も、何となく苦笑したところをみると、それぞれに、早川と西崎が、頭の中で一緒になっていることに気がついたようだった。

「あの深い雪ではわからないな」

と、工藤はいってから、

「宮地君に、旅行へ行くといった西崎は、本当は、早川だな」

と、確認するようにいった。

「一時的にせよ、よく、早川に新聞記者が勤まりましたね？」

宮地がいうと、工藤は、また、苦笑した。

「だから、バレない中に、自分から辞職したのさ。また繰り言になるが、中央新聞が、あの特ダネというやつをのせたとき、少しおかしいと気付くべきだったんだな。新聞記者のスクープ合戦のすさまじさには慣れっこになっているが、冷静に考えれば、あれは少しやり過ぎの感があったからね。誰にだって、あんな書き方をすれば、太地亜矢子の家族に告訴されるのはわかる筈だからな。明らかに、あれは、辞職するための布石だったんだ。それに、死体が発見されたホテルは戦場のような騒ぎだった。西崎の様子が多少ぎこちなくても誰も怪しまない雰囲気だったんだ。現にわれわれだって、事件のことで頭が一杯で、一人の記者の態度なんか気にかけなかったからね」

警視庁につくと、早川の行方を追うことに全力が集中された。

一番早川の行きそうな場所は、山形だった。西崎が、雪の中を山形県側に抜けたと思われるからである。或は、兄弟で落ち合う場所があらかじめ決めてあるのかも知れない。そのため山形県警には念を入れた連絡がとられ、翌日には、沢木が山形へ飛んだ。

だが、早川兄弟の行方は、なかなかつかめなかった。

第十八段階《ステップ》

四日間が空しく過ぎた。

その間に、いくつかのことがわかった。が、それは、工藤たちの推測の正しさを証明するだけのものであって、新事実ではなかったし、早川兄弟の所在がわかるものでもなかった。

五日目の午後だった。朝から底冷えのする日だったが、昼過ぎから、東京には珍しく粉雪が舞いはじめた。それが、工藤や宮地に、いや応なしに観雪荘ホテルの雪景色を思い出させて、焦燥にかりたてた。

二時には、山形に行っている沢木刑事から連絡が入ったが、依然として早川兄弟の足どりがつかめないという暗い報告だった。

電話が切れて、五分ほどしたとき、若い警官が、ひどくあわてた様子で部屋に飛び込んできた。

「来ました」

と、甲高い声で工藤にいった。

「来たって、誰がだ？」

「例の早川です。いや西崎ですか。とにかく彼が、工藤警部に会いたいといって来ています」

「何だって？」

思わず、工藤が腰を浮かしたとき、当の相手が、笑いながら部屋に入ってきた。

「僕にご用がおありだろうと思って、伺ったんですが」

相手は、のんびりした声でいった。

宮地が、あわてて相手の腕をつかむと、相手は、また、ニヤッと笑って、「逃げるくらいなら来ませんよ」といった。

「僕にききたいことがあるんじゃないですか？」

「ききたいことだらけだ」

工藤は、大声でいい、調室に相手を連れて行きながら、宮地に向って、指先で小さな円を描いて見せた。テープレコーダーを用意しろという合図だった。

窓に鉄格子のはまった調室は、相手に威圧感を与えるものだが、相手は、平気な顔で、煙草をくわえて火をつけた。

「まず、君の名前から聞こうか?」

工藤は、相手の顔をまっすぐ見つめた。

「名前は早川謙です」

相手は、ゆっくりといった。

「西崎純じゃないのか?」

「いや、早川ですよ」

相手は、内ポケットから運転免許証を取り出して、工藤に見せた。確かに早川謙の名前があった。

「お疑いなら指紋を調べたらどうです?」

「いやいい。われわれにとっては、君が早川謙でも、西崎純でも同じことだ」

「そうですか」

「われわれには、何もかもわかっている。殺人の動機も、君たちが、ホテルで入れ替ったトリックもだ」

「本当に、僕たちの動機をわかってくれたんですか?」

「ああ。わかって貰いたかったんだろう?」

「そうです。僕たちは、わかって貰いたかったからこそ、色々な手を使ったんです。もっとも、彼等は死ぬ瞬間まで、何故、自分たちが死なねばならないのかわからなかったようですがね」

「あの変なマークが、山手線と中央線を示すこともわかったよ。四ツ谷駅で一昨年の十二月九日に起きた事件もわかった。君たちの母親が死んだ。ホテルで殺された男女は、そのとき同じ電車に乗っていた人だろう？」

「そうです」

「だが、何故、彼等を殺したんだ。君たちの母親が押されて転んだとしても、彼等が故意に突き飛ばしたわけじゃないだろう？」

「彼等は、何もしませんでしたよ」

「何もしなかった？　何もしなかったのに、君たちは復讐と称して殺したのか？」

「そうです。彼等は、誰も何もしなかったんです。母が転び、助けを求めたとき、彼等は、ただ黙って何もせずに見ていたんです。ただ一寸手を貸して、病院へ運ぶ手助けをしてくれるだけでよかったのに、彼等は、スシ詰めの電車にしがみついて、ドアが閉まるのを待っていただけなんです。平凡で、悪いこともしない代りにいいこともしないサラリーマンやO・Lたち。彼等のそんな生き方が、僕たちの母を殺してしまったんです。あのとき、誰かが手を貸してくれて、十分でもいや一分でも早く病院へ運んでいたら助かったかも知れないのに」

「何もしないことが罪になるのかね？」

「罪です。だから僕たちは復讐すべきだと考えたんです」

「どうもわからんね」

「何がです？　僕たちにいわせれば、彼等が母を憎んでいて、殴って殺した方がまだ許せるのです。何故なら、手を下したことで、罪の意識があると思うからです。ところが、何もしなかった彼等には、罪の意識だってなかったに決っているし、それどころか、四ツ谷駅で一人の老婆が転んで死んだことなど、家に帰りつくまでの間に、ケロリと忘れてしまったでしょう。それが僕たちには許せなかったんです」

「まあ、何となくわかったがね。ところで、どうにもわからないことが一つある」

「何です？」

「君たちは、どうやって、あの犠牲《いけにえ》たちの名前や住所を調べたんだ？　四ツ谷駅の事件は、一瞬の出来事だった筈だ。次の瞬間には、電車は走り去ってしまった筈だろう。一人の乗客の顔を覚えるんだって、容易ではなかった筈だが」

「確かにそうかも知れません」

早川謙は、微笑した。

「どうやって、調べたんだね？」

と、工藤は、重ねてきいた。

「偶然が、僕たちに味方してくれたんですよ」

と、早川はいい、ポケットから、古い新聞の切抜きを取り出して、工藤に見せた。

工藤が、それを広げてみると、「今年の冬も通勤地獄」と題した報道写真が、眼に入った。

ラッシュの電車の、ひらいたドアのところが大写しになっている。ホームには、転んでいる老婆と、抱き起こしている若い男。だが、ドアのところに固まっている乗客は、知らん顔をしている。

「四ツ谷駅にて写す」と、説明があり、写真のキャプションは、「老婆押されてバッタリ。乗客そしらぬ顔」とあった。

「これを、翌日の新聞に見つけたとき、僕たちは、小躍りしました。その上、上手いことに、中央新聞の記事だったので、ネガを借りて、もっと鮮明な写真を作ることが出来ました」

早川は、ゆっくりと、自分の言葉を楽しむようにいった。

「だが、これだけでは、名前も住所もわからないんだろう？　顔はわかっても」

「あとは、ただ根気でしたよ。快速は、四ツ谷、新宿と止まります。その快速に四ツ谷駅で乗っていたとなれば、新宿以西の駅から通勤していると想像がつきます。それで、その駅の一つ一つに、その写真を持って張り込んだのですよ」

「一つ一つの駅にねえ」

「僕たちは二人だし、時間は、たっぷりありましたからね。彼等を見つけ出すのは、さして苦になりませんでしたよ」

と、早川は、また笑ってから、

「始発から最終まで、一つの駅に張り込むのも、案外面白いものですよ」

「面白いねえ——」

工藤は、小さな溜息をついた。これは、執念と呼ぶべきだろう。

「タクシー運転手の田島は、車のナンバーを覚えていて、探し出したのかね？」

「いや、突嗟に、ナンバーを覚えられるもんじゃありませんよ。覚えていたのは、車体の色と会社の名前だけでしたね。でも、それで十分でしたよ。あの時刻に、四ツ谷駅近くを流していたということで洗っていきましたからね」

「まるで、楽しい作業だったみたいだな？」

「正義の行為でしたからね」

「正義の行為なんかじゃない。君たちは殺人犯だ」

「かも知れません。だが、彼等だって、何もしないことで、一人の人間を殺したんですよ。つまり、殺人犯です。しかも、罪の意識もなく、罪に問われることもなくです」

「もういい」

と、工藤は、いった。

「演説は、もう沢山だ。それに、私は、そんな屁理屈には興味はない」

「じゃあ、何に興味があるんです？」

「問題は、君たちが殺人犯だということだ。われわれには、何もかもわかっている。ホテルで入れ替ったトリックも、太地亜矢子を犯人に仕立てあげたトリックもだ」

話しながら、工藤は、また自分が腹立たしくなってきた。早川が犯人だと気付く時は、いくらでもあったのだ。

例えば、戸部京子の遺書に、ニセの田島信夫が、夜中に、乾燥室で誰かをののしっていたと書いてあるところだ。京子は、その相手が犯人だろうと書いているが、遺書を仔細に読めば、それが早川だとわかった筈なのである。

何故なら、ニセの田島が雪上車をこわしに行くとき、早川が、京子たちに雪上車の話をしていたのだ。つまり、早川と京子たちは向い合って話していた。とすれば、京子たちの中から、田島が抜け出すのを見ることが出来たのは早川ということになるのだ。

工藤は、話し終ると、強い眼で、早川を睨んだ。

「どうだね？　どこか間違っているかね？」

「いや。間違っていませんよ。ついでにいえば、僕たちが身代りにした人間の名前は、松村進太郎という二十五歳の男です。同じように平凡なサラリーマンで、何もしないことで生き続けていた人間です。もちろん、あのとき、四ツ谷駅にいた共犯者です」

「じゃあ、全て認めるんだな？」

「認めていいでしょう。第一、あなた方にわかるようにしておいたんですから。ただ、一つだけ、あなた方にも、まだ説明のつかないことがあるようですね」

「何だ？」

「手紙です。あなた方は、僕たちから、小柴兄弟を逮捕したあとで、『全ての復讐が終った』というカードを受け取った筈です。中央郵便局の消印のついた封筒に入った

「──────」

工藤の顔がゆがんだ。そうだ。まだあの問題が解決していなかったのだ。

早川は、ニヤッとした。

「僕たちは、その二日前に、一人はホテルに、一人は新聞記者としてK町にいたのです。つまり、僕たちには、あの手紙を出せないわけです。もし出したとすれば、K町郵便局の消印がついていなければならない筈です。この謎は解けているんですか？わからなければ、教えて差し上げましょうか？」

「われわれを馬鹿にするなッ」

工藤は、相手を怒鳴りつけた。

彼は、訊問を一時中止して、廊下に出た。胸がむかついていた。

早川の態度が無性に腹が立った。教えてやりましょうかとは何事だ。

宮地が、傍に来て、「テープはとりました」と、いった。

「しかし、手紙のことは意表をつかれましたね。私も、つい、何もかも解決したように考えていたんですが」

「宮城県のK町から、中央郵便局の消印がつくように、手紙を警視庁に送ることは可能かね？」

「恐らく不可能でしょう。きっと、西崎の細君に出させたんだと思いますが」

「いや、違うね。西崎は、細君を巻き添えにしたくなくて、別居したんだ。もし、細君が出したとなれば、いや応なしに共犯になる。だから、そんなことはさせないと思うね」

「しかし、K町から出せば、どうしてもK町郵便局の消印がつく筈ですが」

「果して、絶対にそうなのか、中央郵便局へ行ってきいてみようじゃないか」

工藤は、問題の手紙を持って、宮地と警視庁を出た。

粉雪は、まだ降り続いていた。この分なら、十五、六センチは積るかも知れない。

東京駅の外も、白一色に染っていた。中央郵便局の建物に入り、集配の責任者に会った。

「宮城県のK町で投函して、中央郵便局の消印がつくことがありますか？」

と、工藤がきくと、相手は、当惑した表情になって、

「ありえませんねえ。必ずK町郵便局の消印がつきますから」

「しかし、現に、中央郵便局の消印がついているんですがね」

工藤は、持ってきた封筒を相手に見せた。

相手は、渡された封筒をしばらく眺めていたが、急に、ニッコリした。

「これなら覚えていますよ」

「覚えているというのは、どういうことですか？」

「正確な日時は覚えていませんが、ここの集配係宛に手紙が来たことがあるんです。確かＫ町郵便局の消印がありましたね。差出人の名前はありませんでした」

「それで？」

「ときどき、そんな手紙のくることがあるんです。窓口の親切さに対する感謝とか、逆に、お叱りとかです。そのときも、まあそうだろうと思って封を切ったら、中にまた封筒が入っていましてね。これですよ。便箋が一枚添えてありましてね。事情があって直接、警察に送れないから、そちらから送ってくれと書いてありました。十五円の切手が貼ってあったので、そのまま発送したんですが、いけませんでしたか？」

「いや別に」

と、工藤は短くいった。わかってみれば、詰らないトリックだった。

（これで、全て終ったな）

そう自分にいい聞かせ、宮地と中央郵便局を出た。が、雪の中を歩き出したとき、また不安に襲われた。前にも、これで全て終ったと思ったことがあったからである。

だが、終っていなかった——

事件の終幕

「君たちの詰らないトリックはわかったぞ」

工藤は、早川を睨みつけるようにしていった。が、早川は、くびをすくめて、ニヤリとしただけだった。工藤は眉をしかめた。

「何がおかしい？」

「肩のあたりが濡れているところを見ると、わざわざ中央郵便局まで行って調べて来られたんでしょう、違いますか。ご苦労なことだと思ったら、ついおかしくなってしまったんです」

「余計なことをいうなッ」

工藤は、怒鳴った。

「もう何もかも終ったんだ。あとは、お前が自供書に署名するだけだ。拒否しても、これだけ証拠があれば起訴できる。恐らく死刑だろう」

「死刑？　本気でおっしゃってるんですか？　驚いたなあ、こりゃあ」

「何だと？」

「そう眼を剝かないで下さいよ。僕は、ひょっとすると、すぐ家へ帰して貰えるかも知れないと思っていたんですよ」

「恍《とぼ》けるな。お前がこれから行くところは刑務所だ」

「何の罪で？」

「七人の人間を殺した罪だ。その中で矢部一郎だけは自殺だが君が殺したも同じだ。それに、小柴兄弟をそそのかして連続強盗をやらせた罪もある」

「僕は知りませんよ」

「知らん？　宮地君ッ」

工藤は大声で、宮地を呼んだ。宮地が、テープレコーダーを持って来ると、それを、早川の前に置かせた。

「君は、さっき、全ての罪を自供した。それは、こうしてテープに取ってあるんだ」

工藤は、マイクを相手の顔に突きつけるようにしていったが、早川は、平然とした表情で、

「やっぱりテープをとっていたんですね」

「それを聞かせてやる」

工藤は、巻き戻してから、スイッチを入れた。わざとボリュームを大きくした。連続殺人事件が、生々しく語られていく。

「どうだ？」

と、工藤は、テープが終ったところで、早川にいった。

「これでも、知りませんと恍ける積りか？　もう一度、最初から聞かせてやろうかね？」

「あなた方が、もう一度聞く必要があるんじゃありませんか？　いいですか。よく聞いて頂ければわかりますが、僕がやったとは一度もいっていませんよ。僕たちがやったといっているんです」

「それがどう違うんだ？」

「警部さん。冷静になって下さい」

早川は、落着き払っていた。

「僕たちの一人が、あのホテルで、何人もの人間を殺したのは事実です。しかし、もう一人は、その間、東京にいて、誰も殺していないのですよ」

「連続殺人をやったのはお前だ」

「何故、僕だと決めつけるんです？」

「お前が、早川謙で、ホテルの持主だからだ。西崎が、新聞記者の肩書を利用してお前を助けたんだ」

「何故、そうだとわかるんです？　今度の事件が起こる前に、僕たちは入れ替っていたかも知れないのに」

「何だと？」

かすかな狼狽が、工藤を捕えた。それを見すかしたように、早川はニヤッと笑った。

「そうでしょう？　ホテルで連続殺人をやったのは、僕に化けた兄の純の方かも知れないじゃありませんか。あのホテルの指紋は、全部消されていたんですよ。僕だという証拠は何処にもないじゃありませんか」

「そんな馬鹿なことがあるか」

「でも、証拠は？」

「お前は、連続殺人を犯したあと、兄の西崎純になりすましたんだ。そして、わざと、辞職しなければならんような原稿を送った。そうだ。その原稿の筆跡を調べれば、お前のものだとわかる」

「だめですね。僕たちが、そんなミスをすると思いますか。新聞社を辞めるとき、全部始末しましたよ。縁起の悪い原稿だから返してくれといってね。もちろん、自分の机のまわりの指紋も全て拭き消しましたよ」

「お前がやったんだな？」

「いや。僕たちがやったんです」

「その変ないい方はやめろッ」

工藤が、また怒鳴った。

「お前が犯人だ。ここにいるということがその証拠だ。もう一人の西崎純は、雪の中を山形県側に抜けた筈だからな」

「僕たちは、全てが終ったあと、山形で会うことになっていたんです。そして会いました。そこでまた入れ替ったんです」

「また入れ替った？」

「そうです。そうじゃないという証拠は、何処にもないでしょう？」

「それなら、西崎純の方はどうしたんだ？」

「さあ。知りませんね」

「それなら、私がいってやろう。西崎純は、山形県側へ抜けられずに、途中で凍死したんだ。さもなければ、ここに二人で押しかけて来て、どっちを捕えるつもりですかと、同じ顔を並べている筈だからだ。その方が、小柴兄弟のときと同じで効果があるからな」

「あれから、またずいぶん雪が降りましたよ」

早川が、急に声を落していった。

「何のことだ？」

「きっと、春にでもなれば、雪に埋った純の死体が発見されるでしょう」

「やっと、私のいうことを認める気になったんだな？」

「とんでもない。ただ、純の死体が見つかるかも知れないといっただけですよ。いいですか。死体が見つかったところで、足跡はもう消えてしまっています。だから、ホテルの方から歩いて来て、そこで死んだのか、山形で僕と会ってからそこへ行ったのか、誰にもわからない筈ですよ」

「何故、お前と入れ替ってから、また雪の山中へ入って行く必要があるんだ？」

「きっと、何人もの人間を殺したんで、自責の念にかられたからだと思います。雪の中で静かに死にたかったのかも知れません。僕は、正しいことをしたんだから、悔むことはないといったんですが――」

（くそッ）

と、工藤は、歯がみをした。

工藤には、相手の嘘がはっきりわかっている。ホテルで連続殺人を犯したのは、この早川謙だ。そして、西崎純は、山形県側に抜ける途中で死んだのだ。

早川は、あらかじめ落合う約束の場所へ行き、西崎が来ていなかったことで、兄の死を知ったに違いない。恐らく、片方が死んだ場合、死んだ者が罪の全部を背負って、もう一人が無実を主張することになっていたのだろう。

そして、あの深い雪の中を、山形県側に抜ける西崎は、死を予測していたかも知れない。それで、ボウリングのピンが十本の意味がわかるし、工藤たちがホテルに着いてから、ピンが一本消えた理由も説明がつく。あれは、西崎記者になりすました早川が持ち返ったのだ。兄弟である西崎の死を予測して、その墓標とするために。

そこまでわかっていながら、工藤には、決手にする証拠がない。

早川のいうとおり、西崎純の死体が雪の中で発見されても、足跡の消えた後では、宮城県のK町の方向から来たのか、山形県側から来たのか誰にもわからないだろう。

それでもなお、早川を殺人罪で起訴すれば、彼は、ホテルにいたのは、実は西崎純の方なのだと法廷で主張するだろう。

その主張を覆えせるだろうか？

ホテルで早川と一緒だった人間は、全て殺され、指紋も残っていない。工藤や沢木や宮地も、見事に欺されて、早川を西崎記者だと思っていたのだから、三人の証言は力を持たない。

残るのは、中央新聞社の西崎の同僚の証言だ。そこに、早川を追いつめる鍵がありはしないか。

「ホテルで、連続殺人をやったのは、お前でなくて、お前になりすました西崎だというんだな？」

「そうです。おふくろは、兄の純と一緒のとき死にましたからね。兄は、自分で仇を討とうとして、僕になりすまして、ホテルに行ったんです」

「そうすると、その間、お前が、東京で西崎になりすまして、新聞記者の代役をつとめていたというんだな？」

「フフフ——」

急に、早川が含み笑いをした。

「何がおかしい？」

「あなたの考えがあまりにも見えすいているからですよ。僕がもし、その間代役をつとめていたとしたら、兄の同僚から不審がられるに決っている。そういいたいんでしょう？　だが、残念でした」

「何だと？」

「僕たちがそんな危険を冒すと思いますか？　新聞社へ行っておききになればわかりますが、去年の十二月二十八日から、今年の正月五日まで休暇をとっています。だから、別に僕が代役をつとめる必要はなかったんです。僕はその間、純のアパートにいましたよ。そうしたら、ホテルでの事件のニュースを聞いたんです。兄がとうとうやったなと思いました。それから、純になりすまして、新聞社に行き、今まで休んでいたお詫びに、K町へ取材にやらせて下さいと頼んだんです。僕が代役をつとめたのは、そのときだけですよ。だから、兄の同僚から不審がられることもなかったわけです」

「――――」

工藤の顔がゆがんだ。

彼等は、あくまで用意周到なのだ。西崎の同僚の証言も期待できないとなると、早川を殺人罪で起訴することは難しい。

「僕をどうする積りです？」

早川が、挑戦的な眼で工藤を見た。

「逮捕するのなら理由に注意して頂きたいですね。殺人罪なら、僕は、今いった理由で無実を主張しますよ。共犯容疑なら、まあ仕方がありませんね。僕も、純の計画を助けたんだから。ただ、裁判になったら、僕は、事件のあと、純に自首をすすめたと主張しますよ。兄は自首する代りに、雪山に死を選びましたがね。そうなると、僕は、たいした罪にならんでしょう？　一人も殺してはいないんですからね。あなたは、小柴兄弟をそそのかした罪を加えるかも知れないが、あの手紙も、復讐のカード同様、兄の純の筆跡だから、僕は無関係を主張できるわけです。第一、兄にしても、小柴兄弟にお伽噺を書いて送っただけで、何もしなかったんですからね」

いい終ってから、早川は得意そうにニヤッと笑った。

工藤は、黙って椅子から立ち上がると、鉄格子のはまった窓のところまで歩いて行き、ゆっくりと振り向いて、早川を見つめた。

何もかも、急にはっきりとわかったような気がした。

観雪荘ホテルで発見したいくつかのトリックは、いわば囮《おとり》だったのだ。

例えば、死体の顔が潰されていたことがある。

それを、最初は憎しみの現われと考え、次には、死体の身元を誤魔化すトリックだと考えた。確かにその通りだったのだが、よく考えてみれば、五番目の死体が早川でないことは、指紋を調べれば自然にわかってしまうことである。犯人の早川もそれは知っていた筈だ。

太地亜矢子を犯人に仕立てあげたトリックについても同じことがいえる。

トリックを見破って、彼女が犯人でないとわかったとき、工藤たちは歓声をあげたが、冷静に考えてみれば、犯人は、見破られることを予期していたに違いないのだ。何故なら、早川は、太地亜矢子を犯人らしく見せかけながら、同時に、復讐と称したカードを額に入れて、そのトリックを自分でぶちこわしているからである。

双生児の入替りトリックでさえ、早川は見破られることを知っていたに違いない。早川の身上調査をすれば、彼に双生児の兄がいることは簡単にわかってしまうことだからである。

犯行の動機については、一層、その感が強い。犯人は、動機を警察に知らせたがってさえいたのだ。ただ、それは剝き出しになっていなかったので、わかるまでに時間がかかった。犯人の早川や西崎にとって、それが重要だったのではあるまいか。

さまざまなトリックは、そのトリック自体が重要だったわけではなかったのだ。

犯人は、時間が必要だったのだ。早川が、西崎になりすまして新聞社に辞表を出し、山形へ旅行するだけの時間が。小さなトリックは、そのための時間かせぎだったに違いないし、犯行の動機を誇示するようなかくすような曖昧な態度を示したのも、同じ理由からに違いない。

工藤たちは、トリックを見破り、動機を探り出した。だが、勝ったのは早川の方だったのだ。彼は、一番必要な時間をかせいだのだから。

山形でもう一度入替ったという早川の言葉を、工藤は信じない。だが、その時間があったことだけは否定し得ない事実なのだ。もし、警察が殺人罪で起訴したら、早川は、その可能性で反撃してくるだろうし、それを否定することは出来そうもない。もう一度入れ替ったかも知れないという曖昧さの向う側で、早川は絶対に安全というわけだ。時間が彼を助けたのだし、その時間を与えてしまったのは、工藤たちということになる。

もう、早川を、理論的に追い詰めることは不可能だろう。

(だが、心理的にはどうだろう――)

工藤は、ゆっくりと口をひらいた。

「だいぶ得意らしいな」

「そんなことはありませんよ」

余裕たっぷりな表情で、早川が微笑する。工藤は、ニコリともしないで、相手をまっすぐに見つめた。

「何人もの人間を殺しておきながら、双生児であることを利用して罪をまぬがれようとしている。恐らく成功するだろう。せいぜい共犯でしか起訴できないからな。それが許されるとお前は考えている。その考えの底には、自分たちのしたことは正しいのだという自負があるんだろう？」

「あいつらは、何もしなかったんですよ」

「そうだ。彼等は何もしなかった。だから、お前の母親が死んでしまったんだったな」

「そうです」

「その罪には、死が当然というわけか？」

「そうです」

「日下部ユカという名前を知っているか？」

「クサカベ？」

「日下部ユカだ。七歳の女の子だ。可愛らしい子だった。両親にとっては、たった一人のかけがえのない子供だった。その子が、ある日突然、何の理由もなく殺されたんだ。銀行強盗の射った流れ弾に当ってだ。その強盗の名前は小柴だ。その小柴に強盗をやらせたのは、お前だ。お前たちだ」

「――――」

「小柴兄弟には、お伽噺の手紙を送っただけで、何もしなかったといったな？　だが、日下部ユカという七歳の子は、お前たちが殺したんだ。彼女がお前たちに何かしたか？　お前たちの母親に何かしたか？」

「――――」

平然としていた早川の顔が、ふいにゆがんだ。

「お前は、せいぜい二、三年の刑しか受けないだろう。そして、平気な顔で、また娑《しゃ》婆《ば》へ出て来て、ニヤニヤ笑いながら生きていくだろう。さぞ、得意なことだろうな。だが、お前の殺した日下部ユカは生き返らないんだ。彼女のことを、もっと話してやろう。小学校の二年生で、明るくて頭のいい子だった。大きくなったら、きっといいお嫁さんになったことだろう。だが、たった七歳で死んだんだ。母親は、そのショックで入院してしまった。その病院の名前を教えてやろうか？　どうだね？」

「――――」

早川の顔が、次第にうなだれてくる。顔色が蒼ざめている。テーブルの上に置いた指先が、かすかに震えている。やがて、耐え切れなくなって、叫び出すだろう。「もうやめてくれッ」と。

工藤は、かまわずに喋り続けた。

「日下部ユカは、作文が好きだった。母親のことを書いた作文を読んで、私は泣いたよ。それを、これから、お前にも聞かせてやる」

解説

小椰《おなぎ》治宣《はるのぶ》（日本大学教授・文芸評論家）

西村京太郎のデビュー長編『四つの終止符』が書下ろし刊行されたのは一九六四年、東京オリンピックが開催された年であった。その前年に「歪んだ朝」で第二回オール讀物推理小説新人賞（現・オール讀物新人賞）を、翌年の一九六五年に「事件の核心」（刊行時に『天使の傷痕』と改題）で第十一回江戸川乱歩賞を受賞することになる。これだけをみると、難なくプロ作家の道に入ったようにみえるのだが、西村京太郎には、乱歩賞受賞に至るまでのおよそ十年、公募の懸賞小説に応募を続けていた時期があったのだ。まだ人事院に勤めていた一九五六年、講談社の長編探偵小説募集に「三〇一号車」という作品を本名（矢島喜八郎）で応募し候補作に上っている。翌五七年には西村京太郎というペンネーム（西村は尊敬する先輩の名字、京太郎は東京生まれの長男という意味で付けられた）を初めて用いて、第三回乱歩賞に「二つの鍵」で応募（二次予選通過）してもいる。一九六〇年に人事院を退職した後も、数々の職業に就きながら、応募をくり返し、第六回の乱歩賞では、最終候補（「醜聞」を黒川俊介のペンネームで応募）にまで残った。こうした、まさに苦節十年の末に結実したのが、乱歩賞受賞であったわけである。この、テイク・オフ前の助走期を合わせると、西村京太郎の創作キャリアは、優に半世紀を超える。『寝台特急《ブルートレイン》殺人事件』（一九七八年）を皮切りとした十津川警部シリーズ（十津川はそれ以前の作品にも登場するが鉄道ミステリーとしてはこれが第一作）だけとってみても、すでに三十四年間書き続けられ、現在に至っているのだ。

八十歳を過ぎた今も（一九三〇年九月六日生まれなので間もなく八十二歳）まったく衰えることのない、この驚異的な創作の秘密は、いったいどこに求められるのか。創作の泉が涸《か》れることなく、渾々《こんこん》と湧き続ける、その源泉にあたるものは、何なのか。この謎を解く鍵は、乱歩賞受賞後の数年間に書かれた西村京太郎の初期の作品群の中にあった。一九七一年に刊行された十一番目の長編にあたる本書『殺しの双曲線』もその一冊にあたる。

十津川警部シリーズの読者が、『D機関情報』（一九六六年、第三長編）、『太陽と砂』（六七年、第四長編）、『名探偵なんか怖くない』（七一年、第七長編）、そして本書を読むと、おそらく、同じ作者が書いたものとは思えないのではなかろうか。今回、この解説を書くにあたって、私も改めてこれら初期の作品群を読み返してみて、そう感じた。敗戦直前のドイツを舞台としたスパイ小説『D機関情報』にしても、パロディ小説『名探偵なんか怖くない』にしても、そして本格ミステリーの本書にしてみても、受賞作の社会派ミステリー『天使の傷痕』とは、ジャンルもテイストも異にしており、それぞれの作品が別人の手になるような、そんな錯覚さえ覚える。とくに、『太陽と砂』はミステリーではない、純文学的色彩の濃い作品で、別の形で刊行されていたら（当時の総理府が募集した「二十一世紀の日本」という課題小説の内閣総理大臣賞受賞作で、審査員は芹沢光治良、宮本百合子、石原慎太郎）、直木賞にノミネートされていたのではないかと思わせるほどの、魂の宿った優れた文学作品であった。作者は、賞金の五〇〇万円が欲しくて応募したと、のちに語っているが（講談社ノベルス版カバー）、私にはこの作品に込められた文学に対する若い情熱が、十津川警部シリーズの中にも引き継がれているのだと感ずる。それは、小説の魂のごときものである。いずれにしても、この『太陽と砂』ばかりでなく、先程挙げた初期の作品には、その時点で作者が駆使し得る小説的技巧と、面白さを追求するためのあらゆる工夫が惜し気もなく注ぎ込まれているのである。そのための作者の勉強の跡が、これら初期作品を読んでいると、私には手に取るように分かり、改めて作者の創作に対する純粋な姿勢に心を打たれてしまうのである。この時代に培われた小説家魂と、創作上の様々な試み（長谷川伸主宰の「新鷹会」の勉強会に参加してもいた）、さらには、旺盛《おうせい》な知的好奇心の赴くままに蓄積された知識（ミステリーも含めた文学作品の読書量や見た映画の本数は並外れているものと推定できる）が、現在の創作力の源泉となっていることが、初期の作品をまとめて読むことで分かってくるのである。当時の西村京太郎のバラエティに富んだ諸作品を読んでいると、昭和初期に、林不忘、谷譲次、牧逸馬という三つのペンネームを駆使して時代小説、現代小説、怪奇小説等を書き分けた「三つの顔をもつ作家」長谷川海太郎を思い起こさせもするのである。

さて、本書に話を移そう。本作は、西村京太郎の五〇〇冊を超える著作の中でも、本格ミステリーとしては筆頭に挙げられるべき作品である。『名探偵なんか怖くない』（講談社文庫、新版）巻末の綾辻行人との対談（「名探偵、トリック、そして本格ミステリー」）の中で、綾辻行人はこの作品についてこう語っている。

〈『殺しの双曲線』は最近久しぶりに読み直してみたんですが、やはり傑作だと思いました。クリスティーの『そして誰もいなくなった』への挑戦、ですよね。閉鎖された状況の中で連続殺人が進行する、いわゆる吹雪の山荘もの。自分の『十角館の殺

人』と相通じる点がいくつも見つかって、今さらながら驚いたりもしました。〉
そして、この対談では、西村京太郎本人が、自作のベスト5を掲げているのだが、その中に、『D機関情報』、『寝台特急殺人事件』、『華麗なる誘拐』（一九七七年）、『消えたタンカー』（七五年）とともに、本書も入っているのである。
綾辻行人も言っていたように、本書は、アガサ・クリスティの『そして誰もいなくなった』に真向から挑んだ作品である。クリスティの作品では、インディアン島という不気味な、岩だらけの島に招待された十人の男女が、童謡《マザー・グース》の歌詞どおりに次々と奇怪な死を遂げていく。本書では孤島に代わって雪のために孤立した山荘が舞台となり、犠牲者のシンボルが、十個のインディアン人形の代わりに十本（最初から九本しかないのだが）のボウリングのピンという設定となっている。
だが、この山荘で次々と起こる事件と並行する形で、もう一つの物語が展開されていくのが、クリスティの作品にはみられない本書の特徴である。その、もう一つの物語の主役は、双子の青年だ。双子であることを巧みに利用して、彼らは犯罪を重ねていく。雪山の山荘を舞台とした「誰もいなく」なっていく凄惨《せいさん》な物語と、双子が警察をからかうかのように、次々と鮮やかな手並みをみせる犯罪ストーリー――この一見まったく繋《つな》がりのないようにみえる二筋のストーリーが、いつ、どのような形で、結び合わされ、一本に収束されていくのか。そこが本書の最大の読み所でもある。クリスティを向こうに回しての、そのアクロバット的ともいえるプロットの鮮やかさはみごとという他ない。

そもそも、本書は冒頭の「この本を読まれる方へ」で、〈メイントリックは、双生児であることを利用したものです〉と明かしている。にもかかわらず、というよりもむしろ、だからこそと言い換えた方がいいかもしれないが、読者は作者の仕掛けた罠にまんまと嵌《はま》ってしまうのだ。これ以上本書について語ることは、面白さを減じてしまう可能性があるので避けておこう。ともかく、読んでその面白さを体感していただきたい。

読者への挑戦ということでは、西村京太郎の唯一といってもいい青春ミステリー『おれたちはブルースしか歌わない』（七五年）もその一編にあたる。「十津川警部シリーズ以前」に位置づけられる本作も、作者がさまざまな分野の小説にチャレンジした頃の貴重な一作といえる。今読むと、作者らしくないところが実に面白いのだが、入手し難くなっているのが残念である。

そして、アガサ・クリスティをモチーフにした西村京太郎の作品といえば、忘れてならないのが、名探偵シリーズ（全四巻）の最終巻『名探偵に乾杯』（七六年）である。四人の名探偵のうち、ポアロが死に、明智小五郎の花幻の島の別荘で開かれたその追悼会にクイーン、メグレ、ポアロの親友ヘイスティングズが招かれる。そこへポアロ二世と自称する若者が現われ、連続殺人事件が起こる、という設定だ。この作品には、『殺しの双曲線』とはまた別の形で、ポアロ最後の事件を扱った『カーテン』が巧みに織り込まれており、西村流パロディの完成形ともいえるものになっている。

という具合に、作者の初期の作品群は、「西村京太郎」という作家の謎を解く鍵であり、そこは、エンターテインメント小説の宝の山でもある。本書を切っ掛けに、他の作品も是非読んでみていただきたい。そのあとで、十津川警部シリーズを読んでみると、また一味違った味わい方ができるはずである。

本書は一九七九年五月に刊行された作品の新装版です。

新装版《しんそうばん》　殺《ころ》しの双曲線《そうきよくせん》

西村京太郎《にしむらきようたろう》

2012年8月10日第1刷発行
2024年4月5日第15刷発行

発行者――森田浩章

発行所――株式会社　講談社

東京都文京区音羽2-12-21　〒112-8001

電話　出版　(03) 5395-3510
　　　販売　(03) 5395-5817
　　　業務　(03) 5395-3615

Printed in Japan

講談社文庫

定価はカバーに
表示してあります

KODANSHA

デザイン―菊地信義

本文データ制作―講談社デジタル製作

印刷―――株式会社KPSプロダクツ

製本―――株式会社国宝社

ISBN978-4-06-277338-6

講談社文庫刊行の辞

二十一世紀の到来を目睫に望みながら、われわれはいま、人類史上かつて例を見ない巨大な転換期をむかえようとしている。

世界も、日本も、激動の予兆に対する期待とおののきを内に蔵して、未知の時代に歩み入ろうとしている。このときにあたり、創業の人野間清治の「ナショナル・エデュケイター」への志を現代に甦らせようと意図して、われわれはここに古今の文芸作品はいうまでもなく、ひろく人文・社会・自然の諸科学から東西の名著を網羅する、新しい綜合文庫の発刊を決意した。

激動の転換期はまた断絶の時代である。われわれは戦後二十五年間の出版文化のありかたへの深い反省をこめて、この断絶の時代にあえて人間的な持続を求めようとする。いたずらに浮薄な商業主義のあだ花を追い求めることなく、長期にわたって良書に生命をあたえようとつとめるところにしか、今後の出版文化の真の繁栄はあり得ないと信じるからである。

同時にわれわれはこの綜合文庫の刊行を通じて、人文・社会・自然の諸科学が、結局人間の学にほかならないことを立証しようと願っている。かつて知識とは、「汝自身を知る」ことにつきていた。現代社会の瑣末な情報の氾濫のなかから、力強い知識の源泉を掘り起し、技術文明のただなかに、生きた人間の姿を復活させること。それこそわれわれの切なる希求である。

われわれは権威に盲従せず、俗流に媚びることなく、渾然一体となって日本の「草の根」をかたちづくる若く新しい世代の人々に、心をこめてこの新しい綜合文庫をおくり届けたい。それは知識の泉であるとともに感受性のふるさとであり、もっとも有機的に組織され、社会に開かれた万人のための大学をめざしている。大方の支援と協力を衷心より切望してやまない。

一九七一年七月

野間省一

講談社文庫　目録

夏原エヰジ　Ｃｏｃｏｏｎ３〈幽世の祈り〉
夏原エヰジ　Ｃｏｃｏｏｎ４〈宿縁の大樹〉
夏原エヰジ　Ｃｏｃｏｏｎ５〈瑠璃の浄土〉
夏原エヰジ　連理の宝〈Ｃｏｃｏｏｎ外伝〉
夏原エヰジ　Ｃｏｃｏｏｎ〈京都・不死篇—蠢《しゅん》—〉
夏原エヰジ　Ｃｏｃｏｏｎ〈京都・不死篇２—疼《とう》—〉
夏原エヰジ　Ｃｏｃｏｏｎ〈京都・不死篇３—愁《しゅう》—〉
夏原エヰジ　Ｃｏｃｏｏｎ〈京都・不死篇４—嗄《か》—〉
夏原エヰジ　Ｃｏｃｏｏｎ〈京都・不死篇５—巡《めぐる》—〉
長岡弘樹　夏の終わりの時間割
ナガノ　ちいかわノート
西村京太郎　華麗なる誘拐
西村京太郎　寝台特急「日本海」《メモリー・トレイン》殺人事件
西村京太郎　十津川警部　帰郷・会津若松
西村京太郎　特急「あずさ」《アリバイ・トレイン》殺人事件
西村京太郎　十津川警部の怒り
西村京太郎　宗谷本線殺人事件
西村京太郎　奥能登に吹く殺意の風
西村京太郎　特急「北斗1号」《スーサイド・トレイン》殺人事件

西村京太郎　十津川警部　湖北の幻想
西村京太郎　九州特急「ソニックにちりん」殺人事件
西村京太郎　東京・松島殺人ルート
西村京太郎　新装版　殺しの双曲線
西村京太郎　新装版　名探偵に乾杯
西村京太郎　南伊豆殺人事件
西村京太郎　十津川警部　青い国から来た殺人者
西村京太郎　新装版　天使の傷痕
西村京太郎　新装版　Ｄ機関情報
西村京太郎　十津川警部　猫と死体はタンゴ鉄道に乗って
西村京太郎　韓国新幹線を追え
西村京太郎　北リアス線の天使
西村京太郎　十津川警部　長野新幹線の奇妙な犯罪
西村京太郎　上野駅殺人事件
西村京太郎　京都駅殺人事件
西村京太郎　沖縄から愛をこめて
西村京太郎　十津川警部「幻覚」
西村京太郎　函館駅殺人事件
西村京太郎　内房線の猫たち〈異説里見八犬伝〉

西村京太郎　東京駅殺人事件
西村京太郎　長崎駅《ナガサキ・レディ》殺人事件
西村京太郎　十津川警部　愛と絶望の台湾新幹線
西村京太郎　西鹿児島駅殺人事件
西村京太郎　札幌駅殺人事件
西村京太郎　十津川警部　山手線の恋人
西村京太郎　仙台駅殺人事件
西村京太郎　七人の証人〈新装版〉
西村京太郎　十津川警部　両国駅3番ホームの怪談
西村京太郎　午後の脅迫者〈新装版〉
西村京太郎　びわ湖環状線に死す
西村京太郎　ゼロ計画《プラン》を阻止せよ〈左文字進探偵事務所〉
西村京太郎　つばさ111号の殺人
仁木悦子　猫は知っていた〈新装版〉
新田次郎　新装版　聖職の碑《いしぶみ》
日本文芸家協会編　愛染夢灯籠〈時代小説傑作選〉
日本推理作家協会編　犯人たちの部屋〈ミステリー傑作選〉
日本推理作家協会編　隠された鍵〈ミステリー傑作選〉
日本推理作家協会編　Play《プレイ》推理遊戯〈ミステリー傑作選〉

早坂　吝　双《そう》蛇《じゃ》密室
浜口倫太郎　22年目の告白〈―私が殺人犯です―〉
浜口倫太郎　廃校先生
浜口倫太郎　AI崩壊
原田伊織　明治維新という過ち〈日本を滅ぼした吉田松陰と長州テロリスト〉
原田伊織　列強の侵略を防いだ幕臣たち〈続・明治維新という過ち〉
原田伊織　〈明治維新という過ち・完結編〉虚像の西郷隆盛　虚構の明治150年
原田伊織　三流の維新　一流の江戸〈明治は「徳川近代」の模倣に過ぎない〉
葉真中《はまなか》　顕《あき》　ブラック・ドッグ
原　雄一　宿命〈國松警察庁長官を狙撃した男・捜査完結〉
濱野京子　with《ウィズ》you《ユー》
橋爪駿輝　スクロール
パリュスあや子　隣人X
平岩弓枝　花嫁の日
平岩弓枝　はやぶさ新八御用旅(一)〈東海道五十三次〉
平岩弓枝　はやぶさ新八御用旅(二)〈中仙道六十九次〉
平岩弓枝　はやぶさ新八御用旅(三)〈日光例幣使道の殺人〉
平岩弓枝　はやぶさ新八御用旅(四)〈北前船の事件〉
平岩弓枝　はやぶさ新八御用旅(五)〈諏訪の妖狐〉

平岩弓枝　はやぶさ新八御用旅(六)〈紅花染め秘帳〉
平岩弓枝　新装版　はやぶさ新八御用帳(一)〈大奥の恋人〉
平岩弓枝　新装版　はやぶさ新八御用帳(二)〈江戸の海賊〉
平岩弓枝　新装版　はやぶさ新八御用帳(三)〈又右衛門の女房〉
平岩弓枝　新装版　はやぶさ新八御用帳(四)〈鬼勘の娘〉
平岩弓枝　新装版　はやぶさ新八御用帳(五)〈御守殿おたき〉
平岩弓枝　新装版　はやぶさ新八御用帳(六)〈春月の雛〉
平岩弓枝　新装版　はやぶさ新八御用帳(七)〈寒椿の寺〉
平岩弓枝　新装版　はやぶさ新八御用帳(八)〈春怨　根津権現〉
平岩弓枝　新装版　はやぶさ新八御用帳(九)〈王子稲荷の女〉
平岩弓枝　新装版　はやぶさ新八御用帳(十)〈幽霊屋敷の女〉
東野圭吾　放課後
東野圭吾　卒業
東野圭吾　学生街の殺人
東野圭吾　魔球
東野圭吾　十字屋敷のピエロ
東野圭吾　眠りの森
東野圭吾　宿命
東野圭吾　変身

東野圭吾　仮面山荘殺人事件
東野圭吾　天使の耳
東野圭吾　ある閉ざされた雪の山荘で
東野圭吾　同級生
東野圭吾　名探偵の呪縛
東野圭吾　むかし僕が死んだ家
東野圭吾　虹を操る少年
東野圭吾　パラレルワールド・ラブストーリー
東野圭吾　天空の蜂
東野圭吾　名探偵の掟
東野圭吾　悪意
東野圭吾　嘘をもうひとつだけ
東野圭吾　赤い指
東野圭吾　流星の絆
東野圭吾　新装版　浪花少年探偵団
東野圭吾　新装版　しのぶセンセにサヨナラ
東野圭吾　新参者
東野圭吾　麒麟の翼
東野圭吾　パラドックス13

東野圭吾　祈りの幕が下りる時
東野圭吾　危険なビーナス
東野圭吾　時《トキ》生《オ》〈新装版〉
東野圭吾　希望の糸
東野圭吾　どちらかが彼女を殺した〈新装版〉
東野圭吾　私が彼を殺した〈新装版〉
東野圭吾作家生活25周年祭り実行委員会　東野圭吾公式ガイド〈読者1万人が選んだ東野作品人気ランキング発表〉
東野圭吾作家生活35周年実行委員会 編　東野圭吾公式ガイド〈作家生活35周年ver.〉
平野啓一郎　高瀬川
平野啓一郎　ドーン
平野啓一郎　空白を満たしなさい(上)(下)
百田尚樹　永遠の0《ゼロ》
百田尚樹　輝く夜
百田尚樹　風の中のマリア
百田尚樹　影法師
百田尚樹　ボックス！(上)(下)
百田尚樹　海賊とよばれた男(上)(下)
平田オリザ　幕が上がる
東直子　さようなら窓

蛭田亜紗子　凜
樋口卓治　ボクの妻と結婚してください。
樋口卓治　続・ボクの妻と結婚してください。
樋口卓治　喋る男
平山夢明　魂《たま》豆《どう》腐《ふ》〈大江戸怪談どたんばたん(土壇場譚)〉
平山夢明 宇佐美まこと ほか　超怖い物件
東川篤哉　純喫茶「一服堂」の四季
東山彰良　流《りゅう》
東山彰良　女の子のことばかり考えていたら、1年が経っていた。
平田研也　小さな恋のうた
日野草　ウエディング・マン
平岡陽明　僕が死ぬまでにしたいこと
ビートたけし　浅草キッド
ひろさちや　すらすら読める歎異抄《たんにしょう》
藤沢周平　新装版 春秋の檻〈獄医立花登手控え(一)〉
藤沢周平　新装版 風雪の檻〈獄医立花登手控え(二)〉
藤沢周平　新装版 愛憎の檻〈獄医立花登手控え(三)〉
藤沢周平　新装版 人間の檻〈獄医立花登手控え(四)〉
藤沢周平　新装版 闇の歯車

藤沢周平　新装版 市塵(上)(下)
藤沢周平　新装版 決闘の辻
藤沢周平　新装版 雪明かり
藤沢周平　義民が駆ける〈レジェンド歴史時代小説〉
藤沢周平　喜多川歌麿女絵草紙
藤沢周平　闇の梯子
藤沢周平　長門守の陰謀
古井由吉　この道
藤田宜永　樹下の想い
藤田宜永　女系の総督
藤田宜永　女系の教科書
藤田宜永　血の弔旗
藤田宜永　大雪物語
藤水名子　紅嵐記(上)(中)(下)
藤原伊織　テロリストのパラソル
藤本ひとみ　新・三銃士 少年編・青年編〈ダルタニャンとミラディ〉
藤本ひとみ　皇妃エリザベート
藤本ひとみ　失楽園のイヴ
藤本ひとみ　密室を開ける手

2023年12月15日現在